BILLIONAIRE'S SECRET BABY

*Ein Second Chance - Liebesroman (Unwiderstehliche
Brüder 7)*

JESSICA F.

INHALT

Veröffentlicht in Deutschland:

Von: Jessica F.

© Copyright 2021

ISBN: 978-1-63970-008-0

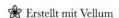 Erstellt mit Vellum

KLAPPENTEXTE

Da ist sie–genauso, wie ichmich an sie erinnere.

Die einzige Frau, die mich jemals wie ein Feuerwerk am 4. Julizum Leuchten gebracht hat.

Sie ist immer noch so schön wie damals.Eines ist jedoch anders.

Das kleine Mädchen, das ihre Hand hältund sie Mama nennt.

Unsere Blicketreffen sich und ihre Augen funkeln, als sie micherkennt.

Mein Herz schlägt schneller in meiner Brust.

Moment–was zur Hölle soll das?

Hat sie wirklich gerade den Kopf gesenkt und mich ignoriert?

Glaubt sie, ich habe nicht die einzige Frau erkannt, in die ichmich jemals beinahe verliebt hätte?

KAPITEL EINS
COHEN

Gute finanzielle Neuigkeiten lösten immer tief in meiner Seele etwas aus. Geld bewegte mich schon immer so, wie nichts anderes es konnte.

Ich pfiff eine fröhliche Melodie, als ich den Flur entlangschlenderte, nachdem ich mein Büro verlassen hatte, und zwinkerte einem der Zimmermädchen zu, das mir mit seinem Wagen entgegen kam. „Morgen, Miss Sara. Ich hoffe, Sie haben einen schönen Tag."

„Das wünsche ich Ihnen auch, Mr. Nash." Ihr Lächeln war süß und aufrichtig und sagte mir, dass sie ihren Job im Whispers Resort und Spa mochte.

Stolz erfüllte mich. Ich wusste ohne Zweifel, dass sich unsere Mitarbeiter bei ihrer Arbeit in dem Resort, das meine Brüder und ich von Grund auf aufgebaut hatten, wohl, sicher und glücklich fühlten. Also dachte ich, ich könnte ihr etwas verraten. „Ich bin auf dem Weg zu meinen Brüdern. Wenn alles gutgeht, bekommt bald jeder hier eine Gehaltserhöhung."

Ihre dunklen Augen leuchteten, während ein Lächeln ihre vollen Lippen umspielte. „Wirklich, Sir?"

„Ja, wirklich." Wir hatten im letzten Quartal einen fantastischen Gewinn erzielt und teilten den Reichtum immer mit denjenigen, die uns geholfen hatten. „Ihr nächster Gehaltsscheck sollte etwas höher ausfallen."

„Vielen Dank, Mr. Nash." Sie schlang die Arme um ihren Körper, als hätte sie Schüttelfrost bekommen. „Ich kann Ihnen nicht sagen, wie sehr ich es liebe, hier zu arbeiten. Sie sind der beste Chef, den man sich wünschen kann."

„Oh, danke." Schmeichelei störte mich überhaupt nicht. „Bis später, Miss Sara."

„Bis später, Sir."

Ich schob meine Hände in die Taschen meiner Tom-Ford-Hose und betrachtete mich in einem dekorativen Spiegel, der an der Wand hing. *Ich in einem edlen Anzug. Wer hätte das gedacht?*

Es waren nicht viele Jahre vergangen, seit meine Brüder und ich unsere Heimatstadt Houston in Texas verlassen hatten, um nach Austin zu ziehen und unseren Traum zu verwirklichen.

Ich hatte damals Jeans und T-Shirts getragen. Seit der Eröffnung des Resorts kleideten wir uns modischer. Inzwischen bestand unsere Arbeitskleidung aus teuren Anzügen und Krawatten. Wir wollten den Gästen zeigen, dass unser Resort genauso luxuriös war, wie es unsere Werbung behauptete. Und dieses Image begann bei uns.

Ich hatte noch nie besser ausgesehen. Leider war mein neuer Stil an die Frauen im Resort verschwendet. Bevor wir überhaupt mit dem Einstellungsprozess begonnen hatten, hatte Baldwyn, der Älteste von uns, mir mitgeteilt, dass ich keine der Frauen, die im Resort arbeiten würden, anrühren durfte.

Ich hätte beleidigt reagiert, wenn ich nicht sicher gewesen wäre, dass er recht damit gehabt hatte, mir das zu sagen. Ich hatte meine ersten Jobs verloren, nachdem ich kurze Beziehungen zu Frauen gehabt hatte, mit denen ich zusammengearbeitet hatte. Mein letzter Job in Houston war die Leitung eines kleinen Hotels gewesen, in dem ich heimlich mit drei Mitarbeiterinnen ausgegangen war. Ich hatte gewusst, dass wir bald weggehen würden, und mir gedacht: *Verdammt, warum eigentlich nicht?* Also hatte ich es getan.

Ich hatte mich ausgetobt und war nun bereit, ein guter Eigentümer mit solider Moral zu werden – zumindest während ich

3

bei der Arbeit war. Meine Freizeit gehörte mir und ich tat dann alles, was ich wollte.

Ich war allerdings diskret. Baldwyn hatte mich ermahnt, keinen Skandal zu verursachen, der unserem Resort schaden könnte. Er hatte auch damit recht gehabt. Skandale hatten mich aus irgendeinem Grund nie gestört. Es war mir egal, was andere Leute dachten – das war es immer schon gewesen. Aber ich war nicht mehr allein. Das Resort gehörte nicht nur mir. Es gehörte uns fünf Brüdern, also musste ich darauf Rücksicht nehmen, was die Leute dachten, und ich musste lernen, bei meinen sexuellen Eskapaden ein paar Gänge herunterzuschalten.

„Das ist so aufregend, Mama!", hörte ich ein kleines Mädchen mit Begeisterung in seiner hohen Stimme sagen, als es aus dem Aufzug stieg. „Unser Zimmer ist so schön! Ich kann nicht glauben, dass es echt ist. Kannst du es?"

Die Frau, die hinter dem Kind aus dem Aufzug kam, zog meine volle Aufmerksamkeit auf sich. „Ich kann es glauben, Schatz. Und ich bin froh, dass ich dich auf diese wundervolle Reise mitgenommen habe." Sie drehte ihren Kopf zur Seite, sodass ihr langer blonder Pferdeschwanz über ihre Schulter fiel.

Ich kenne sie.

Als ich durch die Lobby ging, in der sich nur ein paar andere Personen aufhielten, konnte ich meine Augen nicht von der Frau abwenden. Sie war nur ungefähr 1,65 Meter groß und hatte einen ziemlich durchschnittlichen Körperbau. Sie hatte normale Kurven für eine Frau Mitte zwanzig – so alt schätzte ich sie.

Sie trug ein bequemes rosa Jogging-Outfit und weiße Turnschuhe, sodass ich annahm, sie würde gleich auf unserem hochmodernen Joggingpfad laufen gehen, der sich über das Gelände des Resorts erstreckte.

Als ich meine Augen von ihr abwandte, um das Kind anzusehen, dessen Hand sie nahm, bemerkte ich, dass es genau das gleiche Outfit trug. Die Kleine war das Ebenbild ihrer Mutter, nur hatte sie lange dunkle Haare, die in einem Pferdeschwanz bis zur Mitte ihres Rückens reichten.

Sie gingen zu den Glastüren im Eingangsbereich der Lobby,

während ich weiter auf sie zu marschierte. Die Frau sah über ihre Schulter, bevor sie hinausging, und unsere Blicke trafen sich.

Nachdem ein flüchtiger Funke ihre goldenen Augen erhellt hatte, senkte sie den Kopf und eilte zur Tür hinaus. Aber meine Erinnerung an sie hatte mich endlich eingeholt. „Ember?", rief ich. „Ember Wilson, bist du das?"

Sie erstarrte und ihre Augen hefteten sich auf den Boden. Aber die goldenen Augen des kleinen Mädchens, dessen Hand sie hielt, fanden meine. „Wer sind Sie, Mister?"

„Ich bin Cohen Nash." Ich streckte die Hand aus und legte sie auf Embers Schulter, um herauszufinden, ob ich sie dazu bringen konnte, mich anzusehen. „Habe ich dich erschreckt, Ember?"

Schließlich hob sie den Kopf und schüttelte ihn. „Nein. Ich war mir einfach nicht sicher, ob ich dich kenne, das ist alles." Sie musterte mich von oben bis unten. „Der Anzug hat mich verwirrt, Cohen."

Ich strich mit der Hand über das Revers der Anzugjacke und grinste. „Oh ja. Ich habe einen Moment lang vergessen, was ich anhabe." Wir waren immer noch an der Tür und standen einigen anderen Gästen im Weg, die versuchten, nach draußen zu gelangen. „Komm kurz mit, damit wir reden können."

Sie nickte und hielt die Hand des kleinen Mädchens fest umklammert. „Sicher."

Ich ging neben ihr her und führte sie zum Frühstücksraum, damit wir uns setzen konnten. „Was machst du hier in Austin in meinem Resort, Ember?"

Sie blieb mit geweiteten Augen stehen. „*Dein* Resort?"

„Nun, meine Brüder und ich besitzen es zusammen. Also, was hat dich hierhergeführt?" Ich umfasste ihren Ellbogen und drängte sie sanft, in Bewegung zu bleiben.

Sie kam langsam mit. „Die Firma, für die ich arbeite, hat mir die Reise in dieses Resort geschenkt. Ich bin in der Ölbranche. Ich arbeite oft von zu Hause weg und wollte meine Tochter mitbringen. Das hier gehört also dir, hm?"

„Ja." Ich konnte die Anspannung in ihrem Körper spüren, obwohl ich nur ihren Ellbogen berührte. Ich hatte keine Ahnung, warum sie so nervös bei mir war. „Geht es dir gut, Ember?"

Sie bewegte ruckartig den Kopf, um mich anzusehen, und schnappte nach Luft. „Ja! Warum fragst du mich das? Mir geht es gut, Cohen." Die Anspannung nahm zu.

Also versuchte ich, mich ein wenig zurückzuhalten. „Aus keinem besonderen Grund." Ich führte sie in den Frühstücksraum und deutete auf die Saftbar. Ich dachte, Ember könnte einen Drink gebrauchen, um sich ein bisschen zu entspannen. Aber mit dem Kind in der Nähe wäre das wahrscheinlich unangemessen. „Möchtet ihr Saft? Ich mag Mango-Ananas am liebsten."

„Ich wette, dass ich das auch mögen würde", sagte das kleine Mädchen, als es die Hand seiner Mutter losließ und zu dem Behälter mit dem gelben Saft ging. „Mama, willst du auch ein Glas?"

„Nein." Ember setzte sich an einen der kleinen Tische.

Ich nahm ihr gegenüber Platz. „Also, wie läuft es bei dir zu Hause? Ist bei deiner Schwester alles okay?" Ich hatte mich ein paar Monate mit ihrer älteren Schwester verabredet. Wie alle meine Beziehungen hatte es nicht funktioniert.

„Ashe ist jetzt verheiratet. Schon seit vier Jahren. Sie hat zwei Kinder und ist wirklich glücklich." Ember sah ihr Kind an, das mit einem randvollen Glas Saft zu uns kam. „Pass auf, dass du nichts verschüttest."

„Das werde ich nicht." Das kleine Mädchen setzte sich zu uns. „Sie kennen also auch meine Tante Ashe?"

„Früher waren sie zusammen", sagte Ember.

„Oh." Die Kleine nippte an dem Saft. „Hey, das ist gut! Danke, dass Sie mir davon erzählt haben." Nach einem weiteren Schluck fragte sie: „Warum haben Sie sich voneinander getrennt? Wenn ich Tante Ashe wäre, hätte ich mich nicht von Ihnen getrennt. Sie sind … ähm, na ja, ich denke, das Wort ist *heiß*." Sie errötete. „Ich meine, gutaussehend."

„Danke. Du bist selbst ein sehr hübsches kleines Mädchen. Ich wette, du kannst dich kaum vor Verehrern retten", sagte ich lachend.

„Sie sind lustig", sagte sie und trank einen weiteren Schluck.

„Trink deinen Saft, Schatz. Wir müssen loslaufen." Ember strich mit der Hand über den Pferdeschwanz ihrer Tochter und ich sah, dass sie zitterte.

Ich wusste nicht, warum Ember ihrem Kind nicht erzählte, dass wir uns auch verabredet hatten. Tatsache war, dass Ember das einzige Mädchen gewesen war, das mich jemals verlassen hatte. Sie hatte nicht darüber hinwegkommen können, dass ich zuerst mit ihrer Schwester zusammen gewesen war.

Es war nicht so, als wäre ich von einer Schwester zur anderen gegangen. Seit meiner Zeit mit Ashe war ein halbes Jahr vergangen, als Ember und ich uns in einem örtlichen Einkaufszentrum begegnet und später in der Nacht zusammen im Bett gelandet waren.

Dort hatte es aber nicht aufgehört. Ich hatte Ember gemocht. Sie und ich hatten über die gleichen Dinge gelacht, die gleiche Art von Musik – Hard Rock – gemocht und auch beim Essen die gleichen Vorlieben geteilt.

Ich hatte sie bei unserem ersten Date in ihr Lieblingsrestaurant, das *Red Lobster*, ausgeführt. Sie hatte das jährliche Hummerfest geliebt und ich hatte es großartig gefunden, dass sie so viel aß, wie sie wollte, ohne sich Gedanken darüber zu machen, was ich davon halten könnte.

Ember hatte sie selbst bei mir sein können, genauso wie ich bei ihr. Leider hatte sie die Sache nach nur einer Woche abgebrochen. Wir hatten uns an jedem dieser sieben Tage getroffen – und waren in jeder der sieben Nächte im Bett gelandet.

Obwohl es nur eine Woche gedauert hatte, hatte es mir wehgetan und mich verwirrt, als sie gesagt hatte, wir könnten uns nicht mehr sehen. Sie hatte immer wieder gesagt, dass ihre Familie wütend auf sie sein würde, weil sie jemanden traf, mit dem ihre Schwester ausgegangen war, und dass ihre Schwester sie hassen würde. Sie hatte ihre Familie nicht verlieren oder verärgern wollen wegen eines Mannes wie mir – eines Weiberhelden.

Ich musste zugeben, dass es mir einen Stich versetzt hatte, so von ihr genannt zu werden. Nicht, dass ich protestieren konnte, da ich genau das war – obwohl ich den Begriff hasste.

Ich schätze, ich bin immer noch so.

„Wie lange wirst du hierbleiben, Ember?" Obwohl sie sich bei mir nicht annähernd so wohl fühlte wie früher, hatte ich das Gefühl, dass wir uns wieder verstehen würden, wenn sie und ich Zeit miteinander verbringen könnten. Bei der Vorstellung regten sich Gefühle in mir, die ich seit unserer letzten Begegnung nicht mehr gespürt hatte – vor etwa sieben Jahren.

„Nur zwei Nächte. Heute Nacht und morgen Nacht. Es ist eine kurze Reise. Ich muss am Montag wieder arbeiten."

„Was genau machst du beruflich?"

„Mama arbeitet in einem Container mit vielen Geräten, die ihr helfen, den Schlamm zu untersuchen, der bei dem Bohrturm aus dem Loch kommt. Sie kann erkennen, ob sich Gas im Schlamm befindet. Sie ist Schlammforscherin. Man sagt, wenn man sieht, wie ein Schlammforscher aus seinem Container rennt, sollte man auch rennen, weil der Bohrturm dann kurz vor der Explosion steht."

„Wow." Ich konnte nicht glauben, dass die kleine Ember Wilson so einen Job hatte. „Das klingt sehr gefährlich."

„Das ist es nicht", sagte Ember mit angespanntem Kiefer. „Ich untersuche die Schlammproben, um sicherzustellen, dass so etwas nicht passiert. Bei mir ist noch nie etwas explodiert." Sie klopfte mit den Fingerknöcheln auf den Holztisch. „Hoffentlich auch weiterhin nicht."

Trotzdem klang es, als könnte sie nicht viel Zeit zu Hause bei ihrem Kind verbringen. „Also wohnst du in einem Container auf dem Gelände des Bohrturms – oder wie auch immer man das nennt."

„Ja." Sie nickte. „Mein Partner und ich arbeiten in Zwölf-Stunden-Schichten. Ich übernehme die Nächte und Roger die Tage. Auf der Rückseite des Containers befinden sich Kojen, in denen wir schlafen können, und es gibt auch ein kleines Badezimmer und eine Küche."

„Sie ist manchmal einen ganzen Monat weg", sagte das kleine Mädchen. „Ich vermisse sie sehr. Aber ich bleibe dann bei meiner Grandma und meinem Grandpa, also ist es nicht so schlimm."

Ember hatte mich noch nicht ihrer Tochter vorgestellt, also nahm ich es auf mich, ihren Namen herauszufinden. „Deine Mutter hat mir deinen Namen noch nicht verraten, Kleine."

„Oh, ich heiße Madison Michelle Wilson, Mr. Nash."

Wilson? Hmm, anscheinend hat Ember den Vater des Mädchens nicht geheiratet.

„Nenne mich Cohen. Deine Mutter und ich sind alte Freunde und ich hoffe, dass ich Zeit mit euch beiden verbringen kann, während ihr hier seid."

„Nun, wir müssen jetzt laufen gehen." Ember stand auf und griff nach Madisons Hand. „Komm, Schatz."

„Wir sehen uns später."

„Ich hoffe es", rief Madison über ihre Schulter, als ihre Mutter fast aus dem Frühstücksraum sprintete.

Ich hoffe es auch – aber die Art und Weise, wie Ember sich verhält, ist kein gutes Zeichen.

KAPITEL ZWEI

EMBER

Wie konnte ich nicht wissen, dass Cohen Nash dieses verdammte Resort besitzt?

Sieben Jahre lang war ich dem Mann aus dem Weg gegangen und hier war ich in einem Resort, das ihm gehörte. Wie standen die Chancen dafür?

Houston war eine große Stadt, aber nicht so groß, dass die Leute nicht über diejenigen sprachen, die erfolgreich waren. Und Cohen war wahnsinnig erfolgreich geworden.

Ich hatte den Mann bisher nur in Jeans und T-Shirts gesehen – der teure Anzug hatte mich sprachlos gemacht. Er hatte nie besser ausgesehen. Ich hasste, dass ich beim Anblick seines attraktiven Gesichts alles andere vergessen hatte. Und als er mich berührt hatte, war tief in meinem Herzen eine Erregung erblüht, die ich nur mit ihm erlebt hatte.

Leider war die Art und Weise, wie ich bei ihm empfand, tabu, weil er vor mir meine Schwester gedatet hatte. Nicht dass irgendjemand in meiner Familie von der einen Woche mit dem heißesten, leidenschaftlichsten Sex meines ganzen Lebens gewusst hätte. Diese Woche musste geheim bleiben – dauerhaft. Niemand durfte jemals erfahren, dass Cohen und ich mehr als einen Kuss auf die Wange geteilt hatten. Meine Schwester würde sterben und meine Eltern würden mich umbringen, wenn sie jemals die Wahrheit herausfanden.

Seine gewellten dunklen Haare waren damals länger gewesen. Jetzt trug er sie ordentlich kurz geschnitten und sah viel reifer aus als damals. Aber seine Augen hatten immer noch das gleiche wunderschöne Grün. Er war immer muskulös gewesen, aber ich konnte sehen, dass er nun viel mehr Zeit darauf verwendete, seinen muskulösen Körper in Topform zu halten. Er war immer noch der heißeste Kerl, den ich je gekannt hatte.

Madison hatte nach unserem Lauf bereits geduscht und sich umgezogen. Als ich in einem weißen Bademantel, den das Resort zur Verfügung stellte, aus dem Badezimmer kam, saß sie mit meinem Handy in der Hand auf dem Bett. „Ja, Grandma, hier ist es wunderschön. Und der Mann, dem das Resort gehört, kennt Mama und Tante Ashe. Ist das nicht verrückt?"

Ich verdrehte die Augen und ging zum Schrank, um etwas auszusuchen, das ich zum Mittagessen tragen wollte. „Sag Grandma, dass ich Hallo gesagt habe."

„Mama sagt Hallo." Madison lächelte mich an. „Trage etwas Schönes für mich, Mama. Ich möchte in einem edlen Restaurant zu Mittag essen." Sie strich mit ihrer Hand über das blaue Kleid, das sie trug und das ihr dunkles Haar hervorhob.

„Verstanden." Ich griff nach einer lässigen grauen Hose und einer rosa Bluse. „Ich werde meine rosa Ballerinas dazu tragen."

„Wie wäre es mit deinen schwarzen High Heels?", riet mir die kleine Modeexpertin.

„Ich habe sie nicht mitgebracht." Ich war mit meinem sechsjährigen Kind im Urlaub. Ich hatte keine Nacht in der Stadt geplant. „Die Ballerinas reichen."

„Wie du meinst. Grandma, warum hat Tante Ashe mit Cohen Schluss gemacht? Er ist so gutaussehend und jetzt hat er eine Million Dollar oder so – zumindest hat Mama das gesagt. Tante Ashe hat es wirklich vermasselt."

„Deine Tante Ashe ist sehr glücklich mit deinem Onkel Mike, also hat sie es nicht vermasselt", ließ ich sie wissen. Außerdem war die Trennung nicht von Ashe ausgegangen.

Cohen war derjenige gewesen, der ihre Beziehung beendet

hatte. Soweit ich wusste, hatte er sich von all den vielen Mädchen getrennt, mit denen er sich verabredet hatte. Er hatte schon viele Herzen gebrochen.

Nach allem, was er mir erzählt hatte, war ich die einzige Frau, die jemals mit ihm Schluss gemacht hatte. Nicht, dass mein Herz nicht gebrochen wäre, als ich den Dingen zwischen uns ein Ende gesetzt hatte.

Ich hatte Cohen gemocht. Wir hatten ähnliche Interessen gehabt und ich hatte seine Gesellschaft wirklich genossen. Und er hatte Dinge im Schlafzimmer getan, die mich umgehauen hatten. Ihn zu verlassen war nicht einfach gewesen. Tatsächlich war es eines der schwierigsten Dinge gewesen, die ich jemals tun musste.

Aber es war nötig gewesen.

„Bist du dir da sicher, Grandma?", fragte Madison, als sie mich mit hochgezogenen Augenbrauen ansah. „Mama, Grandma sagt, dass *er* sich von Tante Ashe getrennt hat."

„Ich weiß nicht, warum dich das interessiert oder warum du gedacht hast, dass sie sich von ihm getrennt hat. Niemand hat dir das gesagt. Du hast es dir einfach selbst ausgedacht." Ich nahm meine Kleidung und ging zurück ins Badezimmer, um sie anzuziehen.

„Er sieht nicht wie ein gemeiner Mensch aus, also dachte ich, dass Tante Ashe sich von ihm getrennt haben muss. Du weißt, wie sie ist."

Ich wusste, wie meine ältere Schwester sein konnte. Aber ich mochte es nicht, wenn mein Kind schlecht über seine Tante sprach. „Sie ist nett zu dir und das weißt du auch."

„Ja − aber aus irgendeinem Grund nur zu mir. Nicht einmal zu Onkel Mike, und sie kann auch ziemlich gemein zu Abby und Joey sein, obwohl sie ihre Kinder sind. Erinnerst du dich, wie sie sie dazu gezwungen hat, all die ekelhaften grünen Erbsen auf ihren Tellern zu essen? Du hast mich nicht dazu gezwungen, meine Portion ganz zu essen. Das liegt daran, dass du netter bist als sie." Es gab eine Pause und dann hörte ich, wie sie zu meiner Mutter sagte: „Grandma, es tut mir leid. Ich weiß, dass Tante Ashe mich sehr liebt. Aber sie ist die meiste Zeit sehr herrisch. Sie will *immer* ihren Willen durchsetzen."

Als ich in den Spiegel schaute, sah ich eine dünne Linie auf meiner Stirn. *Verdammt, dabei bin ich erst siebenundzwanzig.*

Ich rieb mit meinem Finger darüber und versuchte vergeblich, sie zu glätten. Tatsache war, dass ich seit sieben Jahren ständig viel zu tun hatte. Ich brauchte diesen Urlaub, um ein paar Tage zu entspannen. Aber jetzt, da Cohen hier war, wusste ich, dass das nicht passieren würde.

Der Mann hatte einen starken Willen und wenn er etwas – oder jemanden – im Visier hatte, ließ er nicht locker, bis er bekam, was er wollte. Und ich konnte es in seinen betörenden grünen Augen sehen. *Er will mich.*

Also musste ich Wege finden, um ihn für den Rest unseres Aufenthalts zu meiden. Genau deshalb hatte ich vor, zusammen mit Madison all unsere Mahlzeiten außerhalb des Resorts einzunehmen. Eigentlich war geplant gewesen, kostenlos in den Restaurants des Resorts zu essen, um Geld zu sparen. Aber mit Cohen in der Nähe wollte ich kein Risiko eingehen.

Der Kerl war und würde immer ein Casanova sein. Und ich hatte in meinem Leben keinen Platz für einen solchen Mann. Eigentlich hatte ich in meinem Leben überhaupt keinen Platz für irgendeinen Mann.

Da die Arbeit so viel Zeit in Anspruch nahm, war meine Freizeit ausschließlich meiner Tochter vorbehalten. Ich hatte den Job vor drei Jahren angenommen und er hatte unser Leben erheblich verändert.

Wir wohnten nicht mehr bei meinen Eltern, sondern hatten unser eigenes Zuhause. Sicher, es war nur gemietet, aber zumindest gehörte es uns allein. Und ich konnte meiner Tochter die Dinge kaufen, die sie brauchte, ohne mich auf meine Eltern verlassen zu müssen.

Gut zu verdienen war schön, obwohl es mich daran hinderte, mehr Zeit mit meiner Tochter zu verbringen. Aber ich wollte nicht für immer Schlammforscherin bleiben. Mein Ziel war, eines Tages in der Firmenzentrale zu arbeiten – wann immer es eine offene Stelle gab. Dann wäre alles anders und ich könnte viel öfter mit meiner Tochter zusammen sein.

„Grandma! Sag so etwas nicht. Das ist unhöflich", tadelte Madison ihre Großmutter.

Ich hatte mich angezogen und kam heraus, um nachzusehen, was los war. „Madison, rede nicht so mit deiner Großmutter."

Ihr Mund stand offen und ihre Augen waren geweitet. „Aber Mama, sie hat gesagt, dass Cohen Nash ein mieser Casanova ist, der ihre Tochter benutzt und sie dann wochenlang zum Weinen gebracht hat. Er wirkt zu nett, um so etwas getan zu haben."

„Verabschiede dich von deiner Grandma, damit wir aufbrechen können. Wir müssen uns etwas zu essen suchen." Ich streckte die Hand aus, damit sie mir mein Handy gab.

„Ich liebe dich, Grandma. Auch wenn du dich bei Cohen irrst. Bye." Sie strich über den Bildschirm und beendete den Anruf, bevor sie mir das Handy gab.

„Sie liegt nicht ganz falsch in Bezug auf ihn, Schatz. Aber deine Tante hat nicht wochenlang geweint, es waren eher ein paar Tage. Ihr Stolz war tiefer verletzt als alles andere." Tatsache war, dass meine Tochter recht hatte. Ashe war herrisch und sie musste alles auf ihre Art haben. Sie war schon immer so gewesen. Wir hatten uns an ihr Verhalten gewöhnt, aber Cohen hatte es nie getan. Deshalb hatte er die Sache mit ihr beendet. Das hatte er mir selbst erzählt.

„Was hat Grandma gemeint, als sie ihn einen mieser Casanova genannt hat?" Sie stand vom Bett auf und sah sich im Spiegel an.

„Einen Frauenhelden." Ich zog es vor, ihn so zu nennen. „Nun, er war damals einer. Aber er war jung, erst zweiundzwanzig. Das bedeutet, dass er damals mit vielen verschiedenen Mädchen zusammen war." Vielleicht war er das immer noch. Dass er keinen Ehering am Finger hatte, sagte mir, dass er sich mit niemandem dauerhaft eingelassen hatte. Außerdem hatte er nicht erwähnt, dass er eigene Kinder hatte, und ich war mir sicher, dass er das getan hätte, wenn es so wäre. Aber was wusste ich schon? Ich hatte nicht einmal gehört, dass er Milliardär geworden war.

„Wenn er jung war, als er diese Dinge tat, denke ich nicht, dass es zählt. Was denkst du, Mama?" Sie strich ihre Haare mit einer Hand glatt, da ihre natürlichen Wellen ziemlich hartnäckig sein konnten.

„Man kann einen Menschen nicht anhand seiner Vergangenheit beurteilen." Lächelnd griff ich nach ihrer Haarbürste. „Komm her und lass mich deine Haare noch einmal frisieren. Danach werden wir ein schönes Restaurant suchen."

„Während du unter der Dusche warst, habe ich mir das kleine Heft angesehen, das auf dem Tisch lag. Es gibt drei wirklich schicke Restaurants hier im Resort. Ich will hier essen." Sie rannte zu der Broschüre und zeigte darauf. „Ich kann das Wort nicht aussprechen."

„*Essence.*" Ich wollte nicht im Resort essen und riskieren, wieder auf Cohen zu treffen. „Ich dachte, wir gehen außerhalb essen."

„Aber schau dir diese Fotos an — es sieht so lecker aus!" Sie schmollte enttäuscht. Es war ein Anblick, bei dem ich niemals Nein sagen konnte.

„Okay, Süße. Wir können dort essen, wo du möchtest." Ich musste nur sicherstellen, Cohen nicht noch einmal zu begegnen. *Leichter gesagt als getan.*

KAPITEL DREI
COHEN

Ich schloss die Augen, lehnte mich in meinem Bürostuhl zurück und rief mir das erste Mal ins Gedächtnis, als Ember und ich uns geliebt hatten.

Es waren sieben Jahre vergangen, aber ich konnte mich noch gut daran erinnern.

Ihre Haut, das Weichste, was ich jemals gefühlt hatte, hatte gezittert, während ich meine Hände über ihre nackten Brüste bewegte. Volle Brüste, obwohl sie damals erst zwanzig gewesen war. Ich hatte vermutet, dass sie mit zunehmender Reife noch mehr wachsen würden.

Und das haben sie getan.

Ihre bebenden Lippen waren rot und geschwollen gewesen von all dem, was wir gemacht hatten, bevor sie sich schließlich bereit erklärt hatte, mit mir nach Hause zu gehen, um dort zu übernachten. Ich hatte sehen können, wie nervös sie war, so etwas mit mir zu tun. „Es ist okay, Ember. Ich verstehe es. Du möchtest nicht, dass jemand davon erfährt. Ich werde es niemandem verraten. Ich schwöre dir, dass ich niemals auch nur einer Menschenseele davon erzählen werde. Aber ich mache es nur für dich."

„Danke, Cohen. Meine Schwester darf es nie herausfinden oder es wird sie umbringen." Sie hatte ihren Körper geschmeidig bewegt, während sie mich langsam ritt, und vor Verlangen gestöhnt. „Aber ich fühle mich so verdammt gut bei dir, dass ich nicht anders kann."

Ich hatte ihre harten Brustwarzen zwischen Daumen und Zeigefinger genommen. „Bei dir fühle ich mich auch gut, Baby." Ich hatte gewusst, dass ich sie weiterhin sehen wollte. Aber ich war mir nicht sicher gewesen, ob sie daran Interesse hätte oder nicht, wenn sie so besorgt darüber war, dass ihre Schwester von uns erfahren könnte. „Morgen möchte ich dich zum Essen ausführen."

Sie hatte innegehalten und ihre Kinnlade war heruntergeklappt. „In der Öffentlichkeit?"

„Scheint so, als würdest du nicht mit mir gesehen werden wollen." Ihre Worte hatten mich ziemlich verletzt. „Wir könnten auf die andere Seite der Stadt oder sogar nach Galveston fahren. Ich möchte nicht, dass du denkst, dass es mir nur um Sex geht, weil es nicht so ist. Ich spüre eine echte Bindung zu dir. Es ist mehr als nur sexuell."

„Cohen, ich mag dich, das tue ich wirklich. Ich hatte noch nie zuvor eine so natürliche Verbindung zu jemandem. Mehr darf aber nicht passieren. Das weißt du, oder?"

Ich hatte ihre Bedenken begriffen. „Hör zu, du weißt, dass deine Schwester und ich uns nicht verstanden haben. Ehrlich gesagt konnte ich nie herausfinden, warum sie sich so verletzt verhielt, als ich ihr sagte, wir müssten es beenden. Wir hatten einen albernen Streit darüber, dass ich noch ein Bier bestellt hatte, nachdem sie mir gesagt hatte, ich solle es nicht tun. Ich bin ein verdammter Mann, kein Kind. Ich brauche keine Frau, die mir sagt, was ich tun darf und was nicht."

„Ich weiß, wie sie sein kann." Ihre Hände hatten meine Brust gestreichelt und sie hatte mich fasziniert betrachtet. „Woher hast du so viele tolle Muskeln?"

„Ich trainiere." Ich hatte ihre Hände genommen und sie zu mir hinunter gezogen, um ihre Arme um meinen Hals zu legen. „Küss mich und lass uns an nichts anderes denken als an dich und mich."

„Einverstanden."

So war es bei uns gewesen. Wir waren uns über so ziemlich alles einig gewesen. Nun, mit einer Ausnahme. Wir waren uns nie einig darüber gewesen, ob es richtig war, uns nach nur einer fantastischen Woche nicht mehr zu sehen. Ich war mir sicher gewesen, dass es auch für sie die beste Woche ihres Lebens gewesen war. Aber sie hatte es trotzdem beendet.

Ich öffnete meine Augen und dachte, ich sollte sie an jene Nacht erinnern, als wir heimlich auf der anderen Seite von Houston im *Red Lobster* gewesen waren.

Da es fast sechs Uhr abends war, rief ich den Küchenchef des *Essence* an. Er antwortete beim ersten Klingeln: „Was kann ich heute Abend für Sie tun, Mr. Nash?"

„Ich möchte, dass Sie Hummer für zwei Personen zubereiten und dazu die beste Flasche Weißwein servieren, die Sie haben."

„Kommen Sie zum Essen ins Restaurant oder soll ich es in Ihr Büro schicken lassen?"

„Es ist nicht für mich. Es ist für einen unserer Gäste und ein kleines Mädchen. Sie müssen es auf Ember Wilsons Zimmer servieren. Und stellen Sie sicher, dass Sie ihrer Tochter ein fruchtiges Getränk schicken." Ich hoffte, das würde Ember dazu veranlassen, Zeit mit mir zu verbringen.

„Ich werde es innerhalb einer halben Stunde auf ihr Zimmer bringen lassen."

„Großartig. Danke."

Ich hatte sie zur Mittagszeit auf ihrem Zimmer angerufen, um sie zu bitten, mit mir zu essen, aber sie hatte gesagt, dass sie und ihre Tochter bereits gegessen hatten. Und dank der Überwachungskamera im Flur vor ihrem Zimmer konnte ich sehen, dass sie ihre Suite seitdem nicht mehr verlassen hatte. Ich hatte unsere Mitarbeiter kommen und gehen sehen, sodass ich wusste, dass sie und ihre Tochter den Tag damit verbracht hatten, sich mit Massagen, Gesichtsbehandlungen und Maniküren verwöhnen zu lassen.

Ich begann zu denken, dass Ember nicht im Resort unterwegs sein wollte, weil sie Angst hatte, sie könnte mir begegnen. Wenn das der Fall war, bedeutete das, dass sie befürchtete, sich in Bezug auf mich nicht beherrschen zu können. Das war großartig, denn es fiel mir auch schwer, mich zu kontrollieren, wenn es um sie ging. So war es immer zwischen uns gewesen.

Es gab jedoch ihre Tochter zu berücksichtigen und ich hatte noch nie an ein Kind denken müssen. Aber ich mochte Kinder und dass sie eins hatte, schreckte mich nicht ab. Ich wollte einfach nur Zeit mit den beiden verbringen. Schließlich mochte ich Embers Gesellschaft.

Wollte ich Sex mit ihr haben? Sicher. Aber ich wusste, dass das schwierig wäre, solange ihr kleines Mädchen in der Nähe war. Die Zukunft war allerdings eine ganz andere Geschichte.

Nur etwas mehr als zwei Stunden würden uns trennen, wenn sie nach Houston zurückkehrte. Ich würde die Fahrt bereitwillig auf mich nehmen, um sie so oft zu besuchen, wie sie mir erlaubte.

Etwas auf dem Bildschirm meines Computers erregte meine Aufmerksamkeit und ich sah, dass die Mahlzeiten auf Embers Zimmer geliefert wurden. Sie öffnete die Tür in einem weißen Bademantel und sah entspannt und erfrischt aus.

Es gab keinen Ton, sodass ich nicht hören konnte, was gesagt wurde, aber ich konnte erkennen, dass ihre Reaktion anders ausfiel, als ich mir vorgestellt hatte. Sie schüttelte den Kopf und sah erschrocken aus, als sich eine dünne Linie auf ihrer Stirn bildete. Sie schickte den Portier zurück in den Flur und er ging schnell davon und nahm das Tablett mit dem Essen mit.

Was zur Hölle soll das?

Augenblicke später rief mich das *Essence* an. „Hier ist Cohen Nash."

„Hier spricht Sammy, der Zimmerservice-Manager. Ich fürchte, die Hummergerichte, die Sie Miss Wilson geschickt haben, wurden abgelehnt, weil ihre Tochter eine Allergie gegen Schalentiere hat. Was sollen wir jetzt tun, Sir?"

„Machen Sie zwei Portionen Makkaroni mit Käse. Aber schicken Sie sie nicht hoch. Ich werde sie holen." Als ich den Anruf beendete, war ich wütend auf mich selbst, weil ich nicht an Allergien gedacht hatte, als ich das Essen bestellt hatte.

Ich schloss mein Büro ab und machte mich auf den Weg zum *Essence*, um die Teller abzuholen, die das Personal für mich vorbereitet hatte, als ich dort ankam. Als ich zu Embers Suite ging, hasste ich die Schmetterlinge in meinem Bauch – und liebte sie gleichzeitig.

Das sieht mir überhaupt nicht ähnlich.

Aber genau das machte Ember mit mir. Sie rief alle möglichen Gefühle in mir hervor, was sonst niemand tun konnte.

Ich bereitete mich in Gedanken auf ihre Reaktion vor und klopfte an die Tür. „Zimmerservice."

Die Tür öffnete sich schnell. Schon zeigte sich Verärgerung auf ihrem überaus hübschen Gesicht. „Ich habe nichts bestellt ... oh, du bist es."

„Ich bin es. Ich habe etwas für dich und die kleine Madison mitgebracht." Sie trat nicht zurück, also war ich mir nicht sicher, was ihre Absichten waren. „Darf ich reinkommen?"

Madison streckte ihren Kopf hinter ihrer Mutter hervor und hatte ein Lächeln auf ihren Lippen. „Hi! Du hast uns auch etwas gebracht. Wie nett." Sie schob sich zwischen ihre Mutter und mich. „Kannst du ein bisschen reinkommen?"

„Ja." Ich sah, wie Embers Schultern heruntersackten, als sie sich umdrehte und wegging.

Obwohl sie überhaupt nicht begeistert über meine Gesellschaft wirkte, schien Madison sehr glücklich zu sein, dass ich vorbeigekommen war. Sie ging zu dem kleinen Esstisch. „Hier drüben, Mr. Cohen. Jemand hat uns vorhin etwas gebracht, das ich nicht essen darf. Mama hat es zurückgeschickt. Was hast du dabei?"

Ich stellte die silbernen Tabletts auf den Tisch und zog die Abdeckungen herunter. „Ich habe euch unsere berühmten Makkaroni mit Käse mitgebracht."

Sie klatschte lachend, als sie den weißen Bademantel, den sie trug, etwas enger um sich zog und sich dann setzte. „Ich liebe Makkaroni mit Käse. Es ist mein absolutes Lieblingsessen. Woher weißt du das?"

„Es ist auch mein Lieblingsessen." Als ich über meine Schulter sah, ging Ember gerade mit ein paar Kleidern in den Händen ins Badezimmer. „Ich habe auch einen Teller für dich mitgebracht, Ember."

„Ich werde mich umziehen. Ich fühle mich im Bademantel nicht wohl." Sie schloss die Tür hinter sich und ließ mich und Madison allein.

Madison schien kein Problem damit zu haben, da sie sich

schnell eine Gabel schnappte und anfing, zu essen. „Ich werde nicht auf sie warten. Sie braucht immer viel Zeit im Badezimmer."

Ich setzte mich auf den Stuhl ihr gegenüber. „Hattest du heute Spaß?"

„Spaß?" Sie schüttelte den Kopf. „Aber es hat mir gefallen. Ich habe eine Massage bekommen, aber es tat zuerst irgendwie weh. Und dann hat jemand meine Nägel lackiert." Sie streckte eine Hand aus und hielt mir ihre rosa Fingernägel hin. „Siehst du? Meine Zehen sind genauso. Mama hat sich eine Farbe ausgesucht, die sie *Nude* nennt. Ich nenne sie langweilig. Ich wollte, dass sie rote Nägel bekommt, aber sie wollte nicht. Ich denke, Mama mag es aus irgendeinem Grund nicht, aufzufallen. Was keinen Sinn ergibt, weil sie wirklich hübsch ist – besonders für jemanden, der *so* alt ist."

Ich versuchte, ein Lächeln zurückzuhalten – wahrscheinlich wirkte jeder alt, wenn man sechs war. „Vielleicht will sie wegen ihres Jobs nicht auffallen. Sie muss an den Bohrtürmen hauptsächlich mit Männern zusammenarbeiten. Ich wette, deshalb trägt sie keinen roten Nagellack, obwohl sie damit wunderschön aussehen würde."

„Sie würde wirklich wunderschön aussehen! Du hast so recht, Mr. Cohen."

„Du kannst das *Mister* weglassen und mich einfach Cohen nennen. Niemand außer dem Personal nennt mich Mister. Und wir sind Freunde, oder?"

„Sicher." Sie hielt mit ihrer Gabel in der Luft inne, als sie mir direkt in die Augen sah. „Wenn wir wirklich Freunde sind … kannst du mir dann sagen, warum meine Grandma dich nicht mag?"

„Nun, ich habe mich von ihrer ältesten Tochter getrennt. Und sie hat wohl nie begriffen, warum." Ich hatte nicht vor, mich mit dem Kind auf diese Art von Gespräch einzulassen, aber ich konnte die Frage nicht ignorieren.

„Hast du dich von Tante Ashe getrennt, weil sie herrisch ist und immer ihren Willen durchsetzen will?" Sie nickte wissend, als wüsste sie bereits die Antwort auf ihre Frage.

Ich wollte nichts Schlechtes über ihre Tante sagen. „Wir haben uns einfach nicht gut verstanden, deshalb habe ich die Sache mit ihr beendet. Aber sie ist jetzt verheiratet und hat Kinder. Sie muss also einen netten Mann gefunden haben, mit dem sie sich gut versteht, und ich freue mich für sie."

„Ich wusste, dass du nett bist." Sie belud ihre Gabel mit Makkaroni.

„Ich auch", erklang Embers sanfte Stimme.

KAPITEL VIER

EMBER

Es war fast unwirklich. Er war hier bei uns. Ich hatte das nie kommen sehen. Jetzt, da es tatsächlich geschah, war ich mir nicht sicher, was ich tun sollte.

Cohen zog zwei Weinflaschen aus der Tasche, die er mitgebracht hatte. „Ich bin mir nicht sicher, was zu Makkaroni mit Käse passt, Rotwein oder Weißwein, also habe ich beides dabei."

Das Essen reizte mich nicht – nicht einmal ein bisschen. „Ich nehme Rotwein. Ich habe momentan keinen Hunger, daher spielt es keine Rolle, welche Sorte ich trinke." Die Suite hatte eine Minibar, also holte ich Gläser und nahm für Madison eine Flasche Apfelsaft aus dem Minikühlschrank.

„Madison mochte, was ihr heute gemacht habt, aber sie hatte keinen Spaß", sagte er, als ich ihm die Gläser brachte. „Also dachte ich, ich könnte euch morgen zu einer Höhlentour mitnehmen, damit sie Spaß haben kann, während ihr hier seid."

Madison sprang vor Aufregung auf und ab. „Mama, sag ja, bitte!" Ihre Augen leuchteten so hell, wie ich sie noch nie gesehen hatte. „Eine Höhle, Mama! Eine echte Höhle! Wir müssen hingehen."

„Ich denke darüber nach." Ich konnte momentan keine voreiligen Entscheidungen treffen. Es stand zu viel auf dem Spiel.

„Das heißt Nein." Sie schmollte, um sicherzustellen, dass alle verstanden, dass sie mit meiner Entscheidung nicht zufrieden war.

„Es bedeutet nicht Nein", korrigierte ich sie wie so oft, wenn ich etwas sagte, das sie nicht gerne hörte. „Es bedeutet nur, dass ich darüber nachdenken muss."

„Es ist nur ein kleiner Ausflug in eine Höhle und danach könnten wir irgendwo zu Mittag essen." Cohen trommelte mit den Fingern auf den Tisch. „Wie wäre es mit *Cheesy Town Pizza* oder *Arcade Parlour?*"

„Wow! Mama!" Madison sprang von ihrem Stuhl auf und umarmte mich, als würde mich das dazu bringen, Ja zu sagen. „Bitte!"

Ich sah Cohen an, der mich sexy anlächelte. „Bitte."

„Ich habe gesagt, dass ich darüber nachdenken werde. Okay, ihr zwei?" Ich nahm die Flasche Rotwein, die er geöffnet hatte. „Willst du auch ein Glas?"

„Darauf kannst du wetten." Er wandte seine Aufmerksamkeit Madison zu. „Das sieht wirklich lecker aus."

Sie ergriff die andere Gabel und reichte sie ihm. „Es ist viel zu viel für mich. Wir können teilen."

Sein Grinsen verriet seinen Hunger. Er nahm die Gabel und machte sich daran, die Makkaroni mit Käse zu essen. „Ich habe nicht gescherzt, als ich sagte, dass das hier auch mein Lieblingsessen ist. Mir ist das Wasser im Mund zusammengelaufen, als ich die Teller abgeholt habe."

Nachdem ich zwei Gläser mit Wein gefüllt hatte, sah ich auf und stellte fest, dass beide ihre Köpfe nach rechts neigten. Sie hielten ihre Gabeln auf die gleiche Weise, kauten langsam und schlossen genießerisch ihre Augen, als ob die Makkaroni das Beste wäre, was sie jemals probiert hatten.

Wie kann sie ihm so ähnlich sein, wenn sie ihn noch nie zuvor getroffen hat?

„Das sind die besten Makkaroni mit Käse, die ich je gegessen habe, Cohen." Sie sah mich an. „Ich wünschte, du könntest sie auch so machen."

„Ich auch. Aber das Fertiggericht, das ich immer kaufe, kann dem Vergleich mit diesem Rezept wahrscheinlich nicht standhalten. Vielleicht könnte dein neuer Freund den Koch nach dem Rezept fragen und es mir geben." Ich trank einen Schluck Wein und fand ihn unglaublich gut. „Wow. Der Wein muss ein Vermögen gekostet haben."

„Ein kleines." Cohen nickte mir zu. „Und ich kann dir jedes Rezept besorgen, das du möchtest."

„Sie ist nie lange genug zu Hause, um richtig für mich zu kochen." Madison nahm die Saftflasche und versuchte, sie zu öffnen, konnte es aber nicht. Ich wollte gerade meine Hand danach ausstrecken, als sie sie Cohen reichte. „Kannst du das bitte für mich aufmachen?"

„Sicher, Süße." Er öffnete die Flasche und gab sie ihr zurück, bevor er mich ansah. „Bist du wirklich so oft von zu Hause weg, Ember?"

„Ich arbeite viel, ja." Es war nicht so, als hätte ich die Kontrolle über meinen Terminplan. „Wenn mein Partner und ich einen Auftrag bekommen, müssen wir so lange dranbleiben, bis die Ölquelle bereit ist. Die Manager mögen keine Personalwechsel an ihren Bohrtürmen. So ist das dort einfach. Die meisten Aufträge dauern nur ein paar Wochen. Aber hin und wieder gibt es welche, die einen Monat dauern, manchmal sogar länger. Mein Chef versucht, mich nicht dafür einzuteilen. Roger ist Mitte sechzig und ich bin Mutter, also versucht er, uns Aufträge zu geben, die wahrscheinlich nicht länger als zwei Wochen dauern."

Madison zuckte mit den Schultern. „Ich weiß nur, dass Mama manchmal nur ein paar Tage nach Hause kommt und dann wieder gehen muss. Das gefällt mir nicht. Ich denke, sie sollte genauso viel Zeit zu Hause haben wie bei der Arbeit."

„Nun, dieser Job funktioniert nicht so, Schatz. Und es ist ein gut bezahlter Job, also kann ich mich nicht beschweren, wenn sie mich zurück zur Arbeit schicken." Ich trank einen weiteren Schluck Wein und hoffte, dass er mich beruhigen würde, während sie unsere schwierige Familiensituation einem Mann erzählte, der für sie wie ein Fremder wirken sollte.

Ein besorgter Ausdruck trat auf Cohens Gesicht. „Ist das jetzt deine Karriere, Ember?"

„Es ist ein Sprungbrett. Die Firma ist eher klein. Ich warte darauf, dass eine Stelle in der Zentrale frei wird. Dann werde ich sehen, ob ich einen Schreibtischjob bekomme, bei dem ich jeden Tag zu Hause sein kann." Natürlich hatte Madison diesen Teil weggelassen, als sie ihm alles darüber erzählt hatte, wie selten ich bei ihr zu Hause war.

„Das ist gut. Nicht wahr, Madison?"

Wieder ein Schulterzucken. „Ich weiß nicht, wann das passieren wird. Es ist schon ewig so."

„Drei Jahre", sagte ich und schämte mich dafür, wie mein Kind unser Leben klingen ließ. „Und sie ist bei meinen Eltern, während ich weg bin. Sie hat dort ihr eigenes Zimmer voller Spielzeug. Dieses Kind hat es gut. Lass dich nicht von Madison dazu bringen, anders zu denken."

„Ich glaube nicht, dass sie es schlecht hat", erwiderte er mit einem Lächeln, das mir sagte, dass er ehrlich war. „Ich glaube, sie vermisst einfach ihre Mama."

„Nun, ich bin jetzt hier, Kleine. Also, was willst du mit dem Rest unseres Abends machen? Wir könnten uns den Film ansehen, nach dem du gefragt hast. Über die Kinder, die in den Weltraum reisen."

„Ich habe ihn schon bei Grandpa gesehen." Sie sah Cohen an. „Was machst du heute Abend?"

Er starrte mich an. „Ich habe frei."

Ich wollte nicht zulassen, dass er uns sowohl an diesem Abend als auch am nächsten Tag ausführte. „Nun, wie meine Tochter ausführlich dargelegt hat, haben wir nicht viel Zeit miteinander, also möchte ich nur mit ihr zusammen sein. Das verstehst du doch, oder?"

Er nickte und sah etwas enttäuscht aus. „Ja, du hast recht. Ihr zwei verbringt den Abend zusammen. Ich kann morgen mit euch Zeit verbringen."

„Kann er, Mama?" Madisons Augen starrten mich warnend an und forderten mich auf, Ja zu sagen.

Ich hatte keine Ahnung, warum sie ihn so sehr mochte. Sie hatte nicht genug Zeit gehabt, ihn überhaupt kennenzulernen. Ich nahm an, dass es an seinem Charme und seinem guten Aussehen lag. Der Mann musste Pheromone aussenden, die Frauen jeden Alters magisch anzogen.

Was Madison nicht über ihn wusste, war, wie leicht er von einer

Frau zur nächsten wechseln konnte, ohne jemals zurückzublicken. Sicher, er würde Zeit mit uns verbringen, aber sobald wir weg waren, wären wir aus seinen Gedanken verschwunden und er würde sich seiner nächsten Eroberung zuwenden.

Das weiß ich nur zu gut.

Ich war diejenige gewesen, die es zwischen uns beendet hatte. Aber er war innerhalb von ein paar Monaten weitergezogen und hatte nie versucht, sich wieder mit mir in Verbindung zu setzen.

Das hatte mehr wehgetan als in jener Nacht, in der wir uns tatsächlich getrennt hatten. Er hatte keine Ahnung, dass ich ihn nur zwei Monate danach mit einer anderen Frau gesehen hatte, als sie Hand in Hand einen Nachtclub betreten hatten.

Er war in der Stadt ausgegangen und ich war zu Hause fast verrückt geworden. Er war weitergezogen und mein Leben hatte fast aufgehört. Er hatte eine glänzende Zukunft gehabt und meine Zukunft hatte noch nie so unsicher ausgesehen.

Dass Cohen Nash nichts davon gewusst hatte, hatte dafür gesorgt, dass er mit seinem Leben und seinen neuen Eroberungen weitermachen konnte. Für mich hingegen hatte es keine Romantik mehr gegeben – und zwar verdammt lange.

„Ember, alles in Ordnung?", fragte er und berührte meine Hand, die neben meinem Glas Wein auf dem Tisch lag.

Wie immer war seine Berührung wie ein Stromschlag. Ich sah in seine grünen Augen und stellte fest, dass seine Iris immer noch Spuren von Braun enthielt. „Es geht mir gut." Mir ging es mehr als gut, als ich spürte, wie seine Berührung mein Herz höherschlagen ließ. Meine Seele bettelte um mehr.

„Also, was ist mit morgen?" Er bewegte seine Fingerspitzen sanft über meinen Handrücken. „Es wäre mir ein Vergnügen. Den ganzen Tag und sogar bis in die Nacht, wenn ihr zwei wollt. Ich würde euch gerne herumführen und Madison helfen, Spaß zu haben."

Spaß war seine Spezialität. Ein Teil seines Charmes bestand darin, wie erfinderisch er sein konnte, wenn es darum ging, einem Mädchen eine gute Zeit zu bereiten. Nicht, dass ich jemals mehr gebraucht hätte, als einfach nur mit ihm zusammen zu sein. Egal, wo wir gewesen waren oder was wir in jener Woche zusammen gemacht hatten, es war immer lustig, interessant und manchmal sogar umwerfend gewesen.

Aber ein weiterer Tag mit ihm würde mich nur noch mehr verletzen, als ich bereits verletzt worden war – obwohl er überhaupt nichts davon wusste. Und demnach zu urteilen, wie meine Tochter sich verhielt, würde sie mich eines Tages fragen, warum es nicht mehr Kontakt geben konnte.

Aber es durfte nicht mehr geben, und das wusste ich auch. Selbst wenn Cohen es nicht verstand – meine Familie bedeutete mir die Welt und ich konnte sie nicht verletzen, nur damit ich haben konnte, was und wen ich wirklich wollte.

Die Vergangenheit war vorüber, aber die Menschen in meinem Leben würden niemals begreifen, was ich damals getan hatte. Ich wollte keinen Streit mit denjenigen, die mir nicht nur wichtig waren, sondern mir auch mit meiner Tochter halfen.

Schließlich hatte ich es nicht alleine geschafft. Als ich zu meiner Familie gegangen war und ihnen von der Schwangerschaft erzählt hatte, hatten sie ihr Bestes getan, um mich zu unterstützen. Selbst als ich sie angelogen und ihnen gesagt hatte, dass ich nichts mit dem Vater zu tun haben wollte, da er nur ein One-Night-Stand gewesen war, hatten sie mir während der Schwangerschaft geholfen und mich unterstützt, als ich im zarten Alter von einundzwanzig Jahren Mutter geworden war.

Meine Schwester hatte bei der Geburt meine Hand gehalten. Sie war in jeder Hinsicht für mich da gewesen. Ich hatte keinen Zweifel daran, dass sie sich völlig betrogen fühlen würde, wenn sie die Wahrheit erfuhr.

Cohen hatte keine Ahnung, dass ich ihm in der Nacht, in der ich den Schwangerschaftstest gemacht hatte, zu dem Nachtclub gefolgt war. Herauszufinden, dass wir in der kurzen Zeit, die wir zusammen verbracht hatten, ein Baby gezeugt hatten, war sehr hart gewesen. Es war schon schwer genug gewesen, unsere Beziehung zu beenden, nachdem ich näher daran gewesen war, mich zu verlieben, als jemals zuvor, also war ich in jener Nacht ohnehin ein emotionales Wrack gewesen.

Aber als er aus seinem Truck gestiegen war, seiner Begleiterin beim Aussteigen geholfen und sie bei der Hand genommen hatte, um sie für eine Nacht voller Drinks, Tanzen und Sex in den Club zu führen, hatte ich es nicht übers Herz gebracht, ihm zu sagen, warum ich ihn aufgespürt hatte.

Ich hatte ihm nicht sagen können, dass er Vater werden würde.

Und ich werde ihm niemals das Geheimnis verraten, das ich sieben Jahre lang für mich behalten hatte.

„Es tut mir leid, Cohen. Ich muss Zeit mit meiner Tochter verbringen – allein."

KAPITEL FÜNF
COHEN

Ich war es nicht gewohnt, mich einsam zu fühlen – es war nichts, was ich in meinem Leben oft empfunden hatte. Heute Abend war eine seltene Gelegenheit. Allein zu Hause, ein Glas Jamison on the rocks in der einen und die Fernbedienung in der anderen Hand, wollte ich mich auf das Sofa fallen lassen, um mir etwas anzusehen, das mich von Ember ablenken würde.

Mein Handy klingelte und ich hoffte, dass Ember anrief, um mir zu sagen, dass sie ihre Meinung über morgen geändert hatte. Ich hatte meine Visitenkarte mit meiner privaten Telefonnummer auf dem Tisch in ihrem Zimmer liegen lassen, um sicherzustellen, dass sie mich anrufen konnte, wenn sie wollte. Als ich das Handy aus meiner Tasche zog, ersetzte Enttäuschung die Hoffnung, die so schnell in mir aufgekeimt war. „Tanya", murmelte ich und leitete den Anruf an die Mailbox weiter.

Ich hatte sie in der letzten Woche ein paarmal gesehen. Es hatte aber keine Funken zwischen uns gegeben. Wenn Ember nicht in mein Leben zurückgekehrt wäre, hätte ich den Anruf angenommen und wäre wahrscheinlich mit der Frau im Bett gelandet.

Funken oder nicht, mittelmäßiger Sex ist besser als gar kein Sex.

Nach der frischen Erinnerung daran, wie sich großartiger Sex und eine echte emotionale Verbindung mit jemandem anfühlten –

genauer gesagt mit Ember –, konnte ich nicht die Energie aufbringen, mit einer anderen Frau zu sprechen. Heute Abend war es besser, allein zu sein, als so zu tun, als würde ich Tanyas Gesellschaft genießen.

Ich nahm Platz und probierte einen Schluck von dem Drink. Obwohl der Whisky mit Eis gekühlt war, brannte es, als er meinen Hals hinunterfloss. Ein langsames Brennen begann in meinem Magen, nicht nur wegen des Alkohols – Ember spielte auch eine Rolle dabei.

Plötzlich konnte ich nicht mehr fernsehen, also legte ich die Fernbedienung weg und stand auf, um draußen spazieren zu gehen. Ich wohnte seit einem Jahr in diesem Haus, das ich selbst gebaut hatte. Meine Schwägerin Sloan hatte es nach meinen Vorgaben entworfen und die Baupläne dafür erstellt. Ich liebte mein Zuhause. Aber heute Nacht fühlte es sich so leer an wie ein Grab.

In der Annahme, für immer Junggeselle zu sein, hatte ich keine riesige Villa gebaut, wie es meine älteren Brüder getan hatten. Im Vergleich dazu war meine Wohnfläche geradezu bescheiden. Auf vierhundert Quadratmetern befanden sich drei Suiten mit Schlafzimmern. Jede Suite hatte Sitzbereiche, ein eigenes Bad und riesige begehbare Kleiderschränke, die mit Waschmaschinen und Trocknern ausgestattet waren. Ich dachte, meine Gäste würden solchen Luxus schätzen.

Wenn die Gentry-Brüder, unsere Cousins aus Carthage, zu Besuch nach Austin kamen, übernachteten sie meistens bei mir. Da ich keine Frau und keine Kinder hatte, um die ich mich kümmern musste, war mein Haus perfekt für Gäste.

Neben den Gäste-Suiten befand sich mein Hauptschlafzimmer. Meine private Spielwiese. Ich hatte mein Bett maßanfertigen lassen. Es war größer als ein texanisches Kingsize-Bett und eines Kaisers würdig. Der Kopf- und Fußbereich konnten mit einer Fernbedienung eingestellt werden, sodass es einzigartige sexuelle Positionen ermöglichte. Und es eignete sich auch großartig zum Schlafen.

Das Haus verfügte über ein großes Wohnzimmer direkt neben dem Haupteingang. Die Küche – entworfen von meinem jüngeren Bruder Stone – sah wunderschön aus, wurde aber nicht viel genutzt.

Ich wollte, dass Stone von Zeit zu Zeit einen schönen Ort zum Kochen hatte. Er liebte es, zu mir zu kommen, um etwas zuzubereiten, mit dem ich eine Frau, die ich datete, beeindrucken konnte. Mein kleiner Bruder war ein echter Ehrenmann.

Ich verließ den Medienraum, ging in den Wintergarten und dann durch die Hintertür auf die Terrasse. Die Unterwasserbeleuchtung des Swimmingpools, der den großen Garten fast ausfüllte, ließ das klare Wasser glitzern. Das Plätschern des Wasserfalls hallte von den hellgrauen Steinwänden des Gästehauses wider.

Drei Gästesuiten waren wahrscheinlich genug, um meine Besucher unterzubringen, aber ein zweihundert Quadratmeter großes Gästehaus am Pool schien trotzdem eine gute Idee zu sein. Außerdem gab es dort ein Spielzimmer, das direkt von der Terrasse aus zugänglich war. Ein Billardtisch, alte Arcade-Spiele und Tischfußball waren nur einige der Dinge, mit denen man dort Spaß haben konnte. Ein hochmodernes Soundsystem sorgte in dem Raum für zusätzliche Unterhaltung und war mit den vielen Außenlautsprecher verbunden, die sich überall im Garten befanden.

Ich ging über die Terrasse in das Gästehaus. Das Licht ging an, als ich eintrat. Der Reinigungsservice war an diesem Morgen gekommen und alles roch frisch.

Als ich mich im Wohnzimmer umsah, verharrten meine Augen auf dem Kamin. Ich drehte mich um, ging zum Bedienfeld an der Wand neben der Tür und drückte den Knopf für den Kamin.

Augenblicklich wurde die Deckenbeleuchtung gedimmt und die orangefarbenen und gelben Flammen tanzten hinter den Glasscheiben. Man konnte den Anblick nicht nur im Wohnzimmer genießen, sondern auch im Esszimmer.

Ich ging im Haus herum und fragte mich, warum ich überhaupt dort war. Meine melancholische Stimmung ließ mich seltsame Dinge tun. Ich setzte mich an den Tisch für vier Personen und stellte mein Glas auf die glänzende Holzoberfläche, während ich beobachtete, wie das Feuer in einem langsamen Rhythmus flackerte.

„Faszinierend." Das Gold in den Flammen erinnerte mich an Embers Augen – hellbraun mit goldenen Flecken, die manchmal tanzten.

Als sie mir wieder in den Sinn kam, dachte ich darüber nach, was ihr kleines Mädchen darüber gesagt hatte, wie oft sie weit weg von zu Hause arbeiten musste. Es gab Dinge, die ich für sie tun konnte, um ihr Leben besser zu machen. Aber Ember war noch nie jemand gewesen, der Almosen annahm.

Ich muss herausfinden, wie ich ihr etwas geben kann, ohne dass sie es als Almosen betrachtet.

Ein Job würde nicht so angesehen werden. Und wenn dieser Job Vorteile hätte – wie ein dazugehöriges Zuhause –, dann wäre das auch kein Almosen.

Ember in meinem Gästehaus zu haben, würde für mich viele Veränderungen bedeuten. Da sie vor Madison nichts über unsere gemeinsame Vergangenheit gesagt hatte, dachte ich, dass sie immer noch keine öffentliche Beziehung zu mir haben wollte. Und ich war nicht länger ein Mann, der im Verborgenen bleiben würde.

Wenn ich sie bat, für das Resort zu arbeiten und in mein Gästehaus zu ziehen, könnte alles viel schwieriger für mich werden. Da sie auf der anderen Seite der Terrasse wäre, würde ich mich nicht wohl damit fühlen, andere Frauen nach Hause zu bringen.

Nicht, dass dies das Schlimmste wäre. Wenn Ember mir so nahe wäre, würde ich sie definitiv in jeder Hinsicht wollen. Wenn sie mich nicht wollte oder mich zwar begehrte, aber keine echte Beziehung wollte, dann würden die Dinge zwischen uns sehr schnell problematisch werden.

Ich habe keine Ahnung, was ich tun soll.

Sie und Madison zu entwurzeln, nur um mir selbst Vergnügen zu bereiten, war viel zu egoistisch. Andererseits wäre es wirklich schön, dafür zu sorgen, dass sie viel mehr Zeit miteinander verbringen konnten. Obwohl sie es vielleicht etwas zu großzügig von mir finden und mich fragen würde, was ich als Gegenleistung von ihr wollte.

Und was wäre meine Antwort?

Es wäre eine Lüge, wenn ich sagen würde, dass ich nichts von ihr wollte. Ich wollte viel von ihr. Viele Umarmungen, Küsse und lustvolle Schreie, wenn wir unserer Leidenschaft freien Lauf ließen.

Sie wird sich niemals darauf einlassen. Zumindest nicht so, wie ich es möchte.

Ember hatte beendet, was wir gehabt hatten, weil sie ihr Verhältnis zu ihrer älteren Schwester nicht ruinieren wollte. Sie hatte auch nicht gewollt, dass ihre Eltern verärgert und enttäuscht waren. Nach dem zu urteilen, was ich in der kurzen Zeit, die wir zusammen im Resort verbracht hatten, von ihr mitbekommen hatte, dachte sie immer noch so.

Ich trommelte mit den Fingern auf den Tisch und machte mir Gedanken darüber, was ich tun sollte und was nicht. Ich war mir nicht sicher, ob Ember überhaupt irgendein Angebot von mir annehmen würde. Und Madison musste ihren Großeltern sehr nahestehen, da sie sich seit Jahren um sie kümmerten. Sie würde sie wahrscheinlich auch nicht verlassen wollen.

Ich trank einen weiteren Schluck Jamison und wünschte, ich hätte die perfekte Idee. Oder zumindest die Selbstdisziplin, nicht auf mein Verlangen nach Ember zu reagieren, wenn dies das Beste für sie und ihr Kind war.

Sie war schließlich nicht allein auf der Welt. Sie hatte ihre Tochter und ihre ganze Familie zu berücksichtigen. Ich hatte niemanden zu berücksichtigen und das machte es mir leicht. Ich konnte machen, was ich wollte.

Ja, aber sie könnte es auch, wenn sie einfach aufhören würde zu glauben, dass ihre ganze Familie sie verstoßen würde, wenn sie mit mir zusammen wäre.

Natürlich wäre ihre Familie ohnehin nicht damit einverstanden, dass sie ein Jobangebot von mir annahm und in mein Gästehaus zog.

Warum quäle ich mich also mit all diesen Gedankenspielen?

Ein Lächeln umspielte meine Lippen, als ich nickte. Ember war mir wichtig – schon immer. Ich hatte damals kein einziges Mal daran gedacht, die Dinge mit ihr zu beenden.

Die Wahrheit war, dass sie die einzige Frau war, in die ich mich jemals verliebt hatte. Und sie hatte mir all das so schnell wieder entrissen, dass etwas in meinem Herzen zerbrochen war.

Die Nacht, in der sie sich von mir getrennt hatte, war das zweitschlimmste Ereignis in meinem Leben gewesen. Der Verlust meiner Eltern stand an erster Stelle. Aber Ember zu verlieren hatte auch eine tiefe Narbe hinterlassen.

Ich konnte nicht anders, als herausfinden zu wollen, ob wir noch eine Chance hatten, Liebe zu finden – echte, wahre Liebe. Ich hatte so etwas seit sieben Jahren nicht mehr gefunden und sie auch nicht. Das musste ein Zeichen dafür sein, dass wir nicht bei anderen Menschen sein sollten. Wir sollten zusammen sein und fertig.

Wie zum Teufel kann ich sie lange genug allein erwischen, um mit ihr über uns zu sprechen?

Ich trank noch einen Schluck und schloss die Augen. Es war sinnlos. Ember würde mir keine zweite Chance geben. Sie würde *uns* keine zweite Chance geben. Ich musste die Realität akzeptieren und durfte nicht länger darüber nachgrübeln, was hätte sein können.

Ich stellte das leere Glas ab, öffnete die Augen und betrachtete wieder das Feuer. Es tröstete mich überhaupt nicht, da die goldenen Flammen mich an ihre Augen und blonden Haare erinnerten.

Ich verließ das Gästehaus und ging wieder in mein Haus. Ich füllte mein Glas nach und ging zurück in den Medienraum, um fernzusehen. Ich musste aufhören zu versuchen, mir einen Plan auszudenken, den Ember ohnehin ablehnen würde.

Als ich mich setzte, hatte ich eine Idee. *Was ist, wenn ich mir die Zustimmung ihrer Schwester Ashe hole?*

Ich legte meinen Kopf schief und dachte darüber nach. *Wenn es Ashe egal ist, ob wir zusammen sind, dann gibt es für Ember keinen Grund, es nicht noch einmal mit mir zu versuchen.*

Ich zog mein Handy aus der Tasche und öffnete meine Social-Media-App, um nach Ashe zu suchen. *Das kannst du nicht tun.*

Ich legte mein Handy auf den Couchtisch. Wenn ich Ashe nach Ember fragen würde, würde sie es ihr verraten. Und dann wäre Ember wütend auf mich.

Sie hasste mich nicht und ich wollte nicht, dass sie es jemals tat. Ich hatte keine richtigen Antworten darauf, wie ich Ember wieder in meine Arme und mein Bett locken könnte.

Warum muss Liebe so verdammt kompliziert sein?

KAPITEL SECHS
EMBER

„Ich will ein Schaumbad nehmen, Mama. Würdest du es für mich einlassen?" Madison begann auf dem Weg ins Badezimmer, sich auszuziehen. „Und mach das Wasser nicht zu heiß, wie du es manchmal tust."

Das war ein einziges Mal passiert. „Ja, Eure Hoheit."

Nachdem ich die Wanne zur Hälfte gefüllt hatte, überließ ich sie ihrem Schaumbad, um ein Glas Wein zu trinken. Ich trank nicht oft, aber ich wollte nicht auf kostenlosen Wein verzichten. Als ich am Tisch vorbeikam, um mein Glas zu holen, bemerkte ich die Visitenkarte darauf.

Der gerissene Kerl hat seine Nummer für mich hinterlassen.

Ich nahm die Visitenkarte und steckte sie in meine Handtasche. Es wäre vielleicht gar keine so schlechte Idee, seine Nummer zu haben – für den Notfall. „Geht es dir gut, Kleine?"

„Ja, Mama."

Ich ging zum Bett und legte meinen Kopf auf die vielen weichen Kissen.

Ich hatte mir nicht erlaubt, an die Zeit, die Cohen und ich zusammen verbracht hatten, zurückzudenken. Es schien mir ungesund zu sein – psychisch gesehen.

Aber als ich mehrere Gläser Wein getrunken hatte und mein

Kind sich in der Badewanne das Herz aus dem Leib sang, hatte ich ein paar Minuten Zeit für mich. Ich stellte mir vor, wieder in Cohen Nashs Bett zu liegen.

In meiner Fantasie kam er nackt ins Zimmer und sah aus wie ein Gott. „Hey, schöner Mann."

Er grinste schief. „Wer, ich?"

„Tu nicht so, als ob du es nicht weißt." Ich lockte ihn mit dem Finger zu mir. „Ich weiß nicht, wie du es machst, aber bei dir bin ich unersättlich."

Er rannte zum Bett und sprang darauf. Bevor ich mich versah, hielt er mich in seinen starken Armen und drehte sich mit mir, sodass er oben war und mich unter sich festhielt. „Gut, denn ich habe auch einen unersättlichen Appetit auf dich, Baby." Er drang in mich ein und sah mir dabei in die Augen.

„Das fühlt sich verdammt gut an."

„Ich weiß." Er bewegte sich langsam. „Ich werde ohne Kondom nicht zu weit gehen, aber ich musste dich spüren – so wie du wirklich bist."

„Du verwöhnst mich." Ich krümmte meinen Rücken, während ich meine Knie beugte, damit er tiefer in mich glitt. „Ich werde morgen früh zum Arzt gehen und mir die Pille verschreiben lassen. In einem Monat können wir aufhören, Kondome zu verwenden." Ich hatte nicht vorgehabt, so etwas zu sagen, und schloss schnell meinen Mund.

„In einem Monat, hm?" Er schmiegte sich an meinen Hals und knabberte daran. „Das klingt gut."

Cohen Nash war kein Mann, der lange mit demselben Mädchen ausging, also hatte ich keine Ahnung, warum ich plötzlich eine so große Entscheidung getroffen hatte. „Oder vielleicht sollte ich so etwas Drastisches doch nicht tun."

„Das solltest du unbedingt tun, Baby." Er zog eine Spur sanfter Küsse über meinen Hals, während er seinen nackten Schwanz in mich stieß.

Ich wollte nicht, dass er aufhörte. Es war unser drittes Mal Sex in dieser Nacht – unserer ersten gemeinsamen Nacht. Ich redete mir ein, dass sein Sperma vielleicht nicht so stark sein würde, da er in den letzten Stunden so viel davon verbraucht hatte. Ich wusste, dass das Unsinn war, aber mein Verstand war zu sehr mit anderen Dingen beschäftigt – wie etwa meiner Begierde.

Ich strich mit meinen Händen über seinen muskulösen Rücken und stöhnte, als er sich wie die Wellen des Ozeans bewegte. Der Sex war immer großartig, aber die Verbindung, die ich jetzt zu ihm fühlte, war jenseits meiner wildesten Vorstellungskraft. Ich hatte mich bei niemand anderem so gefühlt. Aber ich hatte auch noch nie einen Schwanz ohne Kondom in mir gehabt.

Die Art, wie er meinen Hals küsste und sich bewegte, führte mich immer tiefer in einen Abgrund, in dem es nichts als ihn und mich und die Laute, die wir machten, gab – leises Stöhnen, lautes Keuchen und das Geräusch unserer Körper, die gegeneinander prallten.

Er lag auf mir und sein Herz schlug so heftig, dass ich es auf meiner Brust fühlen konnte. Meine Nägel gruben sich in seinen Rücken, als mein Körper dem Höhepunkt näherkam. „Cohen!"

„Tu es", knurrte er, als sein Mund sich zu meinem Ohr bewegte und es mit heißem Atem füllte. „Ich werde mich beherrschen. Tu es einfach, Baby. Komm für mich."

Ich konnte nichts dagegen tun, als die Ekstase über mich hereinbrach und ich zum Orgasmus kam. Ich hielt seinen Körper mit meinen Beinen umklammert und wollte nicht, dass er sich von mir löste, als ich mich ihm entgegenwölbte. Ich wollte, dass er diese Glückseligkeit mit mir teilte.

„Baby, lass mich los."

Ich grub meine Nägel tiefer in seine Haut. „Nein. Ich kann nicht."

„Ember!" Er schob eines meiner Knie von sich weg und glitt dann aus mir heraus. Als er neben dem Bett stand, zitterten seine Hände, während er ein Kondom aus der Packung nahm und sich beeilte, es über seinen harten Schwanz zu streifen. „Verdammt!" Es rutschte sofort herunter – seine Erektion war zu groß und zu feucht von mir.

Ich fühlte mich so gut, dass ich beschloss, etwas zu tun, damit er sich genauso gut fühlte. Ich kniete mich hin, streckte die Hand aus und berührte seinen Bauch, während er in der Schublade des

Nachttisches nach einem neuen Kondom suchte. „Lass mich das machen."

Er sah mich an, als ich mit beiden Händen über seine riesige Erektion strich, und lächelte sexy. „Bist du sicher?"

„Ja. Gib mir alles, was du hast." Ich nahm ihn tief in meinem Mund auf und strich mit meiner Zunge über die Unterseite seines Schwanzes.

Ich hatte noch nie einen Blowjob gegeben. Für Cohen würde ich es aber tun. Er hatte mir gezeigt, wie großartig ich mich bei ihm fühlen konnte, also wollte ich mich revanchieren.

Ein Schauder durchlief mich, als er meine Haare in eine Hand nahm, sie aus meinem Gesicht strich und zurückhielt, während ich ihn auf eine Weise verwöhnte, die ich mir selbst nicht zugetraut hatte.

Ich wollte es – ich wollte *ihn* mehr als jemals etwas zuvor. Mein Herz pochte, als ich mich gehen ließ und an nichts außer seinem Vergnügen dachte.

„Himmel, Baby", stöhnte er, „du siehst so verdammt schön aus mit meinem Schwanz in deinem Mund. Du hast keine Ahnung."

Seine andere Hand ruhte auf meiner Schulter, als ich spürte, wie sein Körper bebte. Ich wusste, dass er bereit war, zu kommen. Sein Atem wurde ein Keuchen und seine Finger gruben sich in meine Haut, als er bei seinem Orgasmus stöhnte.

Er ergoss sich in meine Kehle und füllte meinen Mund, sodass ich mich beeilte, die warme, salzige Flüssigkeit zu schlucken. Ein bisschen mehr kam und ich trank auch das. Ich strich mit meiner Zunge über seine Erektion, bevor ich meinen Mund von ihm nahm.

Seine Augen waren geschlossen, als er sich umdrehte und neben mir auf das Bett zurückfiel. „Verdammt", flüsterte er, als er seinen Arm ausstreckte, mich packte und an seine Seite zog. „Du hast mich für alle anderen Frauen ruiniert."

Ich lachte in dem Wissen, dass das nicht stimmte. „Komm schon, du wilder Hengst. Ich kann einen Casanova wie dich nicht ruinieren."

„Das hast du aber." Er drehte sein Gesicht und ich sah etwas anderes in seinen grünen Augen. Sie waren irgendwie weicher. „Eines Tages werde ich dich heiraten, Ember Wilson."

Ich musste lachen „Ach ja?"

Er zog mich noch näher an sich. Seine Lippen berührten meine und sandten Schockwellen durch mich, als er mit heiserer Stimme antwortete: „Oh, ja."

Ich öffnete meine Augen und fühlte mich unwohl, als ich in die Realität zurückkehrte. Mein Körper zitterte, als die Emotionen drohten, mich zu überwältigen. Ich stand unsicher auf, ging zu meiner Handtasche und holte die Zigarettenschachtel heraus, die ich dort aufbewahrte, um mich zu entspannen, wenn alles zu stressig wurde.

Es war eine schreckliche Angewohnheit und obwohl ich selten rauchte, wusste ich, dass ich aufhören musste – für Madison, wenn nicht für mich selbst. Meine Hände zitterten, als ich in meiner Handtasche nach einem Feuerzeug suchte. *Wie konnte ich Zigaretten mitbringen, aber kein Feuerzeug?*

„Mama?", erklang die Stimme meiner Tochter.

Ich hob den Kopf und sah, wie sie in ein weißes Handtuch gewickelt vor dem Badezimmer stand. Ich ergriff diskret die Zigarettenschachtel, steckte sie wieder in das kleine Fach der Handtasche und zog den Reißverschluss zu. „Bist du fertig?"

„Das Wasser ist kalt." Sie sah mich mit zusammengekniffenen Augen an. „Was machst du da, Mama?"

„Nichts." Ich schloss meine Handtasche und ging zu ihr. „Lass mich dein Nachthemd holen."

Niemand wusste von meiner hässlichen kleinen Angewohnheit und niemand würde es jemals erfahren. Ich würde bald aufhören zu rauchen. Ich musste nur erst lernen, mich ohne Zigaretten zu beruhigen.

Eine alleinerziehende Mutter zu sein war nicht einfach. Aber meine ganze Familie und all meine Freunde anzulügen war genauso schwer. Und jetzt log ich Cohen an, was alles noch schlimmer machte.

Seit ich Cohen wiederbegegnet war, hatte ich starke Schuldgefühle. Ein Teil von mir wusste, dass er es verdient hatte, die Wahrheit zu erfahren. Aber die Angst vor dem, was das bedeuten würde, war stärker als alles andere.

Madison hob ihre Arme und ließ das Handtuch um ihre kleinen

Füße herum auf den Boden fallen, als ich das Nachthemd über ihren Kopf zog. „Mama, was machen wir morgen?"

„Ich weiß es noch nicht." Ich hatte nicht darüber nachgedacht und fühlte mich schuldig deswegen.

„Also hast du keine Pläne für uns?" Sie ging zu ihrem Koffer und holte eine frische Unterhose heraus, die mit Einhörnern bedruckt war. „Warum hast du Cohen dann gesagt, dass wir nicht mit ihm ausgehen können?"

Ich hatte keine Ahnung, wie ich ihr verständlich machen sollte, warum ich nicht mit dem Mann zusammen sein konnte. „Ich werde Pläne machen, bevor ich heute Nacht schlafen gehe. Versprochen. Jetzt hol mir den Kamm, damit ich deine nassen Haare frisieren kann. Wenn du so schlafen gehst, werde ich sie nie entwirren können."

„Ich mag ihn", sagte sie streng. „Er ist nett. Warum magst du ihn nicht?"

„Er war der Freund meiner Schwester", platzte ich heraus, ohne es zu wollen.

„Und?" Sie hatte keine Ahnung, wie solche Dinge funktionierten. „Sie ist jetzt mit Onkel Mike verheiratet. Sie wird nicht wütend auf dich sein, wenn du ihn jetzt magst."

Sie wird aber wütend darüber sein, dass wir nur sechs Monate nach ihrer Trennung zusammen waren. Und sie wird wütend darüber sein, dass ich ihr in den letzten sieben Jahren verschwiegen habe, dass er dein Vater ist!

Natürlich konnte ich meiner sechsjährigen Tochter so etwas nicht sagen. „Nun, ich mag ihn nicht auf diese Weise. Und ich bin hergekommen, um Zeit mit dir zu verbringen – nicht mit ihm. Wenn ich gewusst hätte, dass dieses Resort ihm gehört, hätte ich die Reise jemand anderem überlassen. Ich wäre nicht einmal hierhergekommen."

Ihr Kopf neigte sich zur Seite, als sie mich neugierig ansah. „Warum hättest du das getan? Er ist nett. Und gutaussehend. Und er mag dich. Ich weiß, dass er es tut. Ich habe gesehen, wie er dich mit verliebten Augen angesehen hat."

Ich musste lachen „Du bist ja richtig romantisch. Wer hätte das gedacht?"

„Ich erkenne verliebte Augen, wenn ich sie sehe." Sie stemmte die Hände in die Hüften. „Colton in der Schule sieht mich die ganze Zeit so an. Ich mag ihn aber nicht. Aber du könntest Cohen mögen, wenn du ihm erlaubst, Zeit mit uns zu verbringen. Ich weiß, dass du es könntest."

Du irrst dich, Kleine. Ich könnte diesen Mann lieben – nicht nur mögen.

KAPITEL SIEBEN

COHEN

Ich hatte in der Nacht kaum geschlafen. Bei dem Gedanken daran, dass Ember direkt in meiner Nähe war, überschlugen sich meine sexuellen Fantasien. Mir war jedoch klar, dass es nur Fantasien waren.

Wenn Ember mein Angebot annahm, würde sie auch ihre Tochter mitbringen, was bedeutete, dass ich aufpassen müsste, wie ich mich verhielt. Knapp einen Monat vor meinem dreißigsten Geburtstag hatte ich das Gefühl, dass es ohnehin Zeit war, mich mehr wie ein Erwachsener zu benehmen. Und ein Kind in der Nähe zu haben, könnte einen positiven Einfluss auf mich haben.

Ein Mann darf hoffen.

Da ich zu Hause nichts zu tun hatte und hellwach war, ging ich früh zur Arbeit. Als Chef des Resorts hatte ich mein Büro ganz oben im fünfzehnten Stock des Gebäudes eingerichtet. Es befand sich mitten auf der Etage und bot durch ein raumhohes Fenster einen atemberaubenden Blick auf die Skyline der Innenstadt. Ich wusste, dass Madison begeistert davon wäre.

Da es erst sieben Uhr morgens war, hatte ich die Hoffnung, dass ich Ember erwischen könnte, bevor sie zu dem gemeinsamen Tag mit Madison aufbrach, den sie geplant hatte. Ich hatte die ganze Nacht gegrübelt, ob ich ihr einen Job und mein Gästehaus anbieten sollte oder nicht. Schließlich hatte ich meine Entscheidung getroffen.

Es war egal, dass sie mit mir Schluss gemacht hatte. Es war egal, dass sie mich verletzt hatte – alles, was zählte, war, dass die Frau mir einst viel bedeutet hatte. Jetzt hatte ich etwas, das ich ihr anbieten konnte, um ihr Leben und das Leben ihres Kindes besser zu machen.

Ich hatte eine Notiz unter der Tür von Embers Suite durchgeschoben und sie gebeten, Madison mitzubringen und in mein Büro zu kommen, bevor sie das Resort für diesen Tag verließen. Ich stellte sicher, dass ich eine Überraschung für Madison hatte. Ich war mir ziemlich sicher, dass Ember ihrem kleinen Mädchen nichts vorenthalten würde, indem sie es nicht zu mir brachte.

Ich hatte die Tür zu meinem Büro weit offen gelassen, sodass es keine Entschuldigung dafür gab, dass sie mich nicht finden konnte. Mein Name stand an der Tür, aber ich durfte die Fähigkeit der Frau, mich zu meiden, nicht unterschätzen.

Selbst nach sieben Jahren musste sie immer noch das Gefühl haben, dass es ihrer Schwester wehtun würde, wenn sie mit mir zusammen wäre. Die Vorstellung war lächerlich – und ich musste sie dazu bringen, das selbst zu erkennen.

Ich machte mich an die Arbeit, um mich abzulenken. Ein paar Stunden waren vergangen, als ich ein Klopfen hörte. „Wow!" Madison schnappte hinter mir nach Luft.

Ich drehte mich auf meinem Stuhl um und sah, wie sie und ihre Mutter dastanden, während ihre Augen auf das Fenster gerichtet waren. „Willkommen in meinem Büro." Ich stand auf und deutete auf das Sofa. „Nehmt Platz."

Keine der beiden konnte den Blick von der Aussicht abwenden, während sie sich setzten. Schließlich blickte Ember zu mir. „Bekommst du das jeden Tag zu sehen?"

„Nicht an den Tagen, die ich frei habe." Ich lehnte mich an meinen Schreibtisch und verschränkte die Arme vor der Brust. Ich trug etwas Lässiges, damit Ember nicht von meinem Anzug abgelenkt wurde. Jeans, ein weißes Hemd und Cowboystiefel ließen mich zugänglicher wirken – zumindest hoffte ich das.

Sie betrachtete meinen Körper und schenkte mir ein schiefes Lächeln. „Sieh dich an."

Ich streckte meine Arme aus, damit sie einen Blick darauf werfen konnte, und fragte: „Gefällt es dir?"

„Du siehst viel mehr so aus, wie ich dich früher gekannt habe." Ember sah ihr Kind an, das uns überhaupt nicht zuhörte, da es von der Aussicht fasziniert war. Mit roten Wangen wechselte sie das Thema: „Also, was ist mit der Überraschung für Madison?"

Das kleine Mädchen starrte uns an. „Mama! Wie unhöflich! Wir haben es nicht eilig. Ich kann warten, bis er mir sagen will, was die Überraschung ist."

Ich lachte über die beiden, hielt einen Finger hoch und nahm den Hörer ab, um die Eisdiele unten anzurufen. „Hey, Alaina, würden Sie in mein Büro kommen, um eine ganz besondere Freundin von mir abzuholen, die gerne dabei zuschauen würde, wie Sie heute Morgen das Eis herstellen?"

„Ich bin gleich bei Ihnen."

Madison sprang auf – ihr strahlendes Lächeln verriet ihre Begeisterung. „Ich darf zusehen, wie jemand Eis macht?"

„Ganz genau." Ich hatte erwartet, dass sie sich freuen würde, aber sie tanzte ausgelassen in meinem Büro herum.

„Juhu!" Mit ihren Händen auf ihren kleinen Hüften bewegte sie ihren Körper zu Musik, die nur sie hören konnte. „Ich werde Eis bekommen! Wow!"

Ember rieb sich die Schläfen. „Zucker? So früh am Morgen, Cohen?"

„Sie wird nur ein wenig Eis *probieren*. Nur ein bisschen, richtig, Kleine?" Ich hoffte, dass dieser Plan nicht genauso wie die Hummerüberraschung misslingen würde. „Natürlich nur, wenn das für deine Mutter in Ordnung ist."

Madison hörte auf zu tanzen und sah Ember an. Mit flehenden Augen bettelte sie ihre Mutter an, ohne ein Wort zu sagen.

„Meine Güte!" Ember warf die Hände in die Luft. „Okay. Versuche einfach, nicht zu viel davon zu essen. Versprich es mir, Madison."

„Ich werde es nur probieren." Madison sah mich an. „Wie viele Sorten gibt es?"

Ich zuckte mit den Schultern. Ich wusste es wirklich nicht. „Nicht allzu viele. Es gibt jeden Tag verschiedene Sorten. Nur das Frischeste für unsere Gäste."

Bei einem leisen Klopfen an der Tür blickten wir alle dorthin. Alaina lächelte Madison an und wusste sofort, dass sie für eine Weile ihr Gast sein würde. „Ich bin Alaina."

Madison rannte zu ihr. „Ich bin Madison! Und ich bin bereit zu sehen, wie du Eis machst!" Sie nahm Alainas Hand, als würden sie sich schon ewig kennen. „Und ich möchte es probieren. Mama sagt, dass ich das darf."

Alaina sah Ember an, die nickte, bevor sie Madison mitnahm. „Ich bringe sie in ungefähr einer Stunde zu Ihnen zurück."

„Okay." Ember fuhr sich mit den Händen durch die Haare und wirkte so, als wüsste sie nicht, was sie tun sollte. „Ich gehe besser zurück in unser Zimmer und warte dort auf sie."

„Nein." Ich marschierte zur Tür und schloss sie. „Ich möchte mit dir reden."

Als ich mich umdrehte, kauerte sie sich mit überschlagenen Beinen und verschränkten Armen auf dem Sofa zusammen, während sie versuchte, sich so weit wie möglich von mir zu entfernen. „Worüber?"

„Was machst du da?"

„Was machst *du* da?" Sie schüttelte den Kopf und schien mir überhaupt nicht zu vertrauen. „Du lässt eine Fremde herkommen und mir mein Kind wegnehmen. Und ich kann nicht glauben, wie bereitwillig – nein, vergiss das – wie *begeistert* meine Tochter mit dieser Fremden weggegangen ist. Ich weiß, dass du wahrscheinlich keine Ahnung von Kindern hast, aber du solltest wissen, dass sie den Tag nicht mit jeder Menge Zucker beginnen sollten."

„Komm schon." Ich hasste es, wenn Leute das taten. „Ich wette, du hast ihr schon oft Müsli zum Frühstück gegeben."

Sie lachte auf eine Weise, die sehr nach einem Schnauben klang. „Müsli und Eis sind Welten voneinander entfernt, Cohen."

„Nicht wirklich. In beidem ist viel Zucker. Und sie wird keine ganze Schüssel Eis essen." Ich wollte nicht streiten. Es gab so viel zu sagen, jetzt, da wir endlich allein waren.

Bei jedem Schritt, den ich auf sie zu machte, drängte sie sich noch weiter an das Ende des Sofas, aber ich kam trotzdem immer näher. Ich setzte mich einen Meter entfernt von ihr hin, um sicherzugehen, dass sie genug Platz hatte.

„Cohen, ich bin froh, dass du meiner Tochter etwas Spaß ermöglicht hast. Aber ich kann nicht anders, als das Gefühl zu haben, dass du das nur getan hast, damit du Zeit mit mir allein verbringen kannst."

„Du hast recht." Ich wollte nicht lügen. „Da wir so wenig Zeit haben, werde ich gleich zur Sache kommen. Ich verstehe nicht, was hier los ist. Du und ich hatten damals viel Spaß und unsere Bindung war nicht von dieser Welt. Ich habe bei niemand anderem so gefühlt wie bei dir."

Ein ungläubiges Grinsen bildete sich auf ihren Lippen. „Das kann ich mir nicht vorstellen."

Ich widersprach ihr nicht. Sie musste wissen, dass ich weitergezogen war und mich mit anderen Frauen verabredet hatte. „Wie ist es mit dir? Hast du jemals eine Bindung zu einem anderen Mann gespürt, wie wir sie hatten?"

Ihre Augen starrten auf den Boden und ihr Gesicht wurde blasser. Sie schien unter Schock zu stehen. Ich griff nach ihr und berührte ihre Schulter, um sie aus ihrer Trance zu erwecken. Langsam sah sie mich an und schüttelte dann den Kopf. „Nein."

Bei diesem einen Wort begann etwas in mir zu glühen. „Gut. Das ist wirklich gut zu wissen. Ich meine es ernst, Ember. All die Jahre, all die Zeit, die vergangen ist, hat nichts daran geändert, wie ich in deiner Nähe empfinde. Meine Gefühle sind nie verblasst."

„Das geht mir auch so", flüsterte sie so leise, dass ich sie kaum hörte.

Es gab so viele Fragen, die ich ihr stellen wollte. Ich war mir nicht sicher, wo ich anfangen sollte. Schließlich platzte ich heraus: „Glaubst du, wir könnten es noch einmal miteinander versuchen?"

Die Antwort kam sofort. „Nein."

„Das war ein bisschen abrupt." Ich wusste nicht, warum sie das sagen würde, wenn es offensichtlich war, dass wir eine ziemlich starke Wirkung aufeinander hatten. Und es war klar, dass unsere gegenseitige Anziehung immer noch unbeschreiblich war. „Du kannst nicht immer noch Angst davor haben, dass deine Schwester wütend auf dich sein könnte."

„Doch, das kann ich." Sie schüttelte den Kopf, als wollte sie den Gedanken daran loswerden, dass sie und ich wieder zusammen sein könnten.

„Du musst damit aufhören." Ich trat näher zu ihr, legte beide Hände auf ihre Schultern und zog sie an mich. „Ich bin es, Ember. Du weißt, dass ich dich niemals verletzen würde."

Einen Moment lang sah sie mir in die Augen. „Ich habe dich verletzt."

„Ja, das hast du." Wieder wollte ich nicht lügen. „Aber ich bin dir nicht böse."

„Nun, die Wahrheit ist, dass du mich auch verletzt hast." Ihre Augen verließen meine. „Du hast nie versucht zurückzukommen. Du bist weitergezogen. Und zwar sehr schnell."

Sie lag nicht falsch. „Hör zu, ich war damals dumm. Ich dachte, der beste Weg, über dich hinwegzukommen, wäre, mit einer anderen Frau zusammen zu sein. Du weißt, was ich meine. Aber niemand hat mich jemals so fühlen lassen wie du. Niemand kann dir das Wasser reichen, Ember. Und das sage ich nicht nur, um dich ins Bett zu bekommen."

„Du wirst mich nie wieder ins Bett bekommen, Cohen. Das musst du verstehen." Ihre Brust hob sich, als sie tief Luft holte. „Du und ich können nie wieder zusammen sein. Es ist am besten, wenn du das einfach akzeptierst."

Vergiss es. „Du musst mir erklären, warum das so ist, Ember." Ich nahm meine Hände von ihren Schultern und legte sie auf meine Knie, während ich auf ihre Erklärung wartete. „Und beschuldige nicht deine Schwester."

„Ich habe jetzt ein Kind."

„Nein." Das konnte ich nicht akzeptieren. „Es ist mir egal, ob du ein Kind hast. Ich mag Madison. Und ich verstehe, dass es euch beide nur zusammen gibt." Ich hatte noch nicht beabsichtigt, darüber zu sprechen. Ich wollte mit ihr nichts überstürzen.

Das war eine meiner größten Schwächen − es mit Frauen zu überstürzen. Ich schien nicht in der Lage zu sein, meine Impulse zu kontrollieren. Es war Zeit, mich in den Griff zu bekommen.

„Cohen, du hast keine Ahnung …"

Ich brachte sie zum Schweigen, indem ich meine Hand hochhielt. „Nein. Lass uns noch einmal von vorn anfangen. Ich meine – lass uns mit einem anderen Gesprächsthema von vorn anfangen. Ich hatte nicht vorgehabt, jetzt schon darauf einzugehen. Du bist jetzt Mutter. Das verstehe ich. Du musst an mehr als nur dich selbst denken."

Ich stand auf und ging ein wenig auf Abstand. Als ich mich umdrehte, sah ich etwas in ihren Augen, das mir sagte, dass sie Angst hatte.

Hat sie etwa Angst vor mir?

KAPITEL ACHT
EMBER

Cohen hatte recht, ich konnte nicht nur an mich denken. Ich musste meine ganze Familie berücksichtigen. Nicht, dass er das gewusst hätte oder überhaupt verstehen würde. „Bevor wir dieses Thema hinter uns lassen, muss ich dir sagen, warum wir nicht einmal daran denken dürfen, dem, was wir hatten, eine zweite Chance zu geben."

Er lehnte sich an seinen Schreibtisch und beim Anblick seiner langen, muskulösen Beine hatte ich Schmetterlinge im Bauch. Er würde wahrscheinlich immer ein fantastischer Mann sein. Und ich war mir sicher, dass er das wusste, als er mich sexy grinste. „Ich bin überrascht zu hören, dass du bei diesem Gespräch noch weiter gehen möchtest, Ember. Bitte sag mir, warum du denkst, dass wir uns keine zweite Chance geben dürfen."

Ich fuhr mir mit den Händen durch die Haare und versuchte herauszufinden, wie ich es am besten sagen sollte. „Die Sache ist, dass ich wusste, wie du warst, bevor unsere gemeinsame Woche begann. Meine Schwester hat bitterlich geweint, als du dich von ihr getrennt hattest."

„Ich habe dir gesagt, wie das gelaufen ist, und ich werde nicht die ganze Schuld für diese Trennung auf mich nehmen. Es tut mir leid, dass sie geweint hat. Ich bin schließlich kein Monster. Aber es war nicht so, als hätte ich ihr wirklich etwas bedeutet. Sie schien den

Versuch zu genießen, mich zu kontrollieren – was ihr niemals gelang. Ihre Tränen waren wahrscheinlich mehr auf ihre Enttäuschung darüber zurückzuführen, dass sie diese Kontrolle nicht ausüben konnte."

Damit liegt er völlig richtig.

„Wie auch immer, ich will damit sagen, dass Ashe deinetwegen geweint hat." Ich musste auf den Punkt kommen. „Sie hat mir erzählt, dass sie dich nur ein paar Wochen später mit einem anderen Mädchen gesehen hat. Und danach hat sie dich in den nächsten sechs Monaten noch mehrmals mit ungefähr fünf anderen jungen Frauen gesehen. Und dann sind du und ich uns begegnet."

Er unterbrach mich. „Ich gebe zu, mit all diesen anderen Frauen zusammen gewesen zu sein, nachdem ich die Sache mit Ashe beendet hatte. Ich war jung damals, erst zweiundzwanzig. Und ich habe mich ausgetobt, was für einen Mann oder ein Mädchen durchaus akzeptabel ist, wenn sie nicht in einer Beziehung sind."

„Okay." Ich wusste, dass er so denken würde. „Was ich damit sagen will, ist, dass es viele Frauen vor mir gab, und ich bin mir fast sicher, dass es auch viele Frauen nach mir gab."

Er nickte und sah mir in die Augen. Verwirrung zog über sein Gesicht. „Ich verstehe nicht, worum es dir geht."

„Mein Punkt ist, dass …" Ich wollte nicht gemein sein. Aber ich wusste nicht, wie ich es anders sagen sollte. „Du warst und bist höchstwahrscheinlich immer noch ein Weiberheld."

Er starrte auf den Boden. „Autsch."

„Es tut mir leid, wenn dir das wehtut. Aber jetzt kannst du vielleicht verstehen, warum ich es nicht allzu sehr bereue, mit dir Schluss gemacht zu haben. Ich denke, dass du es sowieso irgendwann mit mir beendet hättest. Du warst einfach nicht für eine Frau gemacht, Cohen. Das wusste ich damals schon über dich. Und ich bin mir ziemlich sicher, dass ich recht hatte."

„Wie können wir wissen, ob du recht hattest oder nicht?" Seine Augen kehrten zu meinen zurück und Trotz flackerte darin auf. „Du vergisst, wie sehr ich dich mochte. Ember, was ich mit dir hatte, war fast so etwas wie Liebe. Wenn du uns noch ein paar Wochen Zeit gegeben hättest, hätte ich vielleicht die Worte zu dir gesagt, die ich noch nie einer Frau gesagt hatte."

Ich nickte, als ich die Aufrichtigkeit in seinen Augen sah. Ich wusste, dass damals etwas ganz Besonderes zwischen uns gewesen war. Aber ich kannte auch Cohens Charakter. „Du hast recht. Ich hätte vielleicht diese Worte aus deinem Mund gehört und sie sogar erwidert. Aber andererseits hättest du mir vielleicht die gleichen Worte gesagt, die bei jeder anderen Frau, mit der du jemals zusammen warst, von deinen entzückenden Lippen gekommen sind."

„Ich bin froh, dass du meine Lippen entzückend findest, Baby." Verführerischer Stolz funkelte in seinen Augen.

„Du warst der beste Liebhaber, den ich je hatte, also hast du dir das Lob verdient." Ich lachte, um die Stimmung aufzuhellen. „Hör zu, ich möchte dir keine Vorwürfe machen. Und ich möchte nicht darüber diskutieren, was hätte sein können." Er musste die Wahrheit wissen. „Tatsache ist, dass ich nie daran gedacht habe, dich wiederzutreffen. Und wenn ich gewusst hätte, dass dir das Resort gehört, hätte ich die Reise jemand anderem überlassen."

Seine großen Augen sagten mir, dass ich ihn überrascht hatte. „Du wärst so weit gegangen, um mich nicht wiederzusehen?"

Ich nickte und sah keinen Grund zu lügen. „Cohen, es ist nicht einfach, meine Hände von dir zu lassen. Meine Erinnerungen daran, wie es damals war, sind mir wieder in den Sinn gekommen."

„Mir auch." Er setzte sich auf seinen Schreibtisch und seufzte schwer. „Das Einzige, was mich daran gehindert hat, dich in die Arme zu nehmen und in einen abgelegenen Bereich des Resorts zu tragen, ist deine Tochter."

„Glaubst du, ich würde nach sieben Jahren so leicht in deine Arme sinken, Cohen?" Ich musste lachen. Manche Dinge änderten sich nie – er hielt sich immer noch für Gottes Geschenk an die Frauen. „Ich bin reifer geworden. Ich bin nicht mehr so leicht zu verführen wie früher."

„Du hast ein Kind bekommen. Ich weiß, dass das alles verändert. Und ich glaube, das ist das Einzige, was uns derzeit auseinanderhält. Was es nicht tun sollte. Ich kann ein gutes Vorbild für Madison sein, wenn du mir die Chance gibst, es zu beweisen." Er sprang vom Schreibtisch und setzte sich ans andere Ende des

Sofas. Er überkreuzte seine langen, schlanken Beine und musterte mich. „Ich brauche nur eine Chance, dir das zu beweisen, Baby."

„Baby?" Das gefiel mir nicht. „Cohen, du darfst mich auf keinen Fall vor Madison so nennen, also hör auf damit."

„Früher hat es dir gefallen."

„Früher mochte ich viele Dinge, die ich heute nicht mehr mag." Er hatte keine Ahnung, in was für ein Chaos dieses eine Wort mein Leben stürzen könnte. Meine Familie würde durchdrehen, wenn mein Kind zurückkam und sagte, dass er mich mit Kosenamen bezeichnet hatte.

„Viele alleinerziehende Mütter verabreden sich, Ember. Viele alleinerziehende Mütter heiraten sogar irgendwann. Willst du etwa sagen, dass du nie wieder mit jemandem ausgehen wirst? Oder bin es nur ich, mit dem du nicht ausgehen möchtest?"

Ich hatte seit ihm niemanden mehr gedatet. Ich hatte seit ihm nicht den geringsten Willen gehabt, so etwas zu tun. Aber das sollte er nicht wissen. „Im Moment bist es nur du, Cohen Nash. Aus mehr Gründen als der Tatsache, dass du mit meiner Schwester ausgegangen bist."

„Ja, lass mich die Gründe aufzählen." Er hielt einen Finger hoch. „Ich hatte das Pech, Ashe zu treffen, bevor ich dich kennenlernte. Und", er hielt einen weiteren Finger hoch, „ich war mit mehr Frauen zusammen, als dir lieb ist. Was meiner Meinung nach beweist, dass du tiefe Gefühle für mich hast."

„Ich verstehe nicht, wie das gehen soll."

„Eifersucht ist nichts, was jemand fühlt, dem eine Person gleichgültig ist. Und es ist mehr als offensichtlich, dass du äußerst eifersüchtig bist, weil ich mit anderen Frauen als dir zusammen war."

Ich starrte auf den Boden und wusste nicht, wie ich darauf reagieren sollte. Ich war eifersüchtig – damit hatte er recht. Aber das konnte ich nicht vor ihm zugeben. „Das bin ich nicht."

„Doch, das bist du." Er lächelte wissend. „Ich kann es in deinen Augen sehen, Ember Wilson – du hast immer noch Gefühle für mich."

Verdammt!

Ich schloss meine Augen und knurrte: „Hör auf, in meine Augen zu schauen."

„Warum?" Er lachte. „Weil sie immer wieder verraten, wie du wirklich über mich denkst?"

Er hatte keine Ahnung, wie schwer das für mich war. Ich öffnete meine Augen und starrte direkt in seine wunderschönen grünen Augen. „Cohen, meine Augen sagen dir vielleicht, was mein Herz fühlt, aber mein Verstand kontrolliert mich. Und mein Verstand weiß, dass ich uns keine zweite Chance geben kann. Nicht nur ich würde jetzt verletzt werden, sondern auch meine Tochter. Bestimmt hast du bemerkt, wie sehr sie dich mag."

„Ich weiß. Sie ist bezaubernd. Ich wünschte nur, ihre Mutter könnte mir die gleiche Aufmerksamkeit schenken." Er lachte erneut und seufzte dann. „Hör zu, das bringt uns nicht weiter."

„Genau." Ich stand auf und wollte in mein Zimmer gehen, um darauf zu warten, dass Madison zurückkam.

Plötzlich spürte ich seine Hand auf meiner Schulter. „Wohin gehst du?"

Bei seiner Berührung schossen Funken durch mich. Meine Knie wurden schwach, während meine Lippen zitterten und mich anbettelten, ihn noch einmal zu küssen. Nur einmal um der alten Zeiten willen. „In mein Zimmer."

„Ich habe noch nicht einmal das Thema angesprochen, worüber ich wirklich mit dir reden wollte. Du kannst nicht gehen. Erst, wenn du mich angehört hast." Er drehte mich um und legte seine freie Hand auf meine andere Schulter. Von Angesicht zu Angesicht, mit wenigen Zentimetern zwischen uns, spürte ich die unglaubliche Anziehungskraft, die zwischen uns pulsierte.

Langsam strich seine rechte Hand über meinen Arm, dann ergriff er meine Hand. Er zog mich wieder auf das Sofa und ich wusste, dass er mich nicht davonkommen lassen würde. Nicht einmal ein bisschen.

Cohen Nash bekam alles, was er wollte, sobald er es ins Visier nahm. Und ich würde keine Ausnahme sein. Zumindest nicht für ihn.

Ich brauchte all meine Willenskraft, um das Verlangen in

meinem Körper zu unterdrücken. Cohen hatte keine Ahnung, welche Wirkung er auf mich hatte – immer noch.

Ich würde für immer ihm gehören. Jedenfalls in meinem Herzen. Er hatte mir das größte und beste Geschenk gemacht, das ein Mann einer Frau machen konnte. Sicher, es war nicht immer einfach, eine alleinerziehende Mutter zu sein. Aber Madison war ein Geschenk. Und ich hatte Cohen dafür zu danken.

Eine Woche purer Lust … und jetzt wusste ich, dass auf beiden Seiten Liebe da gewesen war – nicht nur auf meiner. Unsere Tochter war aus Liebe entstanden. Selbst wenn keiner von uns es damals gesagt hatte, hatten wir es uns jetzt gestanden, und das war gut genug für mich.

„Ember, unser Gespräch ist noch nicht vorbei."

Ich nickte und wusste, dass es nicht so war. „Okay." Ich schluckte, weil ich ihm etwas sagen musste, seit ich zum ersten Mal gespürt hatte, wie sich unsere Tochter in meinem Bauch bewegte. „Lass mich dir zuerst etwas sagen." Ich schluckte den Kloß hinunter, der sich in meinem Hals gebildet hatte, als meine Emotionen drohten, mich zu überwältigen. „Ich möchte dir für jene Woche danken, Cohen. Das war die beste Zeit meines Lebens und ich werde sie nie vergessen. Danke, dass du damals so großartig zu mir warst. Du hast mein Leben in dieser kurzen Zeit zum Besseren verändert."

Wenn du nur wüsstest, wie sehr.

KAPITEL NEUN
COHEN

Ember war völlig durcheinander – sie nannte mich einen Weiberhelden und erzählte mir im nächsten Moment, dass ich ihr Leben zum Besseren verändert hatte. Zu sagen, dass ich verwirrt war, wäre eine Untertreibung gewesen. „Ich bin froh, dass du das sagst. Das macht es viel einfacher, dich etwas zu fragen, weil ich mir nicht sicher war, wie du darauf reagieren würdest. Aber jetzt denke ich, dass du glücklich darüber sein könntest."

„Solange es nicht um dich und mich geht, bin ich ganz Ohr." Sie schlug die Beine übereinander und legte ihre gefalteten Hände auf ihr Knie, während sie den Kopf ein wenig zur Seite neigte und Interesse an dem zeigte, was ich ihr zu sagen hatte.

Ich hielt das für ein gutes Zeichen. Anscheinend machte ich Fortschritte. „Mir ist klar, dass du in den letzten Jahren nicht viel Zeit mit deiner Tochter verbringen konntest. Ich glaube, ich habe etwas, das dir dabei helfen könnte."

„Ich verstehe nicht, wie du mir dabei helfen könntest." Ihre Wangen röteten sich.

Ich hoffte nur, dass keine Wut in ihr hochkochte. Also versuchte ich sicherzustellen, dass meine Worte sie in keiner Weise beleidigten. „Als alleinerziehende Mutter hattest du es bestimmt schwer – trotz der Unterstützung deiner Familie."

Mit angespanntem Kiefer nickte sie einmal. „Du hast recht. Ein Kind allein großzuziehen ist nicht einfach."

Nickend fuhr ich fort: „Ich weiß, dass der Job, den du jetzt hast, viel von deiner wertvollen Zeit in Anspruch nimmt."

Sie stellte ihre Beine nebeneinander und ein Stirnrunzeln erschien auf ihrem hübschen Gesicht. „Cohen, was genau versuchst du, mir zu sagen?"

Verdammt. Ich finde besser heraus, wie ich das schneller sagen kann, bevor ich sie verärgere.

„Ich bin in der Lage, dir hier im Resort einen Job zu verschaffen. Das versuche ich zu sagen."

„Warum würdest du das tun? Und was für einen Job könnte ich hier überhaupt machen?"

Ich mochte ihre Fragen. Sie ließen es so klingen, als ob sie mein Angebot tatsächlich annehmen könnte. „Du warst auf dem College, als wir uns kennenlernten. Was war dein Hauptfach?" Ich fühlte mich irgendwie schlecht, weil ich sie damals nicht danach gefragt hatte. Aber wir hatten uns auf andere Dinge konzentriert.

Anspannung erfüllte sie und machte ihren Körper steif, als sie nervös mit den Händen in ihrem Schoß spielte. „BWL."

„Großartig!" Mit diesem Abschluss könnte ich sie in vielen Jobs im Resort unterbringen. „Es gibt hier so viele Management-Jobs, dass einem schwindelig wird."

„Verdammt, Cohen. Du hast mich nicht ausreden lassen." Abrupt stand sie auf, lief zum Fenster und ging davor auf und ab, während sie auf den Boden schaute. „Das war mein Hauptfach. Aber ich habe keinen Abschluss gemacht. Ich war in meinem zweiten Studienjahr – und nicht einmal zur Hälfte fertig –, als ich herausfand, dass ich schwanger war."

„Schwanger zu sein hätte dich nicht davon abhalten sollen, weiter zu studieren." Ich biss mir auf die Unterlippe, als sie den Kopf drehte, um mich anzustarren. „Nicht, dass es mich etwas angeht. Ich werde jetzt einfach die Klappe halten." *Ich weiß nicht, was in mich gefahren ist!*

Sie bewegte ihre Hände zu ihren Hüften und fuhr fort: „Ich wollte meinen Eltern nichts über die Schwangerschaft erzählen, bis ich alles unter Kontrolle hatte. Ich wusste, dass ich ein paar Dinge brauchte. Eines davon war ein Job, damit ich alles kaufen konnte, was ich für mein Baby brauchte. Und das andere war eine Krankenversicherung für die Ärzte und das Krankenhaus. Ich wollte meine Eltern nicht belasten. Es war nicht ihre Schuld, dass ich etwas Dummes getan hatte."

Es hört sich so an, als wäre sie ganz allein gewesen.

„Der Vater hat nicht …"

Sie sah weg und mied meinen Blick. „Ich habe es ihm nicht gesagt."

„Oh." Ich musste mich über diese Entscheidung wundern, aber es ging mich nichts an, also versuchte ich, meine Fragen für mich zu behalten. Eine rutschte mir trotzdem heraus. „War er so ein schlechter Kerl?"

„Cohen, bitte." Sie drehte mir den Rücken zu und starrte aus dem Fenster auf die Skyline. „Ich habe niemandem von der Schwangerschaft erzählt, bis ich im fünften Monat war."

„Wie weit warst du, als du bemerkt hast, dass du schwanger warst?"

„Im zweiten Monat." Sie hielt mir den Rücken zugewandt und ich hatte das Gefühl, dass sie mein Gesicht nicht sehen wollte, falls es missbilligend wäre. „Drei Monate lang habe ich das Baby vor meiner Familie und meinen Freunden geheim gehalten. Bis Ende des vierten Monats war ohnehin kaum etwas zu sehen, also war es nicht schwer, mich zu verstecken."

„Wann hast du das College verlassen?"

„Sobald ich herausfand, dass ich ein Baby bekommen würde. Ich brach all meine Kurse ab, bevor ich mir einen Job suchte, bei dem ich krankenversichert sein würde. Es war nicht einfach. Schließlich fand ich einen Job als Managerin einer Lagerhalle. Du weißt schon, wo die Leute kleine Lagereinheiten anmieten können, um all ihren Kram darin aufzubewahren."

„Das klingt nicht übel." Ich war mir nicht sicher, was ich sagen sollte. Ember war schlau – zu schlau für so etwas. „Also hat dich das über die Runden gebracht, bis du den Job in der Ölbranche bekommen hast?"

„Ja." Endlich kam sie zurück und setzte sich wieder zu mir. „Ich verdiene jetzt sehr gut und bekomme viele Vergünstigungen. Ich bezweifle, dass du hier einen Job hast, bei dem ich annähernd so gut verdiene, da ich nur einen Highschool-Abschluss habe."

„Du hast mehrere Jahre Managementerfahrung. Das könnte dich hier bestimmt weiterbringen. Und du hättest Zeit, online aufs College zu gehen und das Studium fortzusetzen, das du damals begonnen hast, wenn du willst. Das wäre ein Vorteil für dich."

„Das klingt zwar sehr schön, aber ich glaube nicht, dass es hier einen passenden Job für mich gibt, der so gut bezahlt ist. Ich verdiene fast sechzigtausend pro Jahr. Ich vermute, dass ich hier nur den Mindestlohn oder ein wenig mehr zu erwarten hätte."

„Du hättest hier eine Vierzigstundenwoche. Ich gehe davon aus, dass du gerade an sieben Tagen in der Woche Zwölfstundenschichten absolvierst." Ich wusste, dass das viel zu viel war. Keine Mutter sollte so lange von ihrem Kind getrennt sein. „Also, ja, die Bezahlung wird geringer ausfallen, da bin ich mir sicher. Hier gibt es allerdings keine Mindestlohnjobs. Wir zahlen besser. Ich kann dir nicht versprechen, wie viel Geld du verdienen wirst. Aber denke darüber nach, was du stattdessen bekommen würdest − Zeit mit deiner Tochter. Sie hat das verdient, stimmst du mir nicht zu?"

Als sie an ihrer Unterlippe herumkaute, schien es, als würde sie darüber nachdenken. Aber dann öffnete sie den Mund und sagte: „Ich verstehe. Du denkst also, dass ich eine schlechte Mutter bin."

Ich sprang auf und war schockiert von der Anschuldigung. „Nein, das glaube ich überhaupt nicht, Ember. Lege mir bitte keine Worte in den Mund. Deine Tochter liebt dich offensichtlich. Du liebst sie auch. Und ich denke, du tust, was du für das Beste für sie hältst. Ich sage nur, dass ich dir etwas bieten kann, das andere nicht bieten können oder wollen. Du bist mir wichtig. Vergiss das nicht."

„Komm schon, Cohen." Ihre Schultern sackten herunter und sagten mir, dass sie einige ziemlich tiefe Unsicherheiten darüber hatte, wie sie als Mutter war. „Mein Kind ist öfter bei meinen Eltern als bei mir zu Hause. Du wärst ein Heiliger, wenn du nicht denken würdest, dass mich das zu einer unfähigen Mutter macht."

„Dann bin ich wohl ein Heiliger, weil ich dich definitiv nicht als unfähige Mutter bezeichnen würde. Niemals, Ember. Oh Gott!" Ich warf meine Hände in die Luft und hatte die Nase voll davon, dass sie anscheinend keine Ahnung hatte, wie ich für sie empfand.

„Kannst du nicht sehen, wie viel du mir bedeutest?"

„Du kennst mich nicht einmal mehr, Cohen." Ihre goldbraunen Augen schimmerten, als würde sie Tränen zurückhalten.

Ich saß direkt neben ihr und strich ihre Haare aus ihrem hübschen Gesicht. „Ich kenne dich, Mädchen. Ich kenne dich besser, als du denkst. Und ich weiß, dass deine Schuldgefühle dich innerlich auffressen."

Sie schloss die Augen, als wollte sie sich vor mir verstecken. „Halt. Bitte hör auf."

„Womit?" Ich würde nicht einfach aufgeben. „Soll ich aufhören, dir zu helfen? Soll ich nicht länger versuchen, dafür zu sorgen, dass *du dein* Kind so erziehen kannst, wie du möchtest? Soll ich aufhören, für dich da zu sein?" Ich strich mit meinem Knöchel über ihre Wange und sehnte mich danach, ihre zitternden Lippen zu küssen. Aber ich wusste, dass ich das nicht konnte – noch nicht.

Ihre Wimpern teilten sich und sie blinzelte ein paarmal. Trotzdem wollte sie mich nicht ansehen. „In mir ist so viel Schuld. Da hast du recht. Du begreifst aber nicht, dass du mir nicht helfen kannst, etwas davon loszuwerden. Meine Familie wird nicht glücklich sein, wenn sie herausfindet, dass du derjenige bist, der mir diese Chance gibt."

Und wieder geht es um ihre Familie.

„Du kannst eine Chance nicht ablehnen, nur weil du Angst hast, deine Schwester zu beleidigen. Tatsache ist, wenn sie wütend auf dich ist, weil du dir und Madison ein besseres Leben ermöglichst – und *ich* dir dabei helfe –, dann ist sie keine gute Schwester. Und das weißt du auch."

„Ich weiß nur, dass ich nicht zulassen kann, dass du mir etwas gibst, das ich nicht verdiene." Schließlich sah sie mir in die Augen. „Ich kann keinen Job annehmen, für den jemand anderer besser geeignet wäre."

„Ich werde dich mit unserer Personalabteilung in Kontakt bringen und sie werden sehen, wofür du geeignet bist. Außerdem übernimmt unser Unternehmen für jeden Mitarbeiter, der sich mit einem College-Studium in einem relevanten Fachbereich weiterbildet, die vollen Studiengebühren." Sie konnte diese

Gelegenheit nicht ablehnen. „Nach neunzig Tagen bist du außerdem sozialversichert. Wenn man all die großartigen Vorteile in Betracht zieht, die mit der Arbeit hier einhergehen, wie etwa kostenlose Mahlzeiten während der Arbeit und bezahlter Urlaub, solltest du zumindest darüber nachdenken.“

Sie nahm meine Hand von ihrem Gesicht und drückte sie gegen ihre Brust. Ich konnte fühlen, wie ihr Herz schlug. „Du kannst das fühlen, oder?“

Ich konnte das Lächeln, das meine Lippen umspielte, nicht aufhalten. „Ich hatte immer diese Wirkung auf dich.“

Sie nickte zustimmend: „Ja, das hast du immer noch. Und deshalb wird das nie funktionieren. Deshalb kann ich hier nicht arbeiten. Deshalb kann ich dein Angebot nicht annehmen, obwohl es zu gut klingt, um es abzulehnen. Ich kann nicht bei dir sein und will es auch nicht.“

Warum macht sie das so verdammt kompliziert?

„Du denkst, dass ich dich wieder verletze, nicht wahr?“ Das musste der Grund sein, warum sie das alles ablehnte – mich und den Job.

Sie lachte leise und schüttelte den Kopf. „Nein, Cohen. Ich denke, *ich* werde *dich* verletzen. Ich darf nicht auf eine romantische Weise mit dir zusammen sein – auch wenn du das Gegenteil behauptest. Niemals.“

„Du meinst, dass du deiner Familie nichts über uns erzählen könntest, falls du und ich eine Romanze beginnen würden.“ Die Vorstellung, dass sie unsere Beziehung geheim halten würde, gefiel mir nicht, aber ich könnte eine Weile damit leben. „Dir einen Job zu verschaffen ist etwas völlig anderes. Und was auch immer zwischen dir und mir passiert, ist unsere Angelegenheit und geht sonst niemanden etwas an.“

„Ich bin nicht mehr allein. Ich habe ein Kind. Und Madison dürfte auch nicht wissen, was wir heimlich tun – ich will ihre Gefühle nicht verletzen. Sie könnte es auf keinen Fall vor meiner Familie geheim halten. Das kann ich nicht zulassen. Also wird es kein *Wir* geben. Und ich kann hier keinen Job annehmen. Es ist sehr nett von dir, mir das anzubieten, aber ich muss ablehnen.“

KAPITEL ZEHN

EMBER

Nichts schreckte den Mann ab. Nachdem sein Gesicht einen unnatürlichen Rotton angenommen hatte – ich musste ihn unheimlich frustriert haben –, holte er tief Luft. Sein gebräunter Teint kam zurück und er sagte mit ruhiger Stimme: „Ich glaube, ich habe etwas vergessen, das für dich von größter Bedeutung sein muss. Vergib mir, Ember."

„Warum?"

„Weil ich nicht an deine Familie gedacht habe. Da sie sich so oft um Madison gekümmert haben, machst du dir bestimmt Sorgen, ihre Unterstützung zu verlieren."

Er hatte einen der Gründe erraten, aber nicht alle. „Das stimmt. Aber es gibt noch so viel mehr. Kannst du dir vorstellen, wie sich Madison fühlen würde, wenn sie ihre Großeltern verlassen müsste? Und meine Eltern würden sich schrecklich fühlen, wenn sie sie verlieren. Ashe holt Madison jeden Mittwoch ab, um sie zu ihren Tanzkursen zu bringen, und ich bin sicher, dass beide es vermissen würden. Du hast keine Ahnung, wie eng wir alle miteinander verbunden sind. Ich kann mein Kind nicht einfach von all den Menschen trennen, die es liebt. Es würde alle verletzen."

Und ich kann ihnen ganz bestimmt nicht sagen, dass ich sie voneinander trenne, damit ich einen Job von Cohen Nash annehmen kann!

62

„Das verstehe ich." Er ging zu seinem Schreibtisch und öffnete die oberste Schublade. Er holte Papier heraus, setzte sich an den Schreibtisch und nahm einen Stift. „Wenn ich große Entscheidungen treffen muss, mache ich gerne eine Liste mit allen Vor- und Nachteilen. Also werde ich das für dich tun. Zuerst die Vorteile." Er lächelte mich an. „Der offensichtlichste ist, dass du mir nahe sein würdest."

Ich lehnte mich auf dem Sofa zurück und hielt einen Finger hoch. „Nachteil: Ich müsste umziehen."

„Oh ja." Er legte den Stift weg und verschränkte seine Finger, während er seine Ellbogen auf den Schreibtisch lehnte und sein Kinn auf seine Hände stützte. „Was den Umzug angeht … ich habe vergessen, dir von einem weiteren kleinen Vorteil zu erzählen."

Mir gefiel nicht, wie das klang. „Kommt der Job mit einer Umzugszulage oder so etwas?"

„Nein." Seine grünen Augen bohrten sich in meine, als wollte er mich dazu bringen, das zu tun, was er von mir wollte. „Ich habe ein Gästehaus."

„Nein." *Das ist viel zu nah bei ihm.*

„Hör mir zu, Ember. Es hat einen eigenen Eingang und einen eigenen Parkbereich. Du müsstest mich nicht einmal sehen, wenn du nicht willst."

„Cohen, du weißt, wie es laufen würde, wenn ich so nah bei dir leben würde." Ich versuchte nicht, mir einzureden, dass ich den Job tatsächlich annehmen könnte. Und doch sprach ich weiter darüber – das war beunruhigend.

Irgendwo in meinem Unterbewusstsein musste ich den Job annehmen und ein Leben mit Cohen führen wollen. Aber das konnte ich nicht tun.

Er hob seine dunklen Augenbrauen und sagte mit einem schelmischen Grinsen: „Nur wenn du willst, Baby."

„Was habe ich dir darüber gesagt, mich so zu nennen?" Meine Wangen wurden höllisch heiß, während verruchte Gedanken meinen Kopf füllten. Ich fächelte mit der Hand vor meinem Gesicht und versuchte, mich abzukühlen. „Sieh nur, was du mit mir machst."

„Und ich versuche es nicht einmal." Er lehnte sich in seinem

Bürostuhl zurück, spreizte die Beine und legte die Hände hinter den Kopf. „Du solltest einfach aufhören, gegen das Unvermeidliche zu kämpfen."

„Das einzige Unvermeidliche ist, dass ich morgen mit meiner Tochter nach Houston zurückkehre." Er konnte nichts sagen, um meine Meinung zu ändern.

Sicher, für kurze Zeit hatte der Mann mich auf eine Weise beeinflusst, die ich mir nie hatte vorstellen können. Cohen Nash hatte mich völlig verzaubert. Aber nur eine Woche lang.

Ich hatte es geschafft, meine Selbstbeherrschung zurückzuerlangen und war wieder auf den richtigen Weg gekommen, ohne dass jemand wusste, dass ich überhaupt davon abgewichen war. Aber es hatte mich immer fasziniert, wie er es geschafft hatte, mich zu verführen.

Einen langen Moment saß er da und sah zu der hohen Decke auf. Dann sah er mich an. „Das könntest du machen. Ihr könntet nach Houston zurückkehren und bald danach müsstest du euer Zuhause für deinen Job wieder verlassen. Dann könnte alles wieder normal werden. Nur ist das möglicherweise nicht so einfach, wie du denkst."

„Wie meinst du das?"

„Nun, diesmal wirst du wissen, dass es eine Alternative gibt. Und du wirst genau wissen, wo du mich findest. Du hast sogar meine Handynummer. Und während du zur Arbeit fährst und endlose Stunden ohne deine Tochter verbringst, wird dir klar werden, dass ein Anruf alles verändern könnte. Ein Anruf bei mir könnte dein Leben verändern – und das von Madison." Er hielt einen Moment inne und ließ seine Worte nachwirken. „Du solltest bei mir vorbeikommen und dir das Haus ansehen, das du ablehnst."

„Auf keinen Fall." Nach seinem Büro und seiner Garderobe zu urteilen, war der Mann höllisch reich. Ich hatte überhaupt keinen Zweifel daran, dass sein Zuhause traumhaft war. Das Gästehaus war höchstwahrscheinlich weitaus besser als das Haus meiner Eltern – ich durfte mich nicht unter Druck setzen lassen. Und ich wusste verdammt genau, dass meine Tochter sich Hals über Kopf darin verlieben würde.

Wenn das passierte und ich ihr sagte, dass wir den Job oder das

Haus nicht annehmen könnten, würde es der Beziehung, die ich zu Madison hatte, sehr schaden.

Ich musste das Thema wechseln – und zwar schnell. „Hey, da ist etwas, das ich dich schon immer fragen wollte."

„Nur zu." Er begann, seinen Stuhl langsam und spielerisch hin und her zu drehen.

„Wie machst du das?", fragte ich.

„Was denn?"

„An dem Tag, an dem wir uns im Einkaufszentrum getroffen haben, meine Meinung zu ändern. Auf keinen Fall wollte ich den Abend mit dir verbringen. Aber dann habe ich meine Meinung geändert und bin mit dir gegangen."

Bei seinem tiefen Lachen schlug mein Herz schneller, während er mir zuzwinkerte. „Ich war nur ich, Ember. Nichts weiter als das. Ich kann nicht zaubern oder so. Du warst in mich verliebt und ich konnte das spüren. Du musstest mir nur genug vertrauen, um mich an dich heranzulassen. Und das hast du getan, nicht wahr?"

Blut schoss in meine Wangen und ich zitterte vor Verlangen, als die Erinnerung zu mir zurückkehrte. „Ja, das habe ich getan. Das sah mir überhaupt nicht ähnlich. Es ist, als wäre ich in jener Woche ein anderer Mensch gewesen. So etwas war mir noch nie passiert. Und ich bezweifle, dass es jemals wieder passieren wird."

„Aber das könnte es." Sein tiefes Seufzen sagte mir mehr, als jedes seiner Worte es konnte.

Er ist enttäuscht von mir.

Ich war jemand, der es absolut hasste, wenn jemand von mir enttäuscht war. Ich würde fast alles tun, um das zu vermeiden.

Aber ich konnte es nicht ändern, wenn es um Cohen ging. Wenn ich ihn nicht enttäuschte, würde ich meine ganze Familie enttäuschen. Das konnte ich ihnen nicht antun. Immerhin hatten sie alles getan, um mir mit meiner Tochter zu helfen.

Sosehr ich auch versucht hatte, meiner Familie die Bürde der Schwangerschaft und des Babys zu nehmen – sie hatten trotzdem einen großen Teil davon getragen. Ich hätte es nicht verhindern können.

Du hättest Madisons Vater kontaktieren und ihn um Hilfe bitten können.

Ich hasste es, wenn mein Unterbewusstsein zu mir sprach. Es war, als hätte diese kleine Stimme in meinem Kopf manchmal keine Ahnung, wer meine Familie war. *Ich werde so tun, als hätte ich das nicht gehört.*

Cohen öffnete den Laptop auf seinem Schreibtisch und tippte etwas. „Hey, hör dir diesen Job an, der im Moment hier im Resort verfügbar ist, Ember." Er lachte. „Stell dir vor, ich habe dieses Ding gerade erst geöffnet und da ist er – der perfekte Job für dich."

Ohne zu wissen, warum ich es tat, stand ich auf, um herauszufinden, was er auf seinem Computer sah. „Ich habe keine Erfahrung mit Resorts – hier gibt es keinen Job, für den ich qualifiziert wäre." Trotzdem war ich neugierig.

„Du hast Erfahrung damit." Er öffnete die Stellenbeschreibung auf seinem Bildschirm, als ich mich über seine breite Schulter beugte und mich bemühte, seinen zedernholzartigen Geruch nicht tief einzuatmen. Ich wollte mich für immer daran festhalten. „Gästeservice – Sicherheitsabteilung."

„Ich hatte noch nie in meinem Leben mit Sicherheit zu tun." Ich wusste, dass er nach Strohhalmen griff.

„Hör dir die Beschreibung an", fuhr er fort, als hätte ich nichts gesagt. „Die Gäste unseres Resorts haben auf Reisen oft wertvolle Vermögenswerte bei sich. Unser Resort verfügt über einen Safe, in dem Schließfächer zur Aufbewahrung ihrer Wertsachen zur Verfügung stehen. Diese Position erfordert große Vertraulichkeit und Aufmerksamkeit für die Sicherheit aller Schließfächer und ihrer Inhalte. Es ist wichtig, die ordnungsgemäße Identifizierung zu überprüfen, professionell zu interagieren und sicherzustellen, dass sich die Gäste an- und abmelden. Diese Position erfordert großes Verantwortungsbewusstsein und eine Sicherheitsüberprüfung des Bewerbers. Das Gehalt spiegelt dies wider."

„Willst du damit sagen, dass du glaubst, dass dieser Job dem Job in der Lagerhalle ähnlich ist?" Ich lachte laut – er hätte nicht falscher liegen können. „Cohen, die Leute damals haben ihren Müll dort aufbewahrt. Und ich war nicht einmal dafür verantwortlich, dass niemand daran herankam. Sie benutzten ihre eigenen Schlösser und hatten ihre eigenen Schlüssel. Ich betrat die Einheiten nur dann, wenn jemand die Miete nicht bezahlte. Dann musste ich die Schlösser aufbrechen lassen, damit die Auktionsteams den eingelagerten Kram verkaufen konnten."

„Ember, du *bist* für diese Position qualifiziert. Du musst die persönlichen Daten der Personen notiert haben, die die Einheiten mieteten. Und du musst nachverfolgt haben, wer welche Einheit hatte. Das ist alles, was du bei diesem Job tun müsstest. Im Auge behalten, wessen Eigentum sich in welchem Schließfach befindet, und sicherstellen, dass du nur dieser Person den Zugriff darauf erlaubst. Und die Bezahlung ist auch gut."

„Ich bin sicher, dass es Schichtarbeit ist. Ich würde wahrscheinlich immer die Nachtschicht bekommen und dann hätte ich niemanden, der auf Madison aufpasst." *Was sage ich da? Ich kann diesen Job nicht annehmen!*

„Wir haben eine Kindertagesstätte für unsere Mitarbeiter. Habe ich vergessen, das zu erwähnen? Sie ist rund um die Uhr geöffnet. Und sie ist kostenlos." Er schien Antworten auf alles zu haben. „Ich bin hier sehr einflussreich und kann das nutzen, um dir die Morgenschicht zu verschaffen, damit du viel Zeit mit deiner Tochter verbringen kannst, wenn sie aus der Schule kommt. Die Kindertagesstätte verfügt sogar über einen Bus, um die Kinder abzuholen, die schon in der Schule sind."

„Hier gibt es wirklich alles, nicht wahr?" Es war wie ein wahr gewordener Traum. Ein normaler Arbeitstag und eine Kindertagesstätte in unmittelbarer Nähe – und zwar kostenlos. Aber es gab einen Haken. *Cohen.*

„Das stimmt. Genau deshalb möchte ich, dass du hier arbeitest. Es ist ein großartiger Ort und meine Brüder und ich sind sehr stolz auf das, was wir hier sowohl für unsere Gäste als auch für unsere Mitarbeiter geschaffen haben. Ich habe einen weiteren Vorteil ausgelassen. Wir haben hier einen Arzt, der sich um alle Gäste kümmert, die während ihres Aufenthalts bei uns erkranken. Der Arzt kann sich auch jeden Mitarbeiter und jedes Kind in der Tagesstätte ansehen. Das ist ebenfalls kostenlos."

„Alles kostenlos, hm." Ich wusste, dass es verrückt klingen würde, wenn ich nicht einmal darüber nachdachte, mich für den Job zu bewerben. Aber ich konnte es nicht ertragen. Ich konnte nicht in seiner Nähe bleiben. „Die Miete für dein Gästehaus muss allerdings sehr hoch sein."

Er schüttelte den Kopf und lächelte. „Ich werde keine Miete von dir verlangen, Ember. Das ist einer der Vorteile."

Wut stieg in mir auf. Ich war zornig. Nicht auf ihn, sondern auf mich. Ich hatte mir das alles angetan. Ich hätte nie mit dem Ex meiner Schwester schlafen sollen. Ich hätte niemals ungeschützten Sex mit ihm haben sollen. Und ich hätte nicht in das verdammte Resort kommen sollen, das so viele Erinnerungen weckte.

„Kostenlos?", knurrte ich durch zusammengebissene Zähne. „Alles hat seinen Preis. Ich bin kein Idiot, weißt du? Ich kann dich durchschauen, Cohen Nash. Du willst mich bei dir behalten, damit du mit mir spielen kannst, wann immer du Lust dazu hast. Nun, das wird nicht passieren."

Ich stürmte aus seinem Büro und wusste, dass ich diese hässlichen Worte nicht ernst gemeint hatte. Ich hielt das Schluchzen zurück, das fast aus meiner Brust drang.

KAPITEL ELF
COHEN

Mit Ember stimmte etwas nicht – ich wusste nur nicht, was es war. Die Art, wie sie aus meinem Büro gestürmt war, ergab überhaupt keinen Sinn.

Sicher, ich hatte nicht aufgehört, mich auszutoben, und ich wusste, dass ich es jetzt tun sollte. Aber ich benutzte Frauen nicht als Spielzeug – das hatte ich nie getan. Ich respektierte meine Partnerinnen und sorgte dafür, dass wir beide eine gute Zeit hatten. Ich machte nie falsche Versprechungen. Ich führte mein Leben nur nach meinen eigenen Regeln. Das bedeutete, dass ich tun konnte, was ich wollte – ich konnte sogar mit der richtigen Frau eine Familie gründen, wenn der passende Zeitpunkt kam.

Der Verlust meiner Eltern mit elf Jahren hatte tiefgreifende Auswirkungen auf mich gehabt. Ich wusste, dass meine Brüder es anders verarbeitet hatten und es etwas mit mir gemacht hatte, von dem der Rest von ihnen verschont worden war. Vielleicht lag es daran, dass ich noch so jung gewesen war, als ihr Tod mir gezeigt hatte, wie flüchtig das Leben war. Mom und Dad waren eines Morgens da gewesen und ich war wie immer in die sechste Klasse gegangen. Etwas später war meine Lehrerin, Mrs. Harris, zu mir gekommen, nachdem sie eine Nachricht aus dem Büro des

Schulleiters erhalten hatte. Und dann waren meine Eltern nicht mehr da gewesen – einfach so.

Mom und Dad waren tot gewesen. Unser Haus war niedergebrannt. Wir hatten nichts als die Kleidung, die wir trugen, und die Sachen in unseren Rucksäcken gehabt. Baldwyn, der Älteste von uns, war damals erst neunzehn Jahre alt gewesen. Er war für uns alle Mutter und Vater geworden. Und nichts war mehr wie zuvor gewesen.

Kurz bevor ich ein Mann geworden war, hatte ich eines ganz genau gewusst: Ich musste so viel Spaß wie möglich haben, bevor derjenige, der für unser Leben und unseren Tod verantwortlich war, entschied, dass mein Leben enden musste. Nichts war für die Ewigkeit, also hätte ich nie gedacht, dass eine der Beziehungen, die ich hatte, jemals irgendwohin führen würde.

Vielleicht war ich emotional von meiner Vergangenheit gezeichnet – zur Hölle, ich wusste es nicht. Aber eines wusste ich mit Sicherheit – ich konnte nicht aufhören, an Ember zu denken und daran, wie sich ihr Leben entwickelt hatte.

Etwas in mir lenkte meine Gedanken immer wieder zurück zu dieser Frau und ihrem kleinen Mädchen. Sie brauchten mich – das wusste ich ohne Zweifel.

Ja, Ember verdiente gut. Aber sie war viel zu oft von ihrer Tochter getrennt. Ihr unerklärlicher Wutanfall sagte mir, dass Ember eine überarbeitete und übermüdete Frau war, die mehr brauchte, als ihre Familie bieten konnte.

Sie braucht auch einen guten Mann in ihrem Leben.

Sicher, ich war bis zu diesem Zeitpunkt kein guter Mann gewesen, aber das bedeutete nicht, dass ich keiner werden konnte. Ich hatte die Grundlagen. Eine großartige Arbeit. Finanzielle Sicherheit. Ein schönes Zuhause. Ich musste nur noch ein Mann werden, der mit einer Frau zufrieden war.

Warum bekomme ich bei diesem Gedanken eine Gänsehaut?

Nach einem kurzen Klopfen öffnete sich meine Bürotür und vor mir standen Madison und Alaina. „Wir sind zurück", sagte meine Angestellte.

Madison verschwendete keine Zeit und rannte ins Büro – sie war aufgedreht von all dem Zucker. „Sie macht das beste Eis, das ich je probiert habe! Es war so cremig und süß! Ich kann nicht glauben, dass ihr hier euer eigenes Eis macht. Dieser Ort ist großartig. Ich meine es ernst! Ich liebe das Resort. Ich würde am liebsten hier wohnen." Sie plapperte fröhlich vor sich hin. Dann sah sie sich im Raum um. „Wo ist Mama?"

„Wahrscheinlich in eurer Suite." Ich nickte Alaina dankbar zu. „Danke, dass Sie ihr alles gezeigt haben."

„Ich hatte auch Spaß. Wir sehen uns, Maddy." Sie verließ uns und schloss die Tür hinter sich.

„Maddy?", wiederholte ich fragend, da ich nicht gehört hatte, dass ihre Mutter sie mit irgendeinem Spitznamen ansprach.

Sie hatte begonnen, vor dem Fenster hin und her zu rennen. „Ja, meine Freunde in der Schule nennen mich so. Und meine beste Freundin auf der ganzen Welt, Stevie, nennt mich Mad. Sie ist so verrückt. Ihr richtiger Name ist nicht Stevie, sondern Stephanie. Aber sie sagt, dass sie nicht so mädchenhaft ist und lieber Stevie genannt wird. Und sie sagt, dass ich auch irgendwie verrückt bin, also nennt sie mich Mad. Nicht weil ich wütend bin, sondern weil ich verrückte Wissenschaftler mag. Sie ist albern. Aber ich liebe sie so sehr."

Sie würde alle vermissen, wenn sie hierher ziehen würden.

Ember hatte recht gehabt. Madison würde jeden Menschen zurücklassen müssen, den sie kannte und liebte. Ich wusste, dass sie nicht bereit für eine so drastische Veränderung war. „Du scheinst jede Menge Energie zu haben. Ich werde dich in dein Zimmer bringen, damit du und deine Mutter euren gemeinsamen Tag beginnen könnt. Ich bin sicher, dass sie etwas Tolles für dich geplant hat."

Sie hüpfte vor mir herum und lief zum Aufzug. „Ich weiß nicht, was sie geplant hat, weil sie es mir nicht sagen wollte. Aber ich weiß, dass ich lustige Sachen machen möchte und nichts Langweiliges."

Ember würde es nicht leicht mit ihr haben – und ich fühlte mich ein bisschen dafür verantwortlich. *Okay, ich bin dafür voll verantwortlich.* Madison zog eine zusätzliche Schlüsselkarte aus ihrer Tasche, als wir zur Tür kamen. „Mama hat mir das hier gegeben, aber ich weiß nicht, wie ich es verwenden soll." Sie gab sie mir, trat zurück und begann, sich im Kreis zu drehen. „Mir wird schwindelig", quietschte sie vergnügt.

Ich wusste, dass Ember mir wegen all des Zuckers, den ihr Kind gegessen hatte, einen Tritt verpassen würde. Als ich die Tür öffnete, hörte ich ein seltsames, gedämpftes Geräusch. Als ich ins Zimmer schaute, sah ich, wie Ember mit dem Gesicht nach unten auf dem Bett lag – und bitterlich weinte.

Ich kann nicht zulassen, dass Madison ihre Mutter so sieht.

Ich hatte keine Ahnung, was zum Teufel ich tun sollte, aber ich wusste, dass ich Madison unterhalten musste, bis Ember sich wieder im Griff hatte. Der Wutanfall hatte sich in ein Tränenmeer verwandelt, sodass ich wusste, dass sie sich mit schwerwiegenden Problemen herumschlug.

Ich schloss leise die Tür, um Ember nicht zu stören, griff nach Madisons Hand und stoppte ihre schwindelerregenden Kreise, indem ich sie von der Tür wegführte. „Wie wäre es, wenn ich dich zum Schwimmen mitnehme?"

„Ich muss meinen Badeanzug holen." Sie zog an meiner Hand, um umzukehren.

„Ich bringe dich zum Geschenkeladen und kaufe dir einen neuen. Und Schwimmflügel wären wahrscheinlich auch eine gute Idee." Ich wollte nicht ins Becken springen müssen, wenn sie in Schwierigkeiten geriet, also waren Schwimmflügel ein Muss. „Hast du eine Möglichkeit, deine Mutter anzurufen?" Nach allem, was ich bei den Gästen unseres Resorts gesehen hatte, vermutete ich, dass die meisten Kinder – sogar einige, die so klein waren wie Madison – eigene Handys hatten.

Sie zog es aus ihrer Gesäßtasche und nickte. „Ja, ich habe ein Handy. Ich werde sie anrufen."

„Nein." Das konnte ich nicht zulassen – Ember brauchte eindeutig Zeit für sich. Ich wackelte mit den Fingern und sagte: „Lass mich ihr eine Nachricht schreiben, um ihr zu sagen, wohin ich dich bringe. Auf diese Weise kann sie uns finden, wenn sie getan hat, was sie gerade tut."

„Okay." Sie gab mir das Handy und rannte los, um mich auf dem Weg zum Aufzug zu überholen. „Ich bin schneller als du, Cohen!"

„Ja, das bist du." Ich wollte nicht den Flur entlang rennen. Ich schrieb Ember eine Nachricht über meinen Plan, ihre Tochter schwimmen zu lassen, und wartete ab, ob sie antworten würde.

Lange Zeit kam nichts. Erst, als wir in der Lobby aus dem Aufzug stiegen, schrieb sie zurück: ‚Danke.'

Wow, wer hätte das gedacht?

Ein einfaches *Danke*. Ausnahmsweise keine verwirrende Tirade.

Vielleicht haben all die Tränen das Mädchen, das ich früher kannte, wieder an die Oberfläche gebracht.

Ember war damals verdammt cool gewesen. Besonnen, aber auch entspannt. Ich hatte mit ihr sprechen können wie mit niemandem sonst.

Sie war jetzt so anders. So besorgt um alles.

Vielleicht war das so, wenn man Kinder bekam. Woher sollte ich das wissen?

Aber ich wusste, dass die Frau, in die ich mich verliebt hatte, immer noch in diesem heißen, kleinen Körper war. Es war, als könnte ich einen Blick auf sie werfen, sie aber nicht in den Fokus rücken. Die echte Ember, die mich zum Lachen bringen konnte, mich Dinge empfinden ließ wie sonst niemand und mir das Gefühl gab, jemand Besonderer für sie zu sein, war immer noch da – irgendwo. Ich musste sie nur wiederfinden.

In kürzester Zeit waren Madison und ich im Schwimmbad angekommen und sie begann, mit einigen anderen Kindern in ihrem Alter Marco Polo zu spielen.

Sie ist sehr gesellig.

Madison mochte jeden, sobald sie ihn kennenlernte. Als ich sie spielen und schwimmen sah, dachte ich darüber nach, wie ähnlich ich diesem kleinen Mädchen war.

Wenn ich jemanden kennenlernte, behandelte ich ihn wie einen Freund. Und ich machte damit so lange weiter, bis er mir einen Grund gab, es nicht mehr zu tun. Und wenn derjenige mehr als ein paar Dinge tat, die mich abschreckten, hörte ich einfach auf, in seiner Nähe zu sein.

Das mochte manchen Leuten oberflächlich erscheinen. Viele der Frauen, mit denen ich mich irgendwann nicht mehr getroffen hatte, hatten mir gesagt, dass ich oberflächlich sei und lernen müsse, dass Menschen manchmal Meinungsverschiedenheiten hatten und Streit zum Lebens dazugehörte.

Ich wusste, dass es manchmal zu Meinungsverschiedenheiten und Auseinandersetzungen kommen musste. Aber ich wusste auch, dass niemand, männlich oder weiblich, sich schlecht verhalten musste. Ich hatte keine Zeit für solche Leute in meinem Leben.

Ich ließ nur aufrichtige Menschen in meinen inneren Kreis. Und das bedeutete, dass mein innerer Kreis eher klein war. Dort waren natürlich meine Brüder. Und ihre Frauen und Kinder – das war eine Selbstverständlichkeit. Ich hatte zwei Freunde, mit denen ich sehr gerne Zeit verbrachte. Und bis jetzt war Ember Wilson das einzige Mädchen gewesen, das mich dazu gebracht hatte, meine ganze Zeit mit ihr zu verbringen.

Und sie hat mir den Laufpass gegeben. Ziemlich unfair.

Ich schüttelte den negativen Gedanken über die Frau ab, die in meinem Leben größtenteils positiv gewesen war. Ich wusste, dass sie triftige Gründe gehabt hatte, die Dinge mit mir zu beenden. Zumindest aus ihrer Sicht. Aus meiner? Nicht wirklich.

Da sechs Monate vergangen waren zwischen meiner Trennung von Ashe und meiner Zeit mit Ember, hatte ich gedacht, dass Ashe damit zurechtkommen würde. Außerdem hatten Ashe und ich uns nicht einmal lange verabredet. Ember hatte das allerdings anders gesehen.

„Kann ich vom Sprungbrett springen, Cohen?", rief Madison mir zu, während sie zum tiefen Ende des Beckens schwamm.

„Nein", rief ich zurück. „Und schwimme zurück zum flachen Ende, junge Dame."

Sie runzelte die Stirn, aber sie tat, was ich sagte. Plötzlich spürte ich eine Hand auf meiner Schulter. „Hey."

Ember stand neben mir und hatte ein leichtes Lächeln auf ihrem frisch gewaschenen Gesicht. Ihre Haare waren zu einem Pferdeschwanz zurückgebunden. Sie setzte sich neben mich und war mir so nah, dass sich unsere Beine berührten und Funken der Aufregung und Hoffnung durch mich schossen. „Fühlst du dich besser?"

„Ja. Ich weiß, dass du mich im Zimmer gesehen hast. Und ich weiß, dass ich im Unrecht war, als ich dich angeschrien habe, bevor ich wie eine Wahnsinnige aus deinem Büro gestürmt bin. Es liegt an mir – nicht an dir. Überhaupt nicht an dir."

Ich spürte, wie ein langsames Lächeln auf mein Gesicht trat, und hatte das Gefühl, dass heute doch noch ein guter Tag werden würde.

KAPITEL ZWÖLF
EMBER

Ich hatte mich auf der Bank am Beckenrand zu nah neben ihn gesetzt. Die Außenseiten unserer Schenkel berührten sich – der Körperkontakt war zu viel für mich, also rutschte ich ein wenig zur Seite, um Abstand zwischen uns herzustellen.

Mit seinen Augen auf der Lücke, die ich zwischen uns geschaffen hatte, fragte er: „Fühlst du dich bei mir unwohl?"

„Ja, das tue ich." Ich lachte, um die harten Worte abzumildern. „Weil ich bei dir Dinge fühle, die ich seit langer Zeit nicht mehr gefühlt habe."

„Dinge, die du seit sieben Jahren nicht mehr gefühlt hast?" Seine Augen bewegten sich über meinen Körper und verweilten auf meinen Brüsten, bevor sie zu meinen Augen wanderten.

„Ja." Ich fühlte Hitze in meinen Wangen, als er lächelte. „Hör auf."

„Nein." Er legte seine Handfläche auf die Bank zwischen uns, sodass seine Fingerspitzen mein Bein berührten. „Mir gefällt, wie du auf mich reagierst. Und ich liebe, wie ich auf dich reagiere."

Mehr Hitze erfüllte mich und diesmal brannte mein ganzer Körper. „Cohen, du musst aufhören. Ich bin hergekommen, um mich bei dir für mein Verhalten zu entschuldigen. Ich bin nicht hergekommen, um dein Angebot anzunehmen."

„Also wirst du morgen weggehen." Seine Finger streichelten mein Bein, als er mich dazu bringen wollte, meine Meinung zu ändern. „Wir haben immer noch diese Nacht. Warum finden wir nicht heraus, was nach sieben Jahren noch übrig ist?"

„Ich habe ein Kind." Selbst als ich es sagte, wollten mein Körper und meine Seele ihn und ich lehnte mich an ihn, als ich flüsterte: „Wenn Madison nicht wäre, würde ich dich für eine Nacht in mein Zimmer mitnehmen."

Seine Stimme wurde tief und heiser. „Dann komm irgendwann allein hierher zurück."

Als Mutter fühlte ich mich beleidigt, also zog ich mich von ihm zurück. „Gerade als ich denke, dass du großartig mit Kindern umgehen kannst, sagst du so etwas."

„Warum denkst du, dass *ich* großartig mit Kindern umgehen kann?"

„Weil du es mit Madison tust – du bist nett, aber streng und hast ihr gesagt, dass sie zum flachen Ende des Beckens zurückkehren soll. Und du hast sie zum Schwimmen mitgenommen, um mir Zeit zu geben, mich wieder unter Kontrolle zu bringen."

Als ich gehört hatte, wie sie ihn fragte, ob sie vom Sprungbrett springen könne, während sie zum tiefen Ende schwamm, hatte ich ihr gerade zurufen wollen, dass sie das mit Sicherheit nicht tun könne. Aber Cohen hatte sich darum gekümmert – und er hatte es auf eine Weise getan, die ich für einen Mann ohne Kinder ziemlich spektakulär fand.

„Vielleicht liegt es daran, dass ich meine älteren Brüder mit ihren Kindern beobachtet habe. Wenn du die Wahrheit wissen willst, habe ich mich schuldig gefühlt, weil Madison meinetwegen heute Morgen so viel Zucker gegessen hat. Sie kam völlig aufgedreht zurück. Ich dachte, dass sie ihren kleinen Körper bewegen musste, um all die Energie loszuwerden, sonst würde sie irgendwann in Tränen ausbrechen. Apropos … hast du heute Morgen auch viel Zucker gegessen?"

„Nein." Ich schlug ihm auf den Arm. „Idiot."

„Ah, deine Stimmung kommt also von etwas anderem als Essen." Er nickte, als hätte er das Rätsel gelöst, warum ich durchgedreht war, und fügte hinzu: „Frauen weinen über viel zu viele Dinge. Ich bin froh, dass ich keine bin. Die gesellschaftlichen Erwartungen, die Hormone sowie der Anspruch, dass eine Mutter ihre Kinder – und auch ihre Familie – immer an erste Stelle setzen muss … ich beneide Frauen wirklich nicht. Nicht mal ein bisschen. Ich bin froh, dass ich ein Mann bin."

„Das macht schon zwei von uns", scherzte ich.

„Freut mich, das zu hören." Er beugte sich vor. „Ich bin auch gerne ein Mann bei dir", flüsterte er.

Als er mir so nah war und sein heißer Atem mein Ohr streifte, schmolz ich dahin. Meine Worte kamen unsicher heraus: „Du bist unmöglich."

Er lehnte sich zurück, um wieder Platz zwischen uns zu schaffen. „Weißt du, wenn du wolltest, könnte ich jemanden in deine Suite schicken, um auf Madison aufzupassen, nachdem sie heute Nacht schlafen gegangen ist. Dann könntest du in mein Büro kommen und wir könnten …"

„Cohen", warnte ich ihn. „Ich kann nicht."

Kopfschüttelnd murmelte er: „Nimmst du immer noch nicht die Pille?"

„Ich nehme gar nichts. Nicht, dass das der Grund ist, warum ich Nein sage."

„Oh, jetzt verstehe ich es." Seine Augen tanzten, als er mich neckte. „Es ist eine Weile her, dass du dich … rasiert hast. Keine Sorge – das ist mir egal."

„Das ist es auch nicht." Aber er lag nicht falsch. Er war meine letzte sexuelle Begegnung gewesen. Danach hatte ich mich ein wenig gehen lassen, da ich keine Ahnung gehabt hatte, wann Sex wieder ein Thema für mich sein würde. „Lass uns über irgendetwas anderes reden. Bitte."

„Gute Idee." Er deutete mit dem Kopf auf Madison, die mit einigen anderen Kindern spielte. „Sieh dir an, wie Madison neue Freunde findet."

„Ja, und?" Ich hatte keine Ahnung, worauf er hinauswollte.

„Sie hat mir gesagt, sie wünschte, sie könnte hier im Resort leben, weil sie es so sehr liebt. Und sie ist ohne zu zögern zu den anderen Kindern ins Becken gesprungen. Wenn du mich fragst, würde sie sich in kürzester Zeit an das Leben hier gewöhnen."

„Habe ich gesagt, dass wir über *irgendetwas* anderes reden können?" Ich fand das ziemlich dumm von mir.

„Das hast du", fuhr er mit einem wissenden Grinsen auf seinem hübschen Gesicht fort. „Und ich möchte nur darauf hinweisen, dass Kinder so viel besser mit Veränderungen umgehen können als Erwachsene. Du weißt, dass ich meine eigenen Erfahrungen damit habe, die allerdings bei weitem nicht so schön waren wie das hier."

Mein Herz schmerzte sofort für ihn. Er hatte mir alles über den Hausbrand erzählt, bei dem er mit elf Jahren seine Eltern verloren hatte. Wir hatten zusammen darüber geweint, was er durchgemacht hatte, als er so jung gewesen war. Und jetzt wollte ich wieder weinen.

Seine Hand war immer noch zwischen uns und ich verschränkte meine Finger mit seinen. „Du weißt verdammt viel mehr darüber als ich."

„Du bist die einzige Frau, der ich jemals genug vertraut habe, um darüber zu sprechen. Und dass du meinen Schmerz geteilt hast, war eine erstaunliche Erfahrung." Er presste die Lippen zusammen. „Weißt du, nachdem wir das geteilt hatten, dachte ich, dass du und ich für immer zusammen sein würden. Ich habe dir mehr von mir gegeben als sonst irgendjemandem. Und ich hatte das Gefühl, dass du mir auch mehr von dir gegeben hast."

„Das habe ich." Ich hatte mich bei ihm nicht zurückhalten können. „Und ich bereue keinen Moment mit dir."

„Aber du bereust, mit mir zusammen gewesen zu sein", sagte er. „Weil du mit mir Schluss gemacht hast."

„Nein, das bereue ich nicht." Ich bereute andere Dinge. Und ich hatte endlich das Gefühl, dass er darüber Bescheid wissen sollte. Zumindest teilweise. „Ich bereue, dass ich Dinge getan habe, die meiner Schwester wehtun würden. Ich bereue, dass ich mich so zu dir hingezogen gefühlt habe, dass ich die Loyalität gegenüber meiner Schwester vergessen habe."

„Du bist wütend auf dich selbst, nicht auf mich." Er zog meine Hand in seine. „Sei nicht böse auf dich, Ember. Ich denke, wir hatten etwas Besonderes. Ich denke, wir hatten etwas, das nicht jeder findet. Das könnten wir immer noch haben."

Er hatte keine Ahnung, wie sehr ich ihm zustimmte. Mein Herz war schwer in meiner Brust, weil ich wusste, dass er für mich immer tabu sein würde. Selbst wenn meine Familie darüber hinwegkommen könnte ... wie könnte ich mit ihm zusammen sein, nachdem ich seine Tochter vor ihm geheim gehalten hatte? Er würde mich hassen, wenn er die Wahrheit herausfand.

Ich hatte die Woche, die wir zusammen verbracht hatten, immer wieder in meinem Kopf durchgespielt, als mir klar geworden war, dass meine Periode zweimal ausgeblieben war.

Cohen und ich hatten immer Kondome beim Sex benutzt, nur nicht dieses eine Mal. Aber ich hatte meine Beine benutzt, um mich an ihm festzuhalten, und ihn nicht loslassen wollen, als ich auf eine Weise gekommen war wie nie zuvor. In diesem Moment war unsere Tochter gezeugt worden. Da war ich mir sicher.

Ich hatte das Gefühl, dass es ganz und gar meine Schuld gewesen war, und ich hatte beschlossen, dass ich die Konsequenzen tragen musste – allein. Nun, zumindest nachdem ich ihn aufgespürt und mit einer anderen Frau gesehen hatte. Trotzdem hatte ich die Entscheidung nicht lange danach getroffen.

Sein fester Griff um meine Hand riss mich aus meinen Gedanken und ich sah ihn an. „Ich kann die Schuld auf mich nehmen, Cohen. Ich kann die Schuld für alles auf mich nehmen. Ich war diejenige, die nicht loyal zu ihrer Schwester war – nicht du. Ich wusste, ich sollte nicht mit einem Mann zusammen sein, mit dem Ashe zusammen gewesen war. Es war nie deine Schuld – überhaupt nicht."

Sein Kopf neigte sich ein wenig zur Seite, als er von mir wegschaute. „Nein", sagte er kopfschüttelnd, bevor er mich wieder ansah. „Ich bin auch an einigen Dingen schuld. Ich hätte mich nicht so schnell mit jemand anderem einlassen sollen. Und ich hätte zu dir gehen, dich anrufen und alles tun sollen, um dich zurückzubekommen. Ich denke, dass die Ablehnung – etwas, mit dem ich mich in meinem ganzen Leben nie befassen musste – mich und mein Selbstwertgefühl schwer getroffen hat. Ich wollte dich nicht sehen, nur damit du mir noch einmal sagst, dass das, was wir hatten, vorbei war. Ich wollte diese Worte nie wieder aus deinem Mund hören."

Er schüttelte den Kopf, als würde er die Erinnerungen an die

Vergangenheit abschütteln. „Doch hier sind wir. Und, Baby, lass mich dir sagen, dass ich erwachsen geworden sein muss, weil ich bereit bin, diese Worte so oft aus deinem Mund zu hören, wie ich muss. Willst du wissen, warum das so ist?"

Fasziniert von ihm fragte ich: „Warum ist das so, Cohen?"

„Wenn man den richtigen Menschen findet, kann man den Schmerz ertragen." Er zog unsere Hände hoch und küsste meine. „Man kann den Schmerz ertragen, Worte zu hören, die man nie wieder hören wollte, denn der Schmerz ist es wert, wenn man am Ende das Mädchen bekommt."

Ich schluckte den Kloß herunter, der sich in meiner Kehle gebildet hatte. „Und wenn du das Mädchen am Ende nicht bekommst, was dann?", fragte ich.

Seine breite Brust hob sich, als er tief Luft holte und zur Decke blickte. „Nein, so kann ich nicht denken." Sein Blick fiel auf mich. „Das Leben ist zu kurz, Ember. Du weißt, was ich meine."

„Cohen, ich will meine Schwester und meine Eltern nicht verletzen."

„Ich biete dir einen Job an. Das ist alles, was sie jetzt wissen müssen. Ich biete dir einen Job an, der so viele Vergünstigungen mit sich bringt, dass du kaum etwas von deinem Gehaltsscheck ausgeben musst. Außerdem kannst du viel mehr Zeit mit deiner Tochter verbringen. Nur ein egoistischer Mensch würde dir sagen, dass du es nicht annehmen sollst, weil ich derjenige bin, der es dir anbietet." Er drückte seine Stirn an meine und fügte hinzu: „Ruf Ashe an und finde heraus, was sie dazu sagt. Das ist alles, worum ich dich bitte. Ruf sie an, Ember."

„Was ist, wenn sie mir sagt, dass du mir das nur anbietest, um mich wieder ins Bett zu bekommen?" Ich wusste, dass sie das sagen würde.

KAPITEL DREIZEHN
COHEN

Embers Fähigkeit, in jeder Situation das Negative zu finden, war eine Gabe – allerdings eine schreckliche. „Wenn sie das zu dir sagt, kannst du sie wissen lassen, dass es nicht wahr ist."

„Aber du weißt, dass es das ist. Naja, irgendwie." Ein sexy Lächeln umspielte ihre vollen Lippen, die zum Küssen gemacht waren. „Du willst mich ins Bett bekommen."

Ich beugte mich vor und legte meine Lippen direkt an ihr Ohr. „Ich nenne es lieber *Liebe machen*, Baby", flüsterte ich.

Ich fühlte, wie Hitze von ihrer Haut ausging, als sie mich wegschob. Obwohl sie es spielerisch tat, wusste ich, dass sie nicht wollte, dass Madison uns so sah. „Was habe ich dir darüber gesagt, mich so zu nennen?", schnaubte sie, als sie vor ihrem Gesicht mit ihrer Hand fächelte, um sich abzukühlen. „Oh Gott, Cohen." Ein tiefer Atemzug beruhigte sie, als ihr Gesicht den größten Teil der Röte verlor, die mein Flüstern verursacht hatte. „Du bist so … so …"

„Fantastisch." Ich nickte. „Ja, ich weiß."

„Verdammt, ich habe vergessen, worüber wir gesprochen haben." Sie schlug auf meinen Oberschenkel. „Du bist schrecklich."

Ich legte meine Hand auf ihre, damit sie auf meinem Bein blieb, und streichelte ihre Knöchel mit meinem Daumen. „Ich werde deine Hand festhalten. Nur damit du mich nicht noch einmal schlägst. Okay?"

Sie riss ihre Hand weg. „Nein. Es ist definitiv nicht okay." Ihre Augen wanderten zu Madison, die mit den anderen Kindern spielte und uns überhaupt nicht wahrnahm.

„Ich könnte dich jetzt küssen und sie würde es nicht einmal merken."

Die Art und Weise, wie sie den Kopf drehte und mich mit offenem Mund anstarrte, sagte mir, dass sie diese großartige Idee nicht mochte. „Wage es nicht!"

Grinsend sah ich, wie ihre Wangen wieder rot wurden. „Dich erröten zu lassen ist viel zu einfach."

„Ich erinnere mich jetzt, worüber wir gesprochen haben", wechselte sie schnell das Thema. „Wenn meine Schwester sagt, dass du mich nur einstellen willst, damit du mich ins Bett bekommst, dann soll ich etwas sagen wie … nein, das stimmt nicht?"

Ich verdrehte die Augen. „Ja, das ist ein brillantes Argument."

Sie verschränkte die Arme vor der Brust. „Was soll ich sonst sagen, Besserwisser?"

„Nun, wenn ich du wäre, würde ich so etwas sagen wie *Ashe, du kennst Cohen nicht mehr. Er ist erwachsen geworden, seit ihr zwei herumgemacht habt.* Das ist die Wahrheit."

Sie hob eine Hand. „Halt. Ich kann nicht sagen, dass ihr nur herumgemacht habt oder sie wird wütend. Sie hat dich als ihren Freund betrachtet. Ändere das."

„Also gut." *Frauen! Meine Güte.* „Ich will damit sagen, dass du viele nette Dinge über mich sagen musst. Du weißt schon – dass ich meine Vergangenheit als Casanova hinter mir gelassen habe." Ich dachte, ich sollte sie über meine Abneigung gegen das Wort informieren, das sie für mich verwendet hatte. „Ich ziehe es übrigens vor, als Casanova bezeichnet zu werden, und nicht als Weiberheld."

Nun war sie es, die die Augen verdrehte. „Darf ich darauf hinweisen, dass du das ganz bestimmt nicht hinter dir gelassen hast?"

„Nein, das darfst du nicht." Ich wollte nicht zulassen, dass sie mich in diesem Licht sah. „Du schenkst den Dingen, die ich zu dir sage, nicht genug Aufmerksamkeit, Ember Wilson. Ich will dich.

Nur dich. Und solange ich glaube, dass ich eine Chance bei dir habe, wirst du die einzige Frau auf meinem Radar sein."

„Das klingt fast wie ein Stalker, Cohen. Funktioniert das bei allen Mädchen?" Sie lachte, aber ich wusste, dass sie es ernst meinte.

„Keine Ahnung, Ember. Ich habe so etwas noch nie jemand anderem als dir gesagt." Ich wusste nicht, wie sie so blind sein konnte. „Ich vertraue dir. Obwohl du mich verletzt hast, vertraue ich dir immer noch. Ich weiß, dass du deine Gründe hattest, mich zu verlassen, und ich respektiere es. Ember, ich respektiere dich in jeder Hinsicht. Ich möchte nicht nur mit dir schlafen, ich möchte Zeit mit dir verbringen – dich besser kennenlernen. Das kann ich über keine andere Frau sagen."

Ihre Augen hielten meinen Blick, als sich ihre Lippen ein wenig öffneten. „Cohen, das ist das Schönste, was mir jemals jemand gesagt hat."

„Ich meine alles, was ich zu dir sage."

Sie nickte und blinzelte schnell, als hätte sie Angst, dass Tränen fließen könnten. „Ich glaube dir. Aber das ändert nichts."

„Nun, das sollte es aber." *Ich wünschte, es würde alles ändern.*

Sie sah weg und fuhr sich mit dem Handrücken über die Augen. „Also denkst du, wenn ich meiner Schwester und meinen Eltern sage, dass du jetzt ein guter Mann bist, werden sie verstehen, dass ich mit Madison von ihnen wegziehe?"

„Von hier bis dort sind es nur etwas mehr als zweieinhalb Stunden. Ihr könntet sie jedes Wochenende besuchen, wenn ihr wollt. Und sie könnten hierherkommen und euch sehen. Verdammt, du weißt, dass ich sie hier im Resort kostenlos unterbringen würde, oder?"

Ihre Augen leuchteten auf. „Warte. Das könnte funktionieren."

„Du hast nie daran gedacht, dass sie kostenlos hierbleiben könnten, wenn sie dich besuchen kommen?" Ich lachte. „Muss ich alles für dich buchstabieren, Ember? Ich will dich hier haben. Ich würde alles tun, um dich zum Bleiben zu bringen. *Alles.*"

Das Licht in ihren Augen wurde noch heller. „Alles?"

Ich war mir nicht sicher, ob mir gefiel, was ich in ihnen sah. „Nun, fast alles."

„Oh. Weil ich sagen wollte, wenn du möchtest, dass ich darüber nachdenke, solltest du aufhören, mich unter Druck zu setzen."

„Wenn ich aufhöre, dich unter Druck zu setzen, wirst du aufhören, darüber nachzudenken." Ich war nicht dumm. Aber ich hatte sie auch nicht viel nach ihrem Leben gefragt. Und wenn ein Mann ein Mädchen mochte, fragte er nach dem Leben des Mädchens. Ich hatte darauf geachtet, wie meine Brüder ihre Frauen erobert hatten. „Lass uns das Thema wechseln, wenn du weniger Druck willst."

„Einverstanden."

Ich bemerkte eine Bewegung aus dem Augenwinkel, als Madison erneut zum tiefen Ende schwamm. Ich starrte sie direkt mit zusammengekniffenen Augen an und sie wusste, dass ich sie erwischt hatte. Sie drehte sofort um und hatte ein entzückendes schelmisches Grinsen im Gesicht. „Oh, falsche Richtung."

„Wenn du denkst, ich beobachte dich nicht, liegst du falsch, junge Dame." Ich zeigte auf sie und dann auf meine Augen. „Das sind Adleraugen."

Madison kicherte den ganzen Weg zurück zu den anderen Kindern. „Okay, okay. Ich werde es nicht noch einmal versuchen."

Embers Gesichtsausdruck wurde betrübt. „Wow, ich habe nicht einmal bemerkt, was sie tut."

Ich hatte das Gefühl, dass sie es nicht bemerkt hatte, weil ihre Verantwortung als Mutter für einen kurzen Moment in den Hintergrund getreten war – das war gut. Sie musste über sich selbst nachdenken. Über ihre Zukunft. Und über meine Rolle darin. „Also, wie geht es dir, Ember? Ich meine es ernst. Wie läuft es bei dir? Ich bezweifle, dass du wütend darüber warst, dass dir ein großartiger Job und eine Unterkunft angeboten worden sind. Es muss mehr geben, was dich belastet."

Sie zog die Nase kraus und ich konnte sehen, dass es für sie schwierig war, über sich selbst zu sprechen. „Es ist nicht einfach, immer davon abhängig zu sein, dass meine Eltern mir mit Madison helfen", antwortete sie. „Sie werden älter und haben ihre eigenen Probleme. Mom musste Madison letzte Woche zu Ashe bringen, damit sie Dad zum Arzt begleiten konnte. Er hatte Schwindelanfälle."

„Auf ein Kind aufzupassen – selbst eines, das so brav ist wie Madison – kann anstrengend sein. Ich bin mir sicher, dass sie ihr Bestes tun, aber Kindererziehung ist für jüngere Menschen. Denkst du nicht?" Nach dem zu urteilen, was ich von den Familien meiner Brüder gesehen hatte, war es enorm anstrengend, auf Kinder aufzupassen.

„Glaubst du, ich fühle mich nicht schuldig, weil sie so viel für mich tun?", fuhr sie mich an. „Ich wollte das nicht. Das war nicht mein Traum. Aber die Dinge änderten sich und ich ging in die einzige Richtung, die ich erkennen konnte. Der Job in der Lagerhalle war eine Sackgasse. Ich habe mit dem Mindestlohn angefangen und in drei Jahren hat sich mein Gehalt nur um fünfzig Cent erhöht. Ich konnte es mir nicht leisten, allein zu leben – ich musste mit meiner Tochter in meinem alten Kinderzimmer wohnen. Es war demütigend. Ich musste etwas unternehmen. Und ich weiß, dass es vielleicht drastisch erscheint, aber ich konnte es nicht mehr ertragen. Ich konnte es nicht ertragen, ständig den Menschen gegenüberzutreten, mit denen ich aufgewachsen war, als wäre ich ein trauriger Verlierer. Als ich in der Zeitung eine Stellenanzeige für einen Job in der Ölbranche sah, habe ich die Chance ergriffen."

„Du bist ein Risiko eingegangen. Das kannst du wieder tun. Es wird alles zum Besseren verändern. Sie hättest hier viel Geld und viele Möglichkeiten, deine Karriere voranzutreiben. Und du würdest viel Freizeit haben."

Sie schüttelte den Kopf. „Du hörst nicht auf, hm?"

Soll ich aufhören? Soll ich einfach weggehen und sie in Ruhe lassen?

„Ember, ich glaube, du hast so lange an deine Tochter gedacht, dass du nicht einmal darüber nachdenken kannst, was gut für *dich* sein könnte." Ich konnte nicht einfach von ihr weggehen. „Ich wette, ein Teil von dir glaubt, dass deine Eltern deine Tochter besser erziehen können als du selbst."

Die Art und Weise, wie sie den Atem ausstieß, sagte mir, dass ich den Nagel auf den Kopf getroffen hatte. „Cohen, ich war einundzwanzig, als ich Madison zur Welt brachte. Obwohl es viele Frauen gibt, die viel jünger Mutter werden, fühlte ich mich wie ein absoluter Amateur. Ich hatte noch nie ein Neugeborenes gehalten.

Madison fühlte sich so zerbrechlich in meinen Armen an. Ich hatte das Gefühl, dass sie in den Armen meiner Mutter sicherer war als in meinen."

Ich legte meinen Arm um ihre Schultern und mein Herz schmerzte für sie. „Oh, Baby. Es tut mir so leid, dass du das durchmachen musstest. Ich kann mir nicht vorstellen, wie schrecklich du dich gefühlt haben musst."

„Cohen, danke für die Umarmung, aber bitte hör auf. Ich möchte nicht, dass Madison es sieht." Sie zuckte mit den Schultern, als ich meinen Arm wegzog. „Danke."

„Sicher." *Sie lässt sich nicht einmal von mir umarmen. Ich wette, sie lässt sich von niemandem umarmen.* „Hast du auch emotionale Unterstützung von deinen Eltern erhalten?"

„Irgendwie schon. Sie taten ihr Bestes. Mom hatte in den ersten Monaten alle Hände voll mit dem Baby zu tun." Sie schniefte und fuhr sich mit dem Handrücken über die Augen. „Nach drei Monaten konnte ich endlich mehr tun. Madison hatte zugenommen, sodass sie sich nicht mehr so zerbrechlich anfühlte wie am Anfang. Aber ich musste feststellen, dass Mom sich nicht so weit zurückzog, wie ich es mir gewünscht hätte."

„Du hast dich also so gefühlt, als hätte sie die Mutterrolle für dein Baby übernommen." Ich konnte mir kaum vorstellen, wie das gewesen sein musste. „Und du hattest nicht das Gefühl, dass du mit deiner Mutter darüber sprechen konntest?"

„Ich sagte ein wenig – hier und da. Nicht viel. Ich fühlte mich so schuldig, ihnen diese Last aufzubürden, dass ich nicht undankbar erscheinen wollte." Sie wischte sich wieder über die Augen. „Oh Gott, Cohen. Das ist nicht wirklich die Zeit oder der Ort, um darüber zu sprechen."

„Du hast recht. Ihr zwei solltet zu mir nach Hause kommen. Vielleicht könntet ihr dort übernachten. Und ich frage dich das nicht nur, um dich zu verführen, also fang nicht damit an. Ich denke nur, dass du einen Freund gebrauchen könntest, mit dem du reden kannst. Ich wette, du hast mit niemandem darüber gesprochen."

„Um wie eine undankbare Idiotin zu klingen?" Sie schüttelte den Kopf. „Nein, ich habe mit niemandem darüber gesprochen. Ich weiß nicht, woran es liegt, aber ich verliere die Kontrolle über meinen Mund, wenn ich bei dir bin."

Ich sah, wie sie rot wurde, als sie die Anspielung in ihren Worten bemerkte, entschied aber, dass ich sie davonkommen lassen würde – diesmal. „Das liegt daran, dass wir gut füreinander sind. Mir geht es genauso, aber nur, wenn ich bei dir bin." Es gab so viel, was sie sich von der Seele reden musste.

„Ja, ich erinnere mich, wie einfach es für uns war, miteinander zu reden – wenn auch nur eine Woche lang."

„Ich bin in jener Woche mit dir mehr gewachsen als vorher und seither. Wenn man mit dem richtigen Menschen zusammen ist, entwickelt man sich weiter."

Ihre Lippen bildeten eine dünne Linie, was sie ein wenig unsicher aussehen ließ. „Cohen, es gibt jetzt so viel mehr zu bedenken als damals. Es scheint sinnlos zu sein. Tut mir leid."

Das wollte ich nicht hören. „Hey, was ist mit dem Vater? Warum hast du ihm nicht von der Schwangerschaft erzählt oder ihn wissen lassen, dass er ein Kind hat? Er hätte einige Aufgaben übernehmen können, nachdem das Baby geboren worden war."

Wasser spritzte auf uns, als Madison an die Seite des Beckens schwamm. „Mein Bauch tut weh, Mama. Kannst du mich in unser Zimmer bringen?"

„Sicher, Süße. Ich muss gehen, Cohen." Sie eilte zum Becken und zog Madison heraus. Innerhalb von Sekunden ließen sie mich allein zurück.

KAPITEL VIERZEHN
EMBER

Gerettet!

Dank Madisons Bauchschmerzen war ich der gefürchteten Frage entkommen, die Cohen mir nach ihrem Vater gestellt hatte.

„Das Eis war wohl doch zu viel, hm?"

„Ja. Mir geht es bestimmt besser, wenn ich mich hinlegen kann." Sie hielt meine Hand und sah zu mir auf. „Ich bin froh, dass du zum Becken gekommen bist, um mir zuzusehen, Mama."

Gerade als ich die Tür öffnen wollte, um das Schwimmbad zu verlassen, erschien eine Hand hinter mir und kam mir zuvor. „Bitte, meine Damen." Cohen hatte uns eingeholt. Sein Körper hinter meinem machte meine Knie schwach, besonders als er mich absichtlich streifte.

„Danke", sagte Madison. „Und danke, dass du mir auch beim Schwimmen zugesehen hast. Tut mir leid, dass ich versucht habe, ans tiefe Ende zu schwimmen, Cohen."

„Schon gut", sagte er, als er neben mir ging. „Kinder müssen ihre Grenzen austesten. Das habe ich zumindest bei den Kindern meiner Brüder bemerkt. Ich bin nicht gerade ein Profi, was Kinder angeht."

„Nun, ich denke, du bist großartig." Madison sah sich um und schenkte ihm ein strahlendes Lächeln.

Er lächelte sie ebenfalls an. „Ich finde dich auch großartig, Maddy."

„Maddy?", musste ich fragen.

„Ja, meine Freunde nennen mich alle so, Mama."

„Und als dein Freund, Maddy, möchte ich dich und deine Mutter zum Mittagessen einladen. Du erinnerst dich an die Pizzeria, von der ich dir erzählt habe, oder?"

„Mama! Bitte! Bitte!"

„Ich dachte, dein Bauch tut weh", erinnerte ich sie, da sie es vergessen zu haben schien.

„Mama, bitte rede jetzt nicht darüber. Mir geht es schon wieder besser. Also, können wir mitgehen?"

Cohen stieß seine Schulter gegen meine. „Komm schon, Ember. Warum nicht?"

Es könnte meine Fähigkeit beeinträchtigen, bestimmte Geheimnisse vor dir zu bewahren.

„Also gut." Ich musste nachgeben – für mein Kind.

Zumindest rede ich mir das ein.

„Cool, ich werde in meinem Büro sein, wenn ihr bereit seid zu gehen." Er drückte den Knopf für den Aufzug. „Ich muss ein paar Dinge überprüfen. Bis bald."

Madison und ich stiegen in den Aufzug und meine Tochter sah Cohen strahlend nach, als sich die Türen schlossen. „Ich bin froh, dass du dich mit Cohen unterhalten hast, Mama. Er ist nett."

„Ja, das ist er." Wenn die Dinge anders gewesen wären, wäre ich direkt wieder in die starken Arme des Mannes gesunken. Aber die Dinge waren überhaupt nicht anders.

Sobald wir in unserer Suite ankamen, rannte Madison zum Badezimmer. Ich setzte mich auf das kleine Sofa und griff nach der Fernbedienung. Ich dachte an all die Dinge, über die Cohen und ich gesprochen hatten, und daran, was er mir und Madison angeboten hatte.

Und er hat das alles getan, ohne zu wissen, dass Madison seine Tochter ist.

Mein Herz fühlte sich an, als würde es über die Tatsache lächeln, dass Cohen mich einfach bei sich haben wollte, weil er mich wirklich mochte und ich ihm wichtig war. Es hatte nichts mit

Verantwortung oder Verpflichtung gegenüber mir oder unserer Tochter zu tun. Und das fühlte sich großartig an.

„Mama?"

Ich stand auf. „Ich komme."

Sie hatte sich ausgezogen. „Ich werde ein Bad nehmen und du musst meine Haare waschen. Kannst du sie föhnen und danach dein Glätteisen verwenden, damit sie hübsch und glänzend aussehen?"

„Das ist ein bisschen viel Aufwand für einen Ausflug in eine Pizzeria." Ich ließ das Badewasser für sie ein. „Aber ich werde deine Haare waschen und trocknen. Dann mache ich dir einen Pferdeschwanz."

Mit einer Hand auf ihrer Hüfte sah sie mich an, als hätte ich den Verstand verloren. „Mama! Wir gehen mit Cohen aus und wir müssen beide gut aussehen."

Eine Sekunde lang hatte ich das Gefühl, als wären unsere Rollen vertauscht und mein Kind wäre die Mutter. Aber dann hörte es auf und ich sagte: „Wir gehen nicht mit Cohen aus. Wir treffen ihn, um etwas zu essen und ein paar Spiele zu spielen. Ich nehme mein Auto. Wir werden nicht einmal mit ihm fahren. Das ist kein Date, also lass es nicht so klingen." Das Letzte, was ich gebrauchen konnte, war, dass sie irgendjemandem erzählte, dass wir uns mit Cohen Nash verabredet hatten.

„Kannst du meine Haare einfach so stylen, wie ich es möchte?" Sie stieg in die Badewanne und reichte mir die kleine Flasche Shampoo, die das Resort zur Verfügung stellte. „Benutze das hier anstelle des Zeugs, das du von zu Hause mitgebracht hast. Es riecht besser."

Ich hatte keine Ahnung gehabt, wie herrisch mein Kind geworden war. „Seit wann interessiert es dich, wie deine Haare riechen?" Ich gab eine kleine Menge Shampoo in meine Handfläche und roch daran. *Oh, das ist herrlich.*

„Schon immer, Mama. Komm, lass es einwirken, damit der Duft sich ausbreitet." Sie drehte mir den Rücken zu und saß mit überkreuzten Beinen in der Wanne. „Nachdem ich fertig bin, solltest du duschen und deine Haare mit diesem Zeug waschen, damit du so gut riechst wie ich."

Schließlich verstand ich, wo sie das gelernt hatte. „Deine Tante Ashe schuldet mir eine Erklärung."

„Warum?" Sie lachte. „Oh, weil sie diejenige ist, die mich immer hübsch macht. Sie frisiert gerne meine Haare. Sie sagt, dass sie viel dicker als eure Haare sind. Und sie sagt, dass sie besser aussehen. Aber sie wirken leicht zerzaust, wenn man nichts dagegen tut."

Genau wie die gewellten Haare deines Vaters.

Wenn Cohen seine Haare jetzt nicht kurz tragen würde und die Wellen wie damals seine Schultern umspielen würden, hätte Madison bestimmt darauf hingewiesen, wie ähnlich ihre Haare waren.

Gott sei Dank hat er sie schneiden lassen!

„Ich habe heute Morgen geduscht – bevor du aufgewacht bist. Ich werde nicht noch einmal duschen, nur um Pizza zu essen." Ich massierte das Shampoo in ihr dichtes Haar und stellte fest, dass es mir Spaß machte. „Ich denke, es ist der Duft des Shampoos, aber ich möchte mich nicht so beeilen, wie ich es normalerweise tue."

„Ja, gute Düfte machen mich auch glücklich." Sie seufzte. „Ich liebe es hier, Mama. Ich wünschte, wir müssten nie wieder weggehen."

Das müssen wir nicht.

Wenn ich Cohens Angebot annehmen würde, könnten wir bleiben. Aber ich konnte sein Angebot nicht annehmen, egal wie großzügig es war. Meine Familie bedeutete mir mehr als das.

Ich wusste, dass Mom und Dad mit Madison alle Hände voll zu tun hatten. Aber ich wusste auch, dass sie nichts daran ändern würden, wenn sie die Wahl hätten. Sie liebten sie, als wäre sie ihr eigenes Kind. Und sie liebte die beiden auch. „Würdest du deine Großeltern nicht vermissen, wenn wir das Resort nie wieder verlassen würden?"

„Sie könnten auch herkommen. Aber nur manchmal, weil Grandpa all diese Arzttermine hat."

„Nun, wenn sie nicht hier sein könnten, würdest du sie nicht vermissen?" Ich war mir sicher, dass sie sie vermissen würde. Sie war seit dem Tag ihrer Geburt nicht länger als ein paar Tage von ihnen getrennt gewesen.

Sie drehte sich zu mir um und sah mich mit einem seltsamen Gesichtsausdruck an. „Mom, warum sagst du das immer wieder?"

„Lehne dich zurück und lass mich deine Haare ausspülen." Ich wusste nicht, was ich ihr antworten sollte. Ich konnte ihr nicht sagen, dass wir bleiben könnten, wenn wir wollten. Das konnte ich ihr nicht sagen, weil sie unbedingt bleiben wollte.

„Okay." Sie lehnte sich zurück und schloss die Augen.

„Versuche, keine Seife in meine Augen zu spülen, Mama."

„Ich werde es versuchen. Halte sie ganz fest geschlossen." Ich ergriff eine Schale, die sich bereits im Badezimmer befunden hatte, füllte sie mit Wasser und goss es über ihre Haare, bis das Wasser klar war. „So, jetzt bist du fertig."

„Großartig!" Sie sprang auf und nahm ein Handtuch vom Handtuchhalter. „Wenn du nicht duschen willst, ziehe dich wenigstens um."

Als ich aufstand, bemerkte ich, dass ich beim Haarewaschen ziemlich viel Wasser abbekommen hatte. „Oh je."

In das Handtuch gewickelt rannte sie aus dem Badezimmer ins Schlafzimmer. Ich folgte ihr langsamer.

Sie öffnete den Schrank und sah sich die Kleider an, die dort hingen. „Warum hast du mir nicht mehr schöne Kleider mitgebracht?" Sie sah mich mit zusammengekniffenen Augen über die Schulter an. „Meine Güte, Mama. Ich kann das Kleid, das ich gestern getragen habe, nicht schon wieder anziehen."

„Tut mir leid." Ich setzte mich auf das Sofa.

„Du könntest mich in den Laden bringen, in dem Cohen mir den Badeanzug gekauft hat. Dort gab es viele hübsche Kleider."

„Und ich wette, sie waren alle teuer. Finde einfach etwas im Schrank, du kleine Prinzessin." Ich wollte nicht hundert Dollar für ein Kleid in einem Resort-Laden ausgeben. So leichtsinnig war ich nicht mit Geld. „Wenn wir nach Hause kommen, muss ich dir neue Turnschuhe für die Schule besorgen. Ich kann kein Geld verschwenden, weißt du."

Wenn ich den Job annehmen würde, den Cohen mir angeboten hat, wäre Geld kein Thema mehr.

Zur Hölle, wenn ich Cohen sage, dass Madison sein Kind ist, dann würde sie alles haben, was sie jemals wollen könnte, und noch mehr.

Benachteilige ich meine eigene Tochter, um meine Familie nicht zu verärgern?
Es war das erste Mal, dass ich so über die Situation nachdachte. Ich hatte nicht gewusst, dass Cohen ein reicher Mann geworden war. Und ich hatte gedacht, dass er immer noch so viele Affären hatte wie früher. Anscheinend war das nicht der Fall, wenn er wollte, dass mehr aus uns beiden wurde.

Dieser ältere Cohen Nash war ein bisschen anders, als ich ihn mir vorgestellt hatte.

Vielleicht benachteilige ich mich und mein Kind. Und Cohen auch.

„Mama", rief Madison. „Du sitzt nur da. Komm schon. Wir müssen uns fertig machen. Du musst dich umziehen, deine Haare in Ordnung bringen, dich schminken und dann mir helfen!"

„Madison, es gibt keinen Grund, so aufgeregt zu sein. Cohen interessiert sich nicht für solche Sachen." Ich stand auf, um etwas zum Anziehen zu finden, da meine Kleidung nass geworden war. „Jeans und ein T-Shirt sind gut genug."

Mit offenem Mund und großen Augen starrte sie mich an. „Mama – hast du ihn überhaupt angeschaut? Er ist so gutaussehend. Und er zieht sich gut an. Kannst du nicht erkennen, dass er dich mag?"

Ich musste lachen. „Was?" Das konnte sie vor unserer Familie nicht sagen. „Das tut er nicht. Du musst aufpassen, was du sagst, Mädchen."

„Warum magst du ihn nicht?" Sie suchte sich endlich ein Shirt und eine Jeans zum Anziehen aus und trug sie zum Bett.

„Er war der Freund deiner *Tante*. Warum vergisst du das ständig?" Ich ging zum Schrank, um ebenfalls etwas zum Anziehen zu finden. Wenn ich mich nicht beeilte, würde sie mich weiter nerven.

„Ich weiß nicht, warum du glaubst, dass es Tante Ashe interessiert, ob du mit ihm zusammen bist. Sie hat Onkel Mike. Und es ist so lange her, dass er ihr Freund war. Ich glaube nicht, dass sie sich überhaupt darum kümmern wird."

„Ich denke, damit liegst du falsch." Ich suchte mir ein rosa T-Shirt und eine verwaschene Jeans aus. „Was meinst du?"

Sie sah mich mit Entsetzen in den Augen an. „Auf keinen Fall! Trage zumindest eine Jeans, die nicht verwaschen ist."

Ich legte die verwaschene Jeans zurück und zog die neueste aus dem Schrank, die ich hatte. Meine Tochter hatte recht, sie sah viel besser aus.

Ich musste mich fragen, ob es das Einzige war, womit sie recht hatte.

KAPITEL FÜNFZEHN
COHEN

Ich warf einen Skee-Ball die lange Rampe hinauf und traf direkt das mittlere Loch. „Dreißig Punkte!"

„Glück gehabt", sagte Madison, als sie ihren Ball warf und das Zehn-Punkte-Loch traf.

„Gut gemacht!" Ich reckte triumphierend die Faust, als die Tickets, die wir gewonnen hatten, aus den Automaten kamen. „Wir werden jede Menge Preise bekommen."

„Bestimmt." Sie sah sich um, um herauszufinden, was sie als Nächstes spielen wollte. „Mama winkt uns zu. Die Pizza ist auf dem Tisch. Wir gehen besser essen."

Sie rannte los und wich anderen Kindern und Erwachsenen mühelos aus. Ich sah, wie Ember Pizzastücke auf unseren Tellern verteilte. Auf dem Tisch stand auch ein Krug Bier – was ich vielversprechend fand.

Vielleicht ist sie bereit, sich zu entspannen und das Unvermeidliche zu akzeptieren.

Ember hatte eine Nische ausgesucht, in der wir sitzen konnten, und Madison ließ sich auf den Platz gegenüber von ihr fallen. Die Tatsache, dass sie direkt am Rand saß, machte es mir unmöglich, mich neben sie zu setzen. Also musste ich mich neben ihre Mutter setzen, die zur Seite rutschte, damit ich Platz hatte. „Willst du ein Bier?"

„Ja." Ein dampfendes Stück Käsepizza lag vor mir auf dem Teller. „Wow – meine Lieblingssorte."

„Meine auch!" Madison biss in ihr Stück. „Mmmmh, das ist so gut."

Ember füllte zwei Gläser mit Bier und reichte mir eins. „Sie isst nur Käsepizza, deshalb habe ich das bestellt. Hier kann man keine einzelnen Stücke bestellen. Man bekommt die ganze Pizza oder gar nichts."

„Ich mag Käsepizza auch gern, Ember." Das war keine Lüge. Ihre Augenbrauen schossen hoch. „Wirklich?"

„Ja." Ich probierte einen Bissen, um ihr zu zeigen, wie gut es mir schmeckte. „Mmmmh."

„Okay." Sie lachte leise und trank von ihrem Bier. „Die Kellnerin sagte, dass bald ein Tanzwettbewerb stattfindet. Der Gewinner bekommt fünftausend Tickets."

Madison begann, auf ihrem Platz zu tanzen. „Ich bin dabei!" Sie sah mich an. „Was ist mit dir, Cohen? Willst du auch tanzen?"

Ember rettete mich und legte ihre Hand auf meine Schulter. „Tut mir leid, Süße. Nur für Kinder."

„Oh. Nun, ich denke, das ist gut. Dann tanzen weniger Leute." Sie nahm einen weiteren Bissen von der Pizza, während sie sich umsah – zweifellos, um die Konkurrenz einzuschätzen.

Madison aß noch ein paar Bissen und legte dann den harten Rand der Pizza auf ihren Teller.

Genau wie ich.

Ich legte meinen nicht gegessenen Rand auf meinen Teller und bemerkte, wie Madison ihn betrachtete. Ember legte ein weiteres Stück auf meinen Teller. „ Hier, bitte." Sie sah Madison an. „Willst du auch noch ein Stück?"

„Nein danke." Sie lehnte sich zurück und wandte ihren Blick von meinem Teller ab. „Ich frage mich, wann der Tanzwettbewerb anfängt."

„Trink deine Milch, während du wartest", drängte Ember sie. „Du willst starke Zähne und Knochen, oder?"

Madison nahm das Glas und trank es aus, bevor sie es wieder auf den Tisch stellte. „Fertig."

„In Rekordzeit", gratulierte Ember ihr.

Musik erfüllte die Luft, als jemand über das Lautsprechersystem sagte: „Darf ich alle Jungen und Mädchen bitten, auf die Hauptbühne zu kommen, um zu tanzen?"

Madison war weg, bevor ich ihr viel Glück wünschen konnte. „Wow, sie ist schnell."

„Das ist sie." Ember trank einen Schluck, als sie mich über den Rand ihres Glases hinweg musterte.

„Du siehst viel entspannter aus."

Sie stellte das Glas ab. „Ja, so fühle ich mich auch."

„Hast du darüber nachgedacht, bei mir zu übernachten?"

„Nein." Sie zeigte auf die leere Seite des Tisches. „Möchtest du nicht lieber dort drüben sitzen?"

„Nein." Ich rührte mich nicht. Ich war gern so nah bei ihr. „Ich mag, wie sich deine Energie anfühlt, und ich will nah dran bleiben."

„Okay." Sie zog ein Bein unter sich und drehte sich in der Nische, sodass sie mich ansehen konnte. „Also, ich habe dir erzählt, wie *mein* Leben verlaufen ist. Jetzt bist du an der Reihe, mir zu sagen, wie es dir ergangen ist. Und wie es kommt, dass du jetzt ein Resort besitzt."

„Nun, wir haben Cousins, von denen wir nicht gewusst hatten. Sie erbten eine Ranch in Carthage, Texas, von einem Großvater, den sie nie getroffen hatten. Wir sind über meine Mutter verwandt. Es war ihr Großvater väterlicherseits, der ihnen alles hinterlassen hat. Darunter auch mehrere Milliarden Dollar."

„Im Ernst?"

„Im Ernst." Ich legte meine Hand um das kalte Glas und zog es näher an mich heran. „Sie sind sehr arm aufgewachsen, obwohl ihr Großvater reich war. Ihr Vater entschied sich für Liebe statt für Geld – und verzichtete auf sein Erbe. Also haben sie es bekommen. Und da sie ihren Verwandten dabei helfen wollten, mehr aus sich zu machen, haben meine Brüder und ich das Geld bekommen, um das Resort zu bauen. Es hat viel harte Arbeit gebraucht, um alles in Gang zu setzen, aber wir haben es geschafft. Und jetzt geht es uns allen ziemlich gut."

„Also warst du in den letzten Jahren zu beschäftigt, um viele Frauen zu verführen, hm?" Sie führte das Glas an ihre Lippen und wartete auf meine Antwort.

„Ich war ziemlich beschäftigt."

„Soll ich glauben, dass du so beschäftigt warst wie ich?"

„Das ist, als würde man Äpfel mit Birnen vergleichen. Du hattest ein Kind, auf das du aufpassen musstest, und ich war immer noch ungebunden." Ich wollte nicht das, was ich getan hatte, mit dem vergleichen, was sie geleistet hatte. Ihr Job musste so viel schwieriger gewesen sein als meiner.

Nickend trank sie den Rest des Bieres und füllte ihr Glas wieder auf. „Das muss schön gewesen sein."

„Du musst auch etwas Freizeit gehabt haben, Ember."

„Ja, ich hatte Freizeit." Sie umklammerte das volle Glas, als ob es ihr irgendwie helfen könnte. „Aber wenn ich Freizeit habe, hole ich meistens Schlaf nach."

Ich war mir nicht sicher, was ich denken sollte. Sie hatte mir erzählt, dass ihre Mutter fast vollständig die Betreuung von Madison übernommen hatte. Aber manchmal klang sie, als wäre sie immer mit ihrem Kind beschäftigt. „Also, was ist, Ember? Kümmert sich deine Mutter um sie oder du?"

Sie musterte mich mit schmalen Augen. „Was meinst du?"

„Ich meine, du hast Dinge gesagt, die mich glauben lassen, dass sich deine Mutter hauptsächlich um Madison gekümmert hat. Aber du hast auch gesagt, dass du dich in erster Linie um sie gekümmert hast. Ich versuche nicht, mit dir zu streiten, aber beides kann nicht stimmen, oder?"

„Als ob du weißt, wie es ist, ein Kind großzuziehen." Sie schnaubte. „Mom und Dad haben die Vaterrolle übernommen. Ich mache immer noch alles, was eine Mutter tun würde. Außerdem gehe ich zur Arbeit, um für sie zu sorgen. Und das mache ich ganz alleine. Also, nur zu deiner Information, mein Leben ist trotz der Unterstützung meiner Familie immer noch voll auf Madison ausgerichtet."

„Okay." Ich hatte nicht vorgehabt, sie zu verärgern. „Ich habe nur gefragt. Du hast recht – ich habe keine Ahnung, wie es ist, ein

Kind großzuziehen. Ich dachte, wir könnten über alles reden. Aber anscheinend habe ich mich geirrt."

„Wenn du mich beschuldigst zu lügen, macht es ein normales Gespräch schwierig." Sie trank einen langen Schluck.

„Ich habe dich nicht beschuldigt zu lügen. Ich habe nur gesagt, dass du einige widersprüchliche Dinge gesagt hast. Und jetzt, da du es besser erklärt hast, verstehe ich es. Ich weiß, dass beide Elternteile hart für ihre Kinder arbeiten. Also, danke, dass du die Dinge für mich geklärt hast."

„Bitte." Sie stellte das Glas ab und schob es von sich weg – was ich für eine gute Idee hielt, da sie bereits launisch war. „Ich will nicht gemein sein. Es ist nur nicht leicht, jemandem, der keine Ahnung hat, zu erklären, wie schwierig es ist, ein Kind zu erziehen. Aber es gibt auch Vorteile. Es war großartig, sie zum ersten Mal lächeln zu sehen. Es war wunderbar zu sehen, wie sie ihre ersten Schritte machte. Und wenn ich sie beim Einschlafen beobachte, singt mein Herz."

Plötzlich runzelte sie die Stirn, als würde sie inmitten all dieser glücklichen Erinnerungen an etwas Unangenehmes denken.

„Das kann ich mir vorstellen." Madison war ein entzückendes Kind und sie hatte die gleichen schönen Augen wie ihre Mutter. „Wie fühlt es sich an, einen anderen Menschen anzusehen und sich darin zu erkennen?"

Ich hatte gehofft, die Frage würde sie vergessen lassen, was ihr Stirnrunzeln verursachte, aber sie schien es nur noch schlimmer zu machen. Ihr Kopf senkte sich und sie schloss die Augen. „Ich muss essen." Sie ergriff ein Stück Pizza und nahm einen Bissen, ohne meine Frage zu beantworten.

„Das ist das erste Mal, dass du heute gegessen hast, oder?" Ich strich mit meinem Finger über ihren Pferdeschwanz.

„Ja." Sie aß weiter.

„In meiner Nähe zu sein hat sowohl eine gute als auch eine schlechte Wirkung auf dich, oder?"

Sie nickte und nahm einen weiteren Bissen.

Zumindest ist sie ehrlich.

„Weißt du, ich habe noch nie daran gedacht, Kinder zu haben.

Ich weiß, dass ich es nicht mag, wenn Kinder weinen. Wie bist du mit all dem Geschrei umgegangen, als sie ein Baby war?"

„Wie jede Mutter damit umgeht, denke ich. Ich mochte es nicht, aber ich wusste, wenn sie weinte, bedeutete das, dass sie etwas brauchte. Ich überprüfte ihre Windel, um zu sehen, ob sie gewickelt werden musste. Und wenn es nicht so war, machte ich ihr ein Fläschchen, falls sie hungrig war. Manchmal konnte ich nicht herausfinden, was die Ursache war, also hielt ich sie einfach fest, wiegte sie und versuchte, nicht auch zu weinen."

„Oh Gott, das klingt schrecklich."

„Manchmal war es schrecklich." Ein Lächeln umspielte ihre rosa Lippen, als sie das sagte. „Ich werde nie vergessen, wie sie zum ersten Mal richtig schlimm Durchfall hatte. Stinkende, matschige Kacke war überall. Ich musste den Strampler wegwerfen, den sie trug, weil er ruiniert war. Und ich musste sie baden, was sie wütend machte, sodass sie die ganze Zeit weinte. Sie war damals ungefähr drei Monate alt. Ich hatte gerade erst angefangen, wirklich herauszufinden, wie ich auf sie aufpassen sollte, und sie hat mir das angetan."

„Wo war deine Mutter, als das alles passiert ist?"

„Sie war dort. Sie hat mir Tipps gegeben – und hysterisch gelacht. Ich fand es damals nicht lustig. Später aber schon. Viel später."

„Also hast du Madison bekommen, bevor deine Schwester eigene Babys hatte, oder?" Ich fragte mich, wie das gewesen war.

„Ja. Sie war ausgezogen, als ich Madison bekam. Sie teilte sich damals eine Wohnung mit einem anderen Mädchen. Aber sie war immer noch viel für mich da. Und sie stellte sicher, dass sie mindestens einmal in der Woche Zeit mit Madison verbrachte. Sie hat ihr hübsche, kleine Kleider mitgebracht und mich dafür getadelt, dass ich ihr immer nur Strampler angezogen habe."

„Du warst nie von Mode besessen", sagte ich. „Das hat mir an dir gefallen. Du hattest kein Interesse an all dem Unsinn, um den sich so viele andere Südstaatenschönheiten Sorgen machen. Perfekte Nägel, perfekte Augenbrauen …"

Sie fuhr sich mit der Hand über die Augenbrauen. „Sind meine zu breit?"

„Sie sind perfekt." Ich musste lachen „Nun, vielleicht irre ich mich. Vielleicht achtest du auf mindestens eine perfekte Sache."

„Ich mag es, präsentabel auszusehen. Aber ich werde kein Vermögen für mich ausgeben, wenn ich ein Kind habe, für das ich sorgen muss. Tatsächlich war das Letzte, was ich mir gekauft habe, eine reduzierte Blue Jeans." Ihre Augen suchten die Tänzer auf der Bühne nach Madison ab. „Es macht mich viel glücklicher, Dinge für meine Tochter zu kaufen als für mich."

„Das sind die Worte einer guten Mutter." Aber genau deshalb brauchte sie einen Mann in ihrem Leben. Sie würde nichts für sich selbst kaufen müssen, wenn sie einen Mann hätte, der sie verwöhnte.

Ich würde ihr alles kaufen, was sie jemals wollen könnte, und noch mehr.

KAPITEL SECHZEHN

EMBER

„Mehrere Kinder haben aufgegeben und sind schon aus dem Wettbewerb ausgeschieden." Ich winkte Madison zu, als sie in meine Richtung sah. „Weiter so, kleine Tänzerin!"

„Verdammt, das Mädchen kann sich bewegen, hm?", sagte Cohen bewundernd.

„Sie ist seit ihrem dritten Lebensjahr im Tanzkurs. Dafür hat Ashe gesorgt." Wieder wurde ich daran erinnert, wie viel meine Schwester meinem Kind bedeutete. Ich schuldete Ashe meine Loyalität für alles, was sie für Madison und mich getan hatte.

„Deine Schwester hat es geliebt zu tanzen." Sein Kopf senkte sich. „Tut mir leid. Ich wette, du wolltest mich das nicht sagen hören. Ich denke manchmal nicht nach."

„So bin ich nicht und das weißt du auch." Ich fuhr mit meiner Hand über seine Schulter und genoss die Welle der Erregung, die mich erfasste, als ich ihn berührte. „Du warst zuerst mit ihr zusammen. Länger als mit mir. Ich bin der Eindringling – nicht sie."

Er drehte den Kopf, um mich anzusehen, und seine Augen wirkten weicher als sonst. „Ember, ich habe vielleicht mehr Zeit mit ihr verbracht als mit dir, aber du bist die Einzige, die jemals in mein Herz vorgedrungen ist."

Seine Augen können nicht lügen.

Wenn es einen Weg gäbe, ihn zu haben, ohne meine Familie zu verletzen, würde ich es wagen. Aber ich konnte nicht sehen, wie ich das schaffen sollte, ohne alle wissen zu lassen, dass ich eine Verräterin und Lügnerin war. Seit sieben Jahren log ich schon. Seit sieben langen Jahren.

Es war Zeit, Cohen in die Liste der Leute aufzunehmen, die ich belogen hatte. Und das war nicht leicht. Es war so einfach gewesen, mir einzureden, dass er ein Leben führte, in dem Madison keinen Platz hatte, und dass ich ihm nichts vorenthalten hatte. Aber jetzt, als ich sah, wie er mit ihr sprach, und von seinem Leben hörte, war ich mir nicht mehr so sicher.

„Du bist auch der Einzige, der in mein Herz vorgedrungen ist." Jemanden anzulügen, den ich einst so geliebt hatte, machte mich fast verrückt.

Wenn ich darauf vertrauen könnte, dass meine Familie mein Geheimnis nicht herausfinden würde, sobald Cohen erfuhr, dass er Madisons Vater war, dann hätte ich es ihm gesagt. Aber ich wusste, dass das nicht möglich war.

Nicht, dass er nach Houston fahren würde, um es ihnen ins Gesicht zu sagen, aber er würde es sicherlich seinen Brüdern erzählen, die es weitererzählen würden, und irgendwann würde es meiner Familie zu Ohren kommen.

Es war Ewigkeiten her, dass ich über das, was ich getan hatte, so wütend auf mich selbst gewesen war. Cohen neben mir zu haben, zu wissen, dass ich ihn betrogen hatte, und wieder Dinge zu tun, die gegen meine Moral verstießen, machte mich so zornig auf mich selbst, dass ich mich kaum beherrschen konnte.

Ich schenkte mir noch ein Bier ein, um die Wut zu lindern, die sich in mir aufbaute. Cohen beobachtete mich, als ich einen langen Schluck trank. „Weißt du, ich kann dich und Madison zurück zum Resort oder zu mir nach Hause fahren, je nachdem, was du willst. Du kannst dein Auto einfach hier stehen lassen und ich werde jemanden aus dem Resort bitten, es für dich abzuholen."

Glaubt er, ich betrinke mich?

„Das ist okay. Wir werden nicht zu dir gehen, das ist also kein Problem. Und ich kann selbst zurück zum Resort fahren." Ich starrte auf das Bier, von dem ich bereits ein Viertel getrunken hatte.

„Ich weiß, dass ich mehr als sonst trinke, aber ich höre sofort auf, wenn du denkst, dass ich beschwipst bin."

„Es ist nur so, dass ich keinen Grund dafür sehe, dass du überhaupt noch fahren solltest. Ich wiege mehr als du und habe nur etwa ein halbes Bier getrunken, also hat es keine Auswirkungen auf mich. Es macht mir überhaupt nichts aus. Ich kann euch zurück ins Resort fahren." Er lächelte, um seine Worte abzumildern. „Weißt du, auf diese Weise kannst du so viel trinken, wie du willst."

„Ich bin keine Trinkerin, Cohen." Ich schob das Glas von mir weg. „Es ist nur so, dass ich nervös bei dir bin. Ich trinke sonst kaum – vielleicht ein paarmal im Jahr zu besonderen Anlässen."

„Noch ein Grund, dass ich fahren sollte. Komm schon, Ember, es ist keine große Sache. Lass uns nicht darüber streiten. Ich werde meiner Assistentin eine Nachricht schicken und sie herkommen lassen, um dein Auto für dich zurückzubringen."

„Nein." Ich wollte ihn nicht das Kommando übernehmen lassen. „Es geht mir gut. Und wir werden frühestens in einer Stunde von hier aufbrechen. Es ist ohnehin nicht deine Entscheidung." Ich war aufgebracht. „Kannst du mich rauslassen, damit ich zur Toilette gehen kann?"

Er stand auf, aber als ich mich an ihm vorbeischob, packte er meinen Arm. „Du musst nicht so verdammt empfindlich sein, Ember. Ich weiß nicht, warum du dich so aufregst."

Ich schloss meine Augen und wusste, dass mir das nicht ähnlich sah. „Cohen, es tut mir leid. Ich werde mich zusammenreißen. Lass mich einfach gehen."

„Du machst dich selbst verrückt und ich glaube, ich weiß, warum." Er zog mich näher an sich. „Du musst dich mir nicht länger widersetzen. Deine Familie wird es akzeptieren – irgendwann. Vertrau mir in dieser Sache. Du musst dir das nicht antun. Du musst *uns* das nicht antun. Du merkst doch, dass das, was du machst, mir auch wehtut, oder?"

Ja, verdammt, das tue ich!

„Ich muss zur Toilette. Lass mich gehen. Bitte." Ich konnte nicht mit ihm über den Schmerz sprechen, den ich ihm zufügte. Wenn er jemals herausfinden würde, was ich getan hatte, würde er mich ohnehin hassen.

„Denk darüber nach, was ich gesagt habe. Bitte." Er ließ mich los und ich machte mich auf den Weg zur Toilette, bevor ich vor allen Gästen anfing zu weinen.

Zum Glück war niemand sonst dort, als ich direkt zum Waschbecken ging und mein Gesicht mit kaltem Wasser bespritzte. Ich musste damit aufhören. Ich konnte nicht mit Cohen zusammen sein. Ich konnte nicht so tun, als hätte ich nicht sieben Jahre lang gelogen.

Irgendwie musste ich mich von ihm fernhalten. Wir hatten nur noch eine Nacht im Resort. Wenn ich allein dort gewesen wäre, wäre ich einfach gegangen. Aber Madison bekäme einen Anfall, wenn wir früh aufbrechen würden.

Ich schaute mich im Spiegel an und versuchte herauszufinden, was ich tun konnte, um nicht mehr wütend auf mich selbst zu sein – zumindest bis ich weit weg von Cohen war.

Ich hatte einen Job, mit dem ich weitermachen musste, nachdem ich Madison am nächsten Tag bei meinen Eltern abgesetzt hatte. Ich konnte mir Vorwürfe machen, während ich bei der Arbeit war. Bis dahin musste ich damit aufhören. Ich musste mir vormachen, dass ich nicht so lange gegen meine Moralvorstellungen verstoßen hatte. Ich musste mir einreden, dass ich ein guter Mensch war.

Anscheinend hatte ich mich lange täuschen können. Aber in Cohens Nähe zu sein, brachte die Wahrheit ans Licht. Irgendwie brachte mich das Zusammensein mit ihm dazu, mich der Tatsache zu stellen, wer ich wirklich war.

Ich bin eine Lügnerin.

Ich nahm an, dass es sich nicht so schrecklich angefühlt hatte, meine Familie anzulügen, weil ich sie dadurch nicht wirklich verletzte. Aber Cohen und Madison anzulügen war anders. Ich schadete den beiden, indem ich die Wahrheit für mich behielt.

„Du musst allen die Wahrheit sagen, Ember Wilson." Ich starrte in den Spiegel und versuchte, die Lügnerin in mir einzuschüchtern.

Sieben Jahre sind vergangen! Niemand wird mir je wieder glauben, wenn ich jetzt alles gestehe.

Ich versuchte, nicht darüber nachzudenken. Das durfte ich nicht, wenn ich den Rest des Tages überstehen wollte. Ich konnte früh am Morgen aufbrechen. Madison verstand es, wenn ich zur Arbeit gehen musste. Ich würde ihr sagen, dass wir früh nach Houston zurückkehren mussten, damit ich packen und zur Arbeit fahren konnte.

Ich holte tief Luft und hatte mich endlich genug unter Kontrolle, um mich wieder dem Mann zu stellen, von dem ich ein Baby bekommen hatte, nur um es vor der ganzen Welt geheim zu halten.

„Mama!", ertönte Madisons Stimme, als ich nach draußen trat. „Da bist du ja." Sie hielt mir eine Handvoll Tickets hin. „Ich habe nicht gewonnen, aber ich bin Zweite geworden und habe tausend Tickets bekommen!"

„Das ist großartig, Süße!" Ich bemerkte, dass jemand in der Nähe war, und drehte mich um. Es war Cohen.

„Ich verstehe nicht, wie das andere Kind sie besiegen konnte", sagte er und tätschelte ihren Kopf. „Sie hat alles gegeben."

„Er war ein guter Tänzer", gab sie zu. „Besser als ich. Vorerst jedenfalls. Ich werde besser sein, wenn wir das nächste Mal hierher zurückkommen. Und dann werde ich gewinnen."

Es wird kein nächstes Mal geben.

Cohen machte schnell dort weiter, wo sie aufgehört hatte. „Wir sollten euren nächsten Besuch planen. Ich lade euch ein. Wann hast du wieder frei, Ember?"

„Oh, ich weiß nicht. Und ich kann nicht zulassen, dass du uns kostenlos ein Zimmer gibst, Cohen." Ich konnte nie wieder zurückkommen. Mit ihm zusammen zu sein machte mich verrückt.

„Das ist kein Problem." Er nahm die Tickets, die Madison ihm hinhielt, bevor sie weglief, um wieder Spiele zu spielen. „Ich kann dich nicht einfach gehen lassen, ohne zu wissen, wann ich dich wiedersehe."

Du musst mich gehen lassen.

„Mein Job funktioniert nicht so. Ich weiß nie, wann ich frei habe. Wir müssen sehen, was passiert. Aber ich möchte nicht, dass du denkst, ich komme bald wieder." *Oder jemals.*

„Du weißt, dass ich zu dir kommen kann, oder?" Er nahm meine Hand und führte mich zurück zum Tisch. „Ich erwarte nicht, dass du immer hierherkommst. Überall, wo du bist, kann ich dich besuchen. Bestimmt kannst du den Bohrturm verlassen, während dein Partner arbeitet. Ich kann uns ein Zimmer in einem Hotel besorgen."

„Cohen, ich weiß nicht." Doch, das tat ich. Ich wusste, dass ich nichts mehr mit ihm machen konnte, sobald ich am nächsten Morgen weg war. „Zunächst einmal habe ich nicht eingewilligt, dich zu sehen."

„Ich weiß, dass ich irgendwie verzweifelt klinge." Er rutschte hinter mir in die Nische und hielt mich dort gefangen. „Du gehst morgen. Und ich habe das Gefühl, dass du versuchen wirst, mich zu vergessen. Ember, ich möchte dich nicht wieder verlieren. Ich habe das letzte Mal nicht um dich gekämpft, aber diesmal werde ich es tun. Du und ich haben etwas. Und das weißt du auch."

Er sagte die richtigen Dinge. Ihm zu widerstehen wäre so viel einfacher, wenn er nicht so verdammt perfekt gewesen wäre.

„Nun, lass uns vorerst nicht mehr darüber reden. Ich muss viel nachdenken, weißt du? Über meine Familie und mein Kind." Ich bekam Bauchschmerzen, als mein Körper mich bei allem, was ich sagte, bekämpfte. *Sie ist auch sein Kind!*

Anscheinend war mein Gewissen gegen den unmoralischen Teil von mir in den Krieg gezogen. Ich musste abwarten, wer am Ende die Schlacht gewinnen würde.

„Damit bin ich nicht einverstanden. Dein Kind liebt mich und ich liebe es auch. Du kannst Madison also nicht als Ausrede benutzen. Und wir haben bereits darüber gesprochen, dass jemandem, der nicht möchte, dass du mehr Zeit mit deiner Tochter verbringst, dein Wohl nicht am Herzen liegen kann." Seine Finger bewegten sich langsam über meine Wange, bevor er seine Hand auf meinen Nacken legte. Er hatte das früher immer getan, kurz bevor er mich küsste.

„Bitte nicht." Ich konnte keinen Kuss von ihm ertragen. Es würde mir das Herz brechen – ganz sicher.

„Du musst dir keine Sorgen machen, dass Madison uns sieht. Ich kann sie von hier aus sehen und sie hat uns den Rücken zugewandt, während sie ein Spiel spielt. Ich denke, du brauchst eine Erinnerung daran, wie gut wir zusammen sind."

„Nein." Ich zog seine Hand von mir. „Ich werde nicht zulassen, dass du mich wieder verzauberst. Du weißt, warum, und ich bin es leid, es dir zu erklären, nur damit du so tust, als wäre nichts davon von Bedeutung. Für mich ist es das. Und das ist alles, was du wissen musst." Ich legte meine Hände auf seine breite Brust. „Lass mich raus. Wir gehen. Ich habe genug davon, mit dir darüber zu streiten."

„Ember, warte." Er blieb sitzen und ließ mich nicht aus der Nische. „Ich weiß nicht, was los ist, aber es tut mir leid. Ich wollte nicht, dass du das Gefühl hast, dass das, was du sagst, für mich keine Rolle spielt, weil es das tut."

„Lass mich raus." Ich konnte keinen Moment länger dort bleiben. „Jetzt."

„Ember, bitte."

„Jetzt!"

Er stand auf und seufzte. „Ruf mich an, wenn du dich beruhigt hast, okay?"

Ich ging weg, ohne ihm zu antworten. Aber als ich zu Madison gelangte, fand ich sie glücklich lächelnd vor. „Mama, sieh dir all die Tickets an, die ich bekommen habe."

Ich hatte die restlichen Tickets vergessen. „Das ist großartig, Schatz. Lass uns alle Tickets holen und gegen Preise für dich eintauschen. Es ist Zeit zu gehen."

Ich wollte mich Cohen nicht noch einmal stellen, aber mein Kind brauchte die Tickets, also musste ich es tun. Als ich mich umdrehte, um zum Tisch zurückzukehren und die vergessenen Tickets zu holen, fand ich sie dort, aber Cohen war weg.

Mein Herz schlug schneller in dem Wissen, dass ich ihn vertrieben hatte. Der Krieg, den mein Verstand und mein Körper führten, machte mich wahnsinnig. Ein Teil von mir wollte ihm nachjagen und ihm die Wahrheit über alles sagen. Aber der andere Teil von mir sagte, ich solle ihn gehen lassen – es war besser so.

„Hey, wo ist Cohen?" Madison nahm die Tickets vom Tisch, während sie sich umsah.

Unglaubliche Ruhe überkam mich aus irgendeinem verrückten Grund. „Oh, er musste gehen. Er hatte Arbeit zu erledigen. Ich soll dir von ihm Bye sagen." Ich nahm ihre Hand und hasste mich dafür, dass ich wieder eine gottverdammte Lüge erzählt hatte.

KAPITEL SIEBZEHN
COHEN

Die verstörende Art, wie Ember sich in der Pizzeria verhalten hatte, trübte meine Stimmung. Ich konnte mich auf nichts konzentrieren, also ging ich nach Hause. Nach einer langen Dusche, um zumindest einen Teil des Schmerzes zu lindern, fühlte ich mich immer noch schrecklich.

Ich habe sie zu sehr bedrängt – das muss es sein.

So falsch es sich auch anfühlte … ich musste mich für eine Weile zurückziehen. Ich konnte mir ihr Verhalten nicht anders erklären, als dass ich zu viel Druck auf sie ausgeübt hatte.

Ich war damals vielleicht nur eine Woche mit Ember zusammen gewesen, aber ich hatte sie davor etwas mehr als ein Jahr gekannt. Und sie hatte sich damals nie so verhalten. Ihrer Reaktion nach zu urteilen, war dies auch für sie neu.

Um sieben Uhr abends lag ich schon im Bett. Ich war noch nie in meinem Leben so orientierungslos gewesen. Nicht einmal nachdem meine Eltern gestorben waren. Zumindest hatte ich gewusst, dass sie nicht zurückkommen würden und es keinen anderen Weg gab, als vorwärts zu gehen.

Bei Ember fühlte es sich jedoch wie ein Schleudertrauma an. Sie sagte mir die richtigen Dinge, aber im nächsten Moment zog sie sich zurück. Verwirrung, Sorge, jede Menge verletzte Gefühle und etwas Wut brodelten in mir.

Das Fazit ist klar – Ember verhält sich unfair.

Sie hatte gesagt, wenn sie gewusst hätte, dass das Resort mir gehörte, hätte sie die Reise jemand anderem überlassen. Der Gedanke, dass sie sich so sehr bemühen würde, mich nicht wiederzusehen, störte mich mehr als alles andere.

Warum sollte sie mich einfach nicht wiedersehen wollen?

Sicher, es war nie einfach, jemandem zu begegnen, der einem den Laufpass gegeben hatte. Ich war schon öfter Frauen über den Weg gelaufen, mit denen ich Schluss gemacht hatte. Und keine dieser Begegnungen war jemals gut gewesen. Aber es hatte keine offene Feindseligkeit wie bei Ember gegeben.

Die Sache war, dass Ember und ich uns damals nicht darüber gestritten hatten, was sie wollte. Ich war mit ihrer Argumentation für das Beenden unserer Beziehung nicht einverstanden gewesen und hatte sie das wissen lassen. Aber ich hatte nicht ignorieren können, wie sie empfand.

Da es sie irgendwie unglücklich gemacht und ihr Probleme bereitet hatte, bei mir zu sein, hatte ich auch nicht gewollt, dass es weiterging. Also hatte ich sie mit einem Kuss und einer Umarmung gehen lassen und ihr gesagt, dass ich ihr nur das Beste wünschte.

Ember hatte mich zu einem besseren Mann gemacht. Zumindest während ich bei ihr gewesen war. Ich hatte noch nie eine andere Frau getroffen, die mich dazu gebracht hatte, ein besserer Mensch zu sein. Und obwohl sie sich jetzt so seltsam verhielt, hatte sie immer noch diesen Effekt auf mich. Ich wollte das Richtige für sie tun – was auch immer sie von mir brauchte.

Anstatt also zu streiten oder zu versuchen, sie zur Vernunft zu bringen, war ich einfach gegangen. Ich hatte ihr gesagt, sie solle mich anrufen, wenn sie sich beruhigt hatte. Seitdem waren jedoch fünf Stunden ohne Anruf vergangen und ich war mir ziemlich sicher, dass sie sich inzwischen beruhigt hatte.

Sie will dich einfach nicht.

Mit einem tiefen Seufzer legte ich meine Hände unter meinen Kopf und starrte an die Decke. Egal was mein Unterbewusstsein sagte, ich wusste, dass sie mich immer noch wollte. Sie hatte mir den Beweis dafür gezeigt.

Das Problem war ihre Tochter. Sie wollte nicht, dass Madison etwas miterlebte, das sie zu Hause erzählen könnte. Ember wäre mehr als bereit gewesen, in meine Arme und mein Bett zu sinken, wenn ihre Tochter nicht bei ihr gewesen wäre.

Wieder verstand ich ihre Motive. Ich stimmte ihnen nicht zu, aber ich verstand sie. Wenn Madison zurückkehren und Geschichten darüber erzählen würde, dass ihre Mutter und ich uns geküsst und umarmt hatten, wäre Embers Familie wütend auf sie.

Die Angst davor, jemanden zu verärgern, hätte mich nicht dazu gebracht, den einzigen Menschen wegzustoßen, in den ich mich jemals verliebt hatte. Ich hatte allerdings kein Kind. Und ich war nicht auf die Unterstützung von Menschen angewiesen, die sich darüber aufregen würden. Also verstand ich es ein wenig – aber ich fand Ember zu stur. Immerhin hatte ich ihr eine andere Option gegeben. Wenn sie mein Angebot annahm, würde sie niemanden aus ihrer Familie brauchen, um sich um Madison zu kümmern.

Ich wollte diese Gedanken beiseiteschieben und schaltete einen zufälligen Podcast ein. Das Thema lautete *Allergien* und ein Wissenschaftler erklärte, dass viele Studien zeigten, dass einige Allergien – insbesondere Schalentierallergien – genetisch bedingt sein könnten.

Ein Gedanke kam mir in den Sinn und ich nahm mein Handy vom Nachttisch und rief Baldwyn, meinen ältesten Bruder, an. Er antwortete beim dritten Klingeln: „Was ist?"

„Hallo." Ich grinste, weil ich wusste, dass mein Bruder ein vielbeschäftigter Mann war. Das Resort, seine Frau und sein Kind hatten ihn so gemacht. „Wie geht es Sloan und Audrey Rose?"

„Sloan ist in der Küche und kocht das Abendessen", sagte er lachend. „Sie interessiert sich gerade für gesunde Ernährung und besteht seit zwei Tagen darauf, all unsere Mahlzeiten von Grund auf selbst zuzubereiten. Aber es klingt, als würde dieses Abendessen ihr Ende sein. Sie flucht wie ein Seemann. Audrey Rose spielt mit ihren Puppen und veranstaltet mit ihnen eine Teeparty vor dem Fernseher. Und was ist bei dir los?"

„Wenig. Ich bin zu Hause und denke nach."

„Du?" Er klang überrascht. „Es ist Samstagabend. Ist dir das bewusst, Cohen?"

„Ja, das ist mir bewusst. Ich bin einfach nicht in der Stimmung auszugehen."

„Bist du krank?"

„Nein." Ich hatte Liebeskummer. Aber darauf wollte ich nicht vor ihm eingehen. „Ich habe eine Frage an dich. Es geht um Mom."

Ich wusste nicht viel über Embers Familie. Aber ich wusste, dass sowohl sie als auch ihre Schwester Ashe Meeresfrüchte liebten. Ich fragte mich also, woher Madisons Schalentierallergie stammte. Und eine ferne Erinnerung ließ mir keine Ruhe. Ich war mir nicht sicher, ob ich mich richtig erinnerte. Deshalb hatte ich meinen ältesten Bruder angerufen, um mein Gedächtnis aufzufrischen.

„Um Mom?"

„Ja." Wir sprachen nicht oft über unsere Eltern. Es war so viel Zeit seit ihrem Tod vergangen, dass es manchmal schwierig war, sie zu erwähnen. „Hast du das Gefühl, dass du jetzt über sie sprechen kannst?"

„Ja, das kann ich. Was willst du über Mom wissen?"

„Ich erinnere mich irgendwie daran, dass wir an einem sonnigen Nachmittag Garnelen gegessen haben. Wir waren in unserem Garten und Dad grillte sie in der Grillgrube. Und er sagte, dass wir sie nur essen könnten, weil Mom das Wochenende bei ihrer Tante verbrachte, um sich nach einer Operation oder so etwas um sie zu kümmern." Ich hatte es nie ganz verstanden. „Warum hat er das gesagt?"

„Mom war allergisch gegen Garnelen, das war wahrscheinlich der Grund. Sie war so allergisch, dass wir nicht einmal Garnelen im Haus haben konnten, ohne dass sie Ausschlag bekam. Ich denke, sie war allergisch gegen alle Schalentiere, aber Dad hat immer die Garnelen erwähnt, weil er sie sehr mochte, sie aber wegen Moms Allergie kaum essen konnte."

Allergisch gegen Schalentiere – genau wie Madison.

„Hatte sonst noch jemand in unserer Familie diese Allergie?"

„Mom sagte, dass ihre Großmutter mütterlicherseits die gleiche Reaktion hatte, wenn sie in die Nähe von Garnelen kam. Aber sie sagte auch, dass ihre Mutter die Allergie nicht hatte und die ganze

Zeit Garnelen aß. Sie dachte, es könnte etwas sein, das eine Generation überspringt. Wir haben Audrey Rose auf die Allergie testen lassen und sie hat sie nicht. Aber der Kinderarzt sagte, dass sie sich jederzeit entwickeln kann. Wir müssen also vorsichtig mit ihr und dem sein, was sie isst, nur um auf der sicheren Seite zu sein."

„Wissen Patton und Warner davon, da sie jetzt auch Kinder haben?" Meine Brüder und ich sprachen nicht über die Details von allem, was ihre Kinder betraf, also hatte ich keine Ahnung, ob meine Nichten oder Neffen Allergien hatten.

„Ja, ich habe ihnen davon erzählt, damit sie ihre Kinderärzte informieren können. Charlotte Grace hat die Allergie, aber Pattons Jungen nicht."

„Klingt so, als ob Mädchen sie leichter bekommen als Jungen."

„Ich habe keine Ahnung, wie solche Dinge funktionieren. Ich bin nur froh, dass meine Tochter bisher keine Anzeichen gezeigt hat. Solche Allergien sind kein Scherz. Ein falscher Bissen kann die Kehle anschwellen lassen und dann kann das Kind nicht mehr atmen. Es ist sehr ernst."

„Verdammt, das klingt beängstigend." Das wünschte ich niemandem – vor allem keinem Kind.

„Zum Glück können Menschen mit schweren Allergien einen EpiPen bei sich tragen – er pumpt sie mit Adrenalin voll, um der allergischen Reaktion entgegenzuwirken. Aber warum fragst du überhaupt danach? Hast du eine Reaktion auf etwas, das du gegessen hast?"

„Nein." Ich wollte nicht näher darauf eingehen. Wir hatten alle noch Freunde zu Hause in Houston. Man wusste nie, wer versehentlich etwas sagen könnte, das zu Embers Familie durchdrang. *Sie wird mich umbringen, wenn das passiert.* „Ich habe nur an Mom gedacht, das ist alles."

„Oh. Das ist seltsam, weil wir nie wirklich etwas an den Geburtstagen von Mom und Dad unternommen haben – aber heute wäre Moms neunundfünfzigster Geburtstag gewesen. Wie sonderbar, dass du ausgerechnet an diesem Tag an sie denkst. Vielleicht bedeutet das, dass sie dir gerade nahe ist."

Die Vorstellung ließ etwas in mir aufflammen. „Ja, das ist sonderbar. Danke, dass du mir davon erzählt hast. Und richte Sloan und Audrey Rose aus, dass ich Hallo gesagt habe und sie liebe. Gute Nacht, Baldwyn. Ich liebe dich, großer Bruder."

„Gute Nacht, Cohen. Ich liebe dich auch."

Als ich das Handy wieder auf den Nachttisch legte, sah ich mich in dem schwach beleuchteten Raum um. „Mom, bist du hier?" Normalerweise hätte ich es bizarr gefunden, mit einer Toten zu sprechen, aber ich hatte das Gefühl, dass sie aus irgendeinem Grund bei mir sein könnte.

Ich lauschte und hörte nichts. Eine andere Idee kam mir in den Sinn und ich nahm wieder mein Handy. Ich suchte in den sozialen Medien nach Ember und fand einige Bilder von ihr mit Madison.

Eines davon weckte mein Interesse. Es zeigte eine Geburtstagstorte mit sechs Kerzen, die Madison ausblies. Ich überprüfte das Datum und stellte fest, dass es im April dieses Jahres veröffentlicht worden war. Die Leute, die einen Kommentar hinterlassen hatten, wünschten Madison alles Gute zum Geburtstag.

Madison ist dieses Jahr sechs Jahre alt geworden.

Ich hatte nicht nach Madisons Alter gefragt, da mir nie in den Sinn gekommen war, so etwas zu tun. Aber jetzt, da ich wusste, dass sie sechs Jahre alt und im April geboren worden war, fiel mir etwas auf.

Vor sieben Jahren haben Ember und ich Ende Juli eine magische Woche zusammen verbracht – neun Monate vor April.

Mir wurde so schwindelig, dass ich umgefallen wäre, wenn ich nicht im Bett gelegen hätte. Wenn das, was ich dachte, stimmte, könnte es Embers Verhalten erklären. Wenn ein wildes Tier in die Enge getrieben wurde, kämpfte es. Vielleicht hatte Ember das Gefühl gehabt, in eine unmögliche Lage gedrängt worden zu sein, und mich deshalb angegriffen.

Könnte dieses kleine Mädchen meine Tochter sein?

KAPITEL ACHTZEHN
EMBER

Ich konnte die ganze Nacht nicht schlafen und setzte mich schließlich voller Angst auf, dass Cohen gleich in den Raum stürmen würde. Er hatte gesagt, dass er mich diesmal nicht kampflos gehen lassen würde, und ich glaubte ihm.

Ich packte unsere Sachen, während Madison tief und fest schlief, und wollte bereit sein zu gehen, sobald sie aufwachte. Aber als es fünf Uhr morgens wurde und sie sich nicht einmal ein wenig gerührt hatte, fing ich an, Geräusche zu machen, damit sie aufwachte.

Ich zog den Gepäckwagen ins Zimmer und schleuderte unsere Koffer darauf, sodass Metall gegen Metall klirrte. Meine Bemühungen zahlten sich aus, als sie sich aufsetzte und sich die Augen rieb. „Mama! Was machst du da?"

„Oh, habe ich dich aufgeweckt? Tut mir leid, Schatz. Es ist nur so, dass wir uns auf den Weg machen müssen. Ich habe so viel zu tun, bevor ich heute Abend zur Arbeit gehe. Ich muss dir Turnschuhe kaufen, erinnerst du dich? Und dann muss ich Wäsche waschen und meine Arbeitskleidung und deine Kleidung für die zwei Wochen packen, die du bei deinen Großeltern sein wirst."

Sie legte sich wieder hin. „Mama, draußen ist es noch dunkel. Wir können noch nicht gehen."

„Doch, das können wir. Ich habe im Badezimmer saubere Kleider für dich. Du musst aufstehen und dein Nachthemd ausziehen, damit ich es in den Beutel mit der schmutzigen Wäsche stecken kann, und dann machen wir uns auf den Weg." Ich ging zum Bett und zerrte an ihrer Decke. „Komm schon, Schatz."

„Es ist viel zu früh, Mama." Sie drehte sich auf die Seite, damit sie mich nicht ansehen musste. „Ich will Cohen auf Wiedersehen sagen und er ist wahrscheinlich noch nicht hier."

Ich konnte Cohen Nash nicht noch einmal begegnen. „Schatz, er hat gesagt, dass er heute nicht zur Arbeit kommt, weil es Sonntag ist und er nie am Sonntag arbeitet. Es gibt also keinen Grund zu warten. Komm schon, steh auf."

Sie setzte sich auf und sah mich mit zusammengekniffenen Augen an. „Dann ruf ihn an. Wir können ihn irgendwo treffen und uns von ihm verabschieden. Ich will nicht weggehen, ohne mich zu verabschieden. Und ich will wissen, wann wir hierher zurückkommen."

Nie.

Da sie noch ein Kind war, hoffte ich, dass sie das Resort und Cohen in relativ kurzer Zeit einfach vergessen würde. „Nun, ich muss erst sehen, wie die Arbeit läuft, bevor ich weiß, wann wir zurückkommen können. Und Cohen wird heute noch andere Dinge zu tun haben, weil er nichts darüber gesagt hat, uns treffen zu wollen, bevor wir die Stadt verlassen. Er ist ein vielbeschäftigter Mann, weißt du."

„Vielleicht geht er sonntags in die Kirche." Sie nickte, als sie aus dem Bett stieg und auf wackeligen Beinen ins Badezimmer lief. „Wenn er uns gesagt hätte, in welche Kirche er geht, könnten wir auch dorthin gehen."

„Ja. Deine Kleider sind auf der Ablage." Es war viel zu früh für Cohen, um einfach aufzutauchen, aber das änderte nichts an meiner Nervosität. „Beeil dich, okay?"

Madison ignorierte mich und ließ sich Zeit. Es war fast sechs, als sie aus dem Badezimmer kam. „Kannst du meine Haare bürsten?"

Ich fuhr ihr schnell mit der Bürste durch die Haare und machte ihr dann einen Pferdeschwanz. „Los geht's. Zieh deine Schuhe an und lass uns aufbrechen."

Sie schlüpfte in ihre Schuhe und seufzte, als sie sich ein letztes Mal in der luxuriösen Suite umsah. „Ich werde das Resort wirklich vermissen."

„Ja, das kann ich sehen. Aber wir müssen nach Hause. Deine Großeltern vermissen dich bestimmt."

Madison schlurfte hinter mir her und war still, als wir den Ort verließen, den sie in so kurzer Zeit liebgewonnen hatte. Die Lobby war dunkel, als wir hindurchgingen. Ich ließ den Gepäckwagen bei den anderen an der Tür stehen und griff nach unseren Koffern.

Madison zog am Saum meines Shirts. „Mama, können wir jemanden bitten, Cohen auszurichten, dass wir uns verabschieden wollten?"

„Ich habe mich gestern schon von ihm verabschiedet, das ist also nicht nötig." Ich ging aus der Tür, als sie sich öffnete, und blickte zurück, nur um zu sehen, wie sie eine Broschüre mitnahm, bevor sie mir folgte. „Darin stehen Informationen über das Resort. Ich will es meiner Lehrerin in der Schule zeigen, damit sie sieht, wohin wir dieses Wochenende gegangen sind."

„Okay, dann lass uns gehen." Ich hatte möglichst nahe an der Tür geparkt, da ich wusste, dass wir so früh wie möglich gehen würden. Ich öffnete den Kofferraum, warf das Gepäck hinein und schloss ihn wieder, bevor ich Madison auf ihrem Kindersitz anschnallte. „Los geht's."

Sie starrte auf die Broschüre in ihrer Hand. „Mama, ich habe das Gefühl, dass ich diesen Ort und Cohen sehr vermissen werde. Ich habe das Gefühl, ich könnte weinen." Sie sah mich mit glasigen Augen an. „Bist du sicher, dass wir uns nicht von ihm verabschieden können? Du hast seine Telefonnummer, oder?"

„Nein." Ich hatte seine Visitenkarte in meiner Handtasche, aber das wusste sie nicht. „Selbst wenn ich sie hätte, würde ich ihn nicht so früh anrufen. Das wäre unhöflich."

„Ich finde es unhöflich zu gehen, ohne uns von ihm zu verabschieden."

Ich schloss die Hintertür, aber mein Herz schmerzte.

Meine Tochter weinte fast wegen eines Mannes, dem sie sich nicht so nahe hätte fühlen sollen. Sie hätte nicht so schnell Gefühle für Cohen entwickeln sollen. Ich fragte mich, ob sie irgendwie eine Bindung zu ihm spürte.

Hat Cohen auch eine Bindung zu ihr?

Ich schüttelte die idiotische Vorstellung ab, stieg ins Auto und fuhr los. Ich war erleichtert, als ich den Parkplatz verließ. Jetzt konnten wir nach Hause fahren und unseren normalen Zeitplan wieder aufnehmen. Diese ganze Sache mit Cohen würde mit der Zeit in Vergessenheit geraten.

Die Schuldgefühle, die mich quälten, ließen vielleicht nicht so schnell nach, aber ich musste darauf hoffen, dass sie verblassen würden. Aus unserem Besuch in Austin waren ganz neue Probleme entstanden.

Ich machte mir keine Sorgen mehr darüber, wie verärgert meine Schwester und meine Eltern über mich sein würden, weil ich mit Cohen zusammen gewesen war. Die größere Sorge war, wie sich meine Tochter fühlen würde, wenn sie jemals herausfand, wie lange ich sie angelogen hatte. Und dann gab es noch Cohen, um den ich mir Sorgen machen musste. Er würde mich hassen, wenn er erfuhr, was ich getan hatte.

Cohen mit Hass auf mich in seinen Augen zu sehen wäre wie ein Stich ins Herz. Und die Enttäuschung in Madisons Augen würde mir den Rest geben.

Die ganze Zeit hatte ich gedacht, das Schlimmste an dieser Situation sei, meine Familie zu verärgern. Jetzt wusste ich, dass es etwas viel Schlimmeres gab. Und ich hatte keine Ahnung, wie ich all die Fehler korrigieren könnte, die ich gemacht hatte.

„Bald sind Sommerferien. Vielleicht kannst du von der Arbeit Urlaub machen und wir können ins Resort zurückkehren."

„Ich kann es mir nicht leisten, wieder dort zu buchen, Schatz. Wir hätten es auch diesmal nicht gekonnt, wenn meine Firma nicht dafür bezahlt hätte."

„Cohen würde uns kostenlos dort bleiben lassen."

„Wir können seine Großzügigkeit nicht in Anspruch nehmen."

„Doch, das können wir, Mama."

Meine Hände packten das Lenkrad so fest, dass meine Knöchel weiß wurden. Ich konnte nicht mit ihr darüber streiten. „Wir werden sehen", sagte ich.

Sie schniefte und ich schaute in den Rückspiegel und sah, wie sie sich mit den Händen die Augen abwischte.

Sie weint.

Mein Magen begann zu schmerzen, während Tränen in meinen Augen brannten. Ich hatte nie gewollt, dass das passierte. Es war nie auf meinem Radar gewesen, dass so etwas passieren könnte – selbst wenn wir jemals Cohen begegneten.

Mein Kind weinte, weil es seinen Vater verlassen musste – ohne zu wissen, dass er sein Vater war. Vielleicht fühlten sie unterbewusst, dass sie zusammengehörten.

Wie wird Cohen sich fühlen, wenn er herausfindet, dass wir weg sind?

Wenn Madison traurig darüber war, sich nicht verabschieden zu dürfen – würde Cohen auch so empfinden?

Wem mache ich etwas vor? Natürlich wird er traurig darüber sein, dass er sich nicht verabschieden konnte.

Als ich auf den Highway fuhr, durchlief mich ein Schauder. Ich hatte Cohen weder meine Telefonnummer noch meine Adresse gegeben, aber er hatte über das Resort Zugang dazu.

Ich muss meine Telefonnummer ändern. Und ich muss vielleicht auch umziehen. Verdammt!

Ich hatte nur ein paar Tage Urlaub gemacht und jetzt war mein Leben ein Chaos. Und die Einzige, die für dieses Fiasko verantwortlich war, war ich selbst. Zum ersten Mal, seit ich herausgefunden hatte, dass ich schwanger war, dachte ich, ich hätte mich zumindest einem Menschen anvertrauen sollen, der mir hätte helfen können, bessere Entscheidungen zu treffen.

Geheimnisse vor der ganzen Welt zu haben war, gelinde gesagt, umständlich. Aber die Schuldgefühle, die sich in mir aufbauten, würden sich vielleicht als etwas erweisen, das mich zerstören könnte.

Ich hatte immer noch das Gefühl, einen Drink zu brauchen, um meine Nerven zu beruhigen – und das war besorgniserregend. Alkohol würde nichts außer meinem Geisteszustand ändern. Er würde mich vorübergehend vergessen lassen, was ich getan hatte, aber er konnte nichts ändern.

„Er wird uns vermissen, Mama", wimmerte Madison. „Er wird traurig darüber sein, dass wir weg sind. Ich weiß, dass er es sein wird."

Ich versuchte, nicht mit ihr in Tränen auszubrechen, und holte tief Luft. „Madison, er hat im Resort viel zu tun. Und er hat ein aktives soziales Leben mit vielen Familienmitgliedern und Freunden. Wusstest du, dass er vier Brüder hat?"

„Nein. Das hat er mir nicht gesagt." Sie nahm das Taschentuch, das ich ihr hinhielt, und wischte sich die Nase ab.

„Er hat schon viele Menschen in seinem Leben. Ich sage nicht, dass er dich nicht vermissen wird, weil du ein großartiges Kind bist, aber er wird nicht einsam sein."

„Er wird dich auch vermissen, Mama. Er mag dich sehr. Ich denke, du magst ihn auch, obwohl du es nicht zugibst."

„Natürlich mag ich ihn. Aber als Freund. Nichts weiter als das."

Sie nahm die Broschüre und drückte sie an ihr Herz. „Ich werde ihn nie vergessen."

Oh Gott, sie macht das so viel schwieriger, als ich dachte.

KAPITEL NEUNZEHN
COHEN

Ich ging um acht Uhr morgens in die Lobby des Whispers Resorts und marschierte zum Aufzug. Ich wollte nicht zulassen, dass Ember noch länger meinen Fragen auswich, aber ich wusste, dass ich Madison außer Hörweite bringen musste, bevor ich anfing, sie ihr zu stellen.

Ich klopfte dreimal und rief: „Ember? Maddy?"

Ich hörte überhaupt nichts. Ich wusste, dass Ember die Tür möglicherweise nicht öffnen würde, aber Madison hätte sie geöffnet, egal was ihre Mutter sagte. Als ich den Flur hinunterblickte, sah ich ganz am Ende den Reinigungswagen eines Zimmermädchens.

Nachdem ich mir eine Universalschlüsselkarte ausgeliehen hatte, ging ich zurück, öffnete die Tür und stellte fest, dass all ihre Sachen weg waren. „Verdammt!"

Ember hatte mir ihre Telefonnummer nicht gegeben und ich hatte auch Madisons Nummer nicht. Ich gab dem Zimmermädchen die Universalschlüsselkarte zurück und ging wieder in die Lobby.

Ich konnte Embers Telefonnummer und Adresse über unser Registrierungssystem herausfinden, aber ich wusste, dass es gegen unsere Richtlinien verstoßen würde – und ihre Privatsphäre verletzte. Ich hatte die Visitenkarte mit meiner privaten

Telefonnummer in der ersten Nacht in ihrem Zimmer gelassen. Ich konnte nur hoffen, dass Ember mich anrufen würde.

Ich fuhr zu Baldwyn, um mit jemandem über meinen Verdacht zu sprechen. *Wer ist besser dazu geeignet als mein großer Bruder?* Da es Sonntagmorgen war, erwartete ich, dass sein Zuhause ruhig sein würde, aber es war alles andere als das, als ich klingelte und Audrey Rose die Tür weit aufriss. „Onkel Cohen!" Sie sprang in meine Arme und umarmte mich, als hätte sie mich seit einem Jahr nicht mehr gesehen. Dabei waren wir uns erst ein paar Tage zuvor begegnet.

„Guten Morgen, Audrey Rose."

Ich stellte sie hin und sie drehte sich um, rannte hinein und verkündete meine Ankunft: „Onkel Cohen ist hier! Onkel Cohen ist hier!"

Ich folgte ihr und fand die kleine Familie in der Küche, wo sie Frühstück machten. Sloan hatte einen Karton Eier auf die Arbeitsplatte gestellt. „Du wirst mit uns frühstücken."

„Das klang nicht nach einer Frage." Ich nahm neben meinem Bruder Platz. „Aber ich nehme deine liebenswürdige Einladung gerne an."

Sie schenkte mir eine Tasse Kaffee ein und stellte sie vor mich. „Biologischer Anbau – aus dem Regenwald. Probiere ihn."

„Wenn du darauf bestehst." Ich beugte mich vor, um meinem Bruder zuzuflüstern: „Ich glaube, sie hat schon ein oder zwei Tassen getrunken."

Sein Nicken bestätigte meinen Verdacht.

„Es gibt Bio-Speck, frische Eier vom Bauernhof und hausgemachte Tortillas. Audrey Rose, komm und hilf mir bitte."

„Sicher, Mama." Sie stieg auf einen Barhocker, um zu helfen.

„Können wir uns unter vier Augen unterhalten, während sie mit dem Frühstück beschäftigt sind?" Das, worüber ich sprechen wollte, war ein Thema für Erwachsene.

„Ja." Er nahm seine Tasse Kaffee und ich schnappte mir meine. Dann gingen wir in sein Arbeitszimmer. „Was ist los?"

Ich nahm auf einem bequemen Sessel Platz und er setzte sich neben mich. „Baldwyn, ich habe Grund zu der Annahme, dass ich Vater sein könnte."

Er sah überraschend ruhig aus bei dem, was ich für eine schockierende Neuigkeit hielt. Mit einem tiefen Seufzer sah er mir in die Augen. „Cohen, ich werde dich nicht anlügen. Ein Kind mit jemandem zu haben ist nicht einfach. Und du bleibst nie so lange bei einer Frau, dass es schwierig wird. Also, wer ist die Frau, die du geschwängert hast?

Ich lächelte, als ich darüber nachdachte, wie gut ich mit Ember kompatibel war – wenn sie nicht so stachelig war wie ein Igel. „Wenn ich recht habe, habe ich sie vor sieben Jahren geschwängert."

Er setzte sich auf und seine Augen weiteten sich. „Willst du damit sagen, dass du vielleicht der Erste von uns warst, der Vater geworden ist?"

„Kann sein." Ich wusste, dass ihn das verblüffte, da sie gerne scherzten, dass ich nie erwachsen werden würde.

„Das ist … interessant, Cohen. Und die Mutter des Kindes hat dich damals nicht kontaktiert? Hat sie dir gerade erst davon erzählt?" Er hielt warnend einen Finger hoch. „Weil sie vielleicht hinter deinem Geld her ist. Du musst über einen Anwalt mit ihr kommunizieren – nur zur Sicherheit."

„Sie ist nicht so. Und sie hat mir überhaupt nichts erzählt. Du erinnerst dich an Ashe Wilson, die ich mit Anfang zwanzig gedatet habe, oder?"

„Lange Beine, blonde Haare, herrisches Wesen. Es hat nur einen oder zwei Monate gehalten, richtig?" Er nickte. „Also ist sie es?"

„Nein. Es ist Ember, ihre jüngere Schwester."

Sein Kiefer spannte sich an. „Cohen, du kannst nicht mit der Schwester deiner Exfreundin geschlafen haben. Sag mir, dass es nicht wahr ist. Sag mir, dass du die kleine Schwester deiner Ex vor sieben Jahren nicht geschwängert hast. Das könnte dich eine Menge Geld kosten."

„Hör zu, Baldwyn." Ich hatte keine Ahnung gehabt, dass er diesbezüglich so zynisch sein würde. „Ember und ich waren nur ungefähr eine Woche zusammen. Aber es war eine unglaubliche Zeit. Ich denke, ich war kurz davor, mich in sie zu verlieben." Ich starrte ihn an und hoffte, dass er sah, wie ernst es mir war. „Sie und ihre Tochter sind ins Resort gekommen, nachdem ihre Firma ihr die

Reise geschenkt hatte. Sie hat mir erzählt, dass sie genauso empfunden hat. Dass sie sich vor all den Jahren auch fast in mich verliebt hätte."

„Wow." Er verdrehte die Augen. „Wenn alles zwischen euch so großartig ist, warum hat sie dir dann vor sieben Jahren nichts von dem Kind gesagt?"

„Sie hat ihrer Familie nie von uns erzählt – und ihre Familie war auch der Grund, warum sie sich von mir getrennt hat. Sie wollte sie nicht verärgern. Ich denke, dass sie die ganze Zeit über geheim gehalten hat, wer der Vater ist. Sie muss schreckliche Angst gehabt haben, ihnen zu gestehen, dass ich es bin." Sie tat mir irgendwie leid.

„Wo sind die beiden jetzt?" Er sah sehr ernst aus, so als würde er sofort ins Auto steigen und sie treffen, wenn er könnte.

„Ich denke, sie sind schon nach Houston zurückgekehrt."

„Du *denkst* es?" Er schüttelte den Kopf. „Cohen, wenn du glaubst, dass du ein Kind hast, dann musst du es nachprüfen. Selbst wenn diese Ember glaubt, dass ihre Familie sauer auf sie sein wird, spielt das keine Rolle. Es zählt nur, dass du die Möglichkeit hast, eine Beziehung zu deinem Kind aufzubauen. Du hast gesagt, dass sie eine Tochter hat, oder?"

„Ja."

„Also könntest du eine Tochter haben – genau wie ich?"

„Vielleicht. Sie ist bezaubernd." Ich holte mein Handy heraus und zeigte ihm ein Bild von Madison, wie sie am Vortag in der Pizzeria getanzt hatte. „Sieh nur. Und manchmal ist sie schrecklich streng. Es ist wirklich lustig. Sie sagt dann zu ihrer Mutter, dass sie nicht so unhöflich und albern sein soll – wie eine kleine Erwachsene."

Baldwyn nahm mein Handy und starrte auf das Bild. „Du solltest etwas sehen." Er gab mir das Handy, stand auf und kam mit seinem Laptop zurück. „Ich bin auf einer Ahnen-Website gewesen und habe ein paar Fotos unserer Eltern gefunden. Da alle Fotos, die wir hatten, im Feuer verbrannt sind, hoffte ich, einige Aufnahmen zu finden, die unsere Verwandten gepostet hatten."

Er reichte mir den Laptop und ich erkannte, was er meinte. „Dieses kleine Mädchen sieht Madison sehr ähnlich."

„Dieses kleine Mädchen ist unsere Mutter, Cohen. Sie hat die gleiche Nase und die gleichen Lippen." Er sah meine Haare an. „Und das kleine Mädchen auf deinem Foto hat die gleichen Haare wie du."

Ich konnte nicht anders, als aufgeregt zu sein, als mir immer klarer wurde, dass Madison tatsächlich meine Tochter war.

„Baldwyn, ich könnte wirklich Vater sein!"

„Es sieht ganz so aus." Er musterte mich. „Also, was wirst du jetzt tun?"

„Ich werde mit Ember sprechen und die Wahrheit aus ihr herausbekommen." Ich stand auf, um den Dingen auf den Grund zu gehen.

„Das Frühstück ist fertig", rief Sloan. „Kommt in die Küche, solange es heiß ist."

„Nach dem Frühstück. Ich kann nicht gehen, ohne zu essen, was deine schöne und talentierte Frau gekocht hat."

„Das kannst du wirklich nicht." Er trat neben mich und klopfte mir auf den Rücken. „Ich werde niemandem davon erzählen, bis du mehr weißt."

„Ja, behalte es für dich, bis ich konkrete Beweise habe." Ich hoffte nur, dass Ember zur Besinnung kommen würde, sobald die Wahrheit bekannt war.

Auch wenn Madison von mir war, sollte sie bei ihrer Mutter aufwachsen. Ich hätte niemals ein Kind von seiner Mutter und der Familie, die es liebte, trennen können. Und ich betete, dass Ember genauso empfinden würde, wenn es darum ging, sie mir und meiner Familie nicht vorzuenthalten.

Obwohl sie sich in den letzten sieben Jahren nicht darum gekümmert hat.

Ich schüttelte den Gedanken ab. Sie war jung und verängstigt gewesen, als sie schwanger geworden war, und ich war damals verdammt unreif gewesen. Es hatte keinen Sinn, über die Vergangenheit nachzudenken und über Dinge, die nicht geändert werden konnten. Meine Zeit und Energie verwendete ich besser für die Planung der Zukunft.

Ich versuchte, nichts zu überstürzen und an nichts anderes als meinen Bruder, seine Frau und ihr kleines Mädchen zu denken. Das Leben erschien mir immer noch flüchtig und ich wollte jeden schönen Moment bewusst genießen. Das gemeinsame Frühstück mit meiner geliebten Familie war mit Sicherheit ein solcher Moment.

„Sloan, diese Tortillas sind fast so gut wie bei *Joe's Tacos* in der Innenstadt." Ich gab etwas Rührei auf ein Stück Tortilla und steckte mir den Bissen in den Mund.

„Von wem habe ich wohl das Rezept?" Sloan zwinkerte mir zu. „Es hat mich einen Wochenendaufenthalt im Resort gekostet, aber ich habe die Rezepte für Mehltortillas und Maistortillas bekommen. Ich denke, es war ein Schnäppchen."

„Das einzige Rezept, das er uns nicht geben wollte – egal was wir ihm dafür geboten haben –, ist seine grüne Sauce", fügte Baldwyn hinzu. „Ich kann nichts finden, was ihn dazu bringen könnte, dieses Rezept zu verraten."

Sloan stand auf und ging zum Kühlschrank. „Ich bin froh, dass du das angesprochen hast. Er wollte mir das Rezept nicht geben, aber er hat mir eine große Flasche davon geschenkt." Sie würzte ihr Rührei damit und reichte mir die Flasche.

„Das ist wundervoll", sagte ich, als ich eine großzügige Menge auf mein Rührei schüttete. „Was für ein Start in einen perfekten Sonntag."

„Ich bin froh, dass du zu uns gekommen bist, Cohen." Baldwyn lächelte mich mit wissenden Augen an. „Vielleicht ist dieser Sonntag ein außergewöhnlich guter Tag für dich."

„Ja, wer weiß?" Ich biss in ein knuspriges Stück Speck und seufzte genüsslich. „Wer hätte gedacht, dass Bio-Speck so gut sein kann?"

Sloan hob die Hand. „Ich."

Nach dem herzhaften Frühstück fuhr ich zurück ins Resort. Ich wusste, dass ich Embers Telefonnummer herausfinden musste, damit ich ihr einige schwierige Fragen stellen konnte.

Ich betrat die Lobby, ging zur Rezeption und wusste, dass ich eine ziemlich skrupellose Entscheidung treffen musste. Cameron kam aus dem Hinterzimmer und lächelte, als er mich sah. „Hey, Mr. Nash. Ich habe hier eine Nachricht für Sie."

Mein Herzschlag setzte einen Moment lang aus. Ich war mir sicher, dass die Nachricht von Ember war. *Vielleicht hat sie mir ihre*

Telefonnummer hinterlassen, sodass ich ihre Buchungsdaten doch nicht durchsehen muss.

Er schob einen Notizzettel zu mir. „Ein kleines Mädchen hat vor Kurzem bei uns angerufen. Es sagte, es sei sehr wichtig, dass Sie diese Nachricht so schnell wie möglich erhalten."

Also nicht Ember.

Aber fast genauso gut – die Nachricht war von Madison. *Von meiner Tochter?* Meine Brust fühlte sich eng an und meine Augen brannten, aber ich verdrängte das Gefühl. Ich wollte mir keine falschen Hoffnungen machen.

Ich schüttelte den Kopf und lachte innerlich über mich. Wer hätte gedacht, dass ich so begeistert von der Möglichkeit wäre, ein Kind zu haben? *Nicht ich.*

Ich starrte auf die Nachricht. Sie lautete, dass sie sich wirklich sehr schlecht fühlte, weil sie gegangen war, ohne sich zu verabschieden. Ich sollte sie anrufen, wenn ich mich verabschieden wollte. Ihre Telefonnummer stand daneben.

Ich nahm den Zettel, ging mit einem strahlenden Lächeln zurück zu meinem Truck und rief an. „Hallo?", antwortete sie sofort.

Mein Herz schwoll an, als ich ihre Stimme hörte. „Hallo, Maddy. Ich bin es. Cohen."

„Ich bin froh, dass du anrufst. Mama musste zurück nach Houston, damit sie hier alles erledigen kann, bevor ihre Nachtschicht beginnt. Sie weiß nicht, dass ich dir eine Nachricht hinterlassen habe."

„Das ist okay. Ich freue mich, dass du es getan hast. Ich wollte mich auch von euch verabschieden. Speichere diese Telefonnummer in deiner Kontaktliste, damit du mich anrufen kannst, wann immer du willst, okay? Ich hatte dieses Wochenende viel Spaß mit euch. Hat deine Mutter gesagt, wann ihr wiederkommt?"

„Nein. Tut mir leid. Ich habe gefragt, ob wir im Sommer zurückkommen können, aber sie sagte, dass sie es sich nicht leisten kann."

Mein Magen verkrampfte sich, aber ich war nicht überrascht. Ember hatte klargestellt, dass sie nicht die Absicht hatte, jemals ins

Resort zurückzukehren und wahrscheinlich nicht einmal nach Austin, aus Angst, sie würde mir wieder begegnen.

„Nun, du weißt, dass ich euch kostenlos hier übernachten lassen würde."

„Das habe ich ihr auch gesagt und sie hat behauptet, dass sie das nicht zulassen kann. Sie ist einsam, Cohen. Und sie hat Angst, Tante Ashe könnte sauer auf sie sein, wenn sie dich nicht nur als Freund mag. Magst *du* sie nicht nur als Freundin?"

„Madison, deine Mutter hat nur das getan, was sie für das Beste für dich hält. Vergiss das nicht."

Ich muss versuchen, mich auch daran zu erinnern.

KAPITEL ZWANZIG

EMBER

Die zweistündige Fahrt zur Arbeit gab mir Zeit zum Nachdenken. Und ich fand das nicht gut. Das Nachdenken gab meinem Gewissen nur Zeit, mich dafür zu tadeln, dass ich zu allen, die mir wichtig waren, so unehrlich war. Aber mich quälte noch mehr. Zwischen meine Tochter und ihren Vater zu kommen schien eine noch größere Sünde zu sein – zumindest in meinem Herzen.

Sobald ich am Bohrturm ankam, meldete ich mich bei dem Vorarbeiter und ging dann zu dem Container der Schlammforscher, um zu sehen, wie Rogers Tag verlaufen war. „Guten Abend, Roger." Ich schloss die Tür hinter mir, sodass der Lärm draußen blieb. „Wie war der erste Tag?"

„Nicht so gut, Emmy." Er gab jedem gerne einen Spitznamen, genauso wie viele andere hier.

Er gab mir ein Blatt Papier, auf das er etwas gekritzelt hatte. „Was ist das?"

„Das musst du zu Slow Pete in den Firmencontainer bringen. Er will nach jeder Probe, die wir untersuchen und freigeben, innerhalb einer halben Stunde informiert werden. Diese hier ist gut – verdammt viel besser als die ersten elf."

„Jede Stunde eine Probe?" Das bedeutete nicht nur, dass diese

Ölquelle schwierig war, sondern auch dass unsere Arbeit hier viel länger als zwei Wochen dauern könnte.

„Ja." Er nickte und zeigte auf die Tür. „Mach schon, informiere ihn. Ich bringe dich auf den neuesten Stand, sobald du zurück bist."

Ich brachte die Notiz zu Slow Pete und ging dabei so schnell ich konnte, während ich versuchte, nicht über Dutzende von Verlängerungskabeln und Wasserleitungen zu stolpern.

Einer der Männer der Crew zeigte auf mich und dann auf seinen Helm, und mir wurde klar, dass ich vergessen hatte, meinen Helm aufzusetzen. Ich eilte zurück zu meinem Auto, um ihn zu holen, und machte mich wieder auf den Weg zu meinem ursprünglichen Ziel.

Als ich die Tür öffnete, fand ich Slow Pete, Fat Manny und einen Kerl, den sie Cornbread nannten. Alle starrten mich an.

„Wird auch Zeit." Slow Pete nahm die Notiz aus meiner Hand. „Ich muss diese Informationen so schnell wie möglich bekommen – was verdammt viel schneller sein sollte, Emmy."

„Ja, Sir. Ich bin gerade erst angekommen. Es dauert noch eine halbe Stunde, bis ich meine Schicht beginne."

Seine Augen wanderten zu meinen, als er von der Notiz aufblickte, die ich nicht einmal entziffern konnte. „Habe ich nach einer Ausrede gefragt?"

„Nein, Sir." Ich schob meine Hände in die Taschen meiner locker sitzenden Hosen. „Ist das alles?"

„Ja."

Ich drehte mich um, um zu gehen, als Fat Manny fragte: „Wie war das Resort?"

Meine Schultern sackten herunter und ich nickte. „Gut."

„Nur gut?", fragte er. „Der Aufenthalt dort hat ein kleines Vermögen gekostet und es war nur gut?"

„Nein." Ich drehte mich zu ihm um. „Es war sehr schön und der Service war jenseits meiner wildesten Träume. Das Essen, die Suite und das Ambiente waren unglaublich. Danke für die Reise. Meine Tochter und ich haben es so sehr genossen, dass es uns schwerfiel, wieder zu gehen – besonders ihr. Sie liebte alles am Whispers Resort und Spa. Die Firma sollte auf jeden Fall weiterhin Reisen dorthin als Bonus anbieten."

„Freut mich, das zu hören. Du bist die Erste, die dort war. Gut zu wissen, dass wir jetzt etwas Besonderes im Angebot haben. Es ist schwer, mit unseren Bonusleistungen alle zufriedenzustellen."

„Ja, es ist großartig." Ich musste zu Roger zurückkehren, um mich von ihm auf den aktuellen Stand bringen zu lassen, bevor meine Schicht begann. „Wir sehen uns in ungefähr einer Stunde wieder."

Roger saß am Tisch und schrieb das Protokoll, als ich zurückkam. „Nun, hast du herausgefunden, worum es bei der ganzen Aufregung geht, Emmy?"

„Sie haben mir nichts darüber erzählt. Also, rede." Ich setzte mich ihm gegenüber an den Tisch und nahm einen Stift und Papier, damit ich mir Notizen machen konnte.

„Ich habe in der dritten Probe Magmagestein gefunden."

„Das ist nicht gut." Ich hatte mich gerade erst am Wochenende damit gerühmt, dass noch nie eine Ölquelle neben mir explodiert war, und hier war ich an einer Quelle, aus der vulkanisches Gesteinsmaterial gefördert worden war. „Also müssen wir bei dieser Quelle auf Magma und Gasentwicklung achten. Großartig."

„Deshalb die langsame Bohrgeschwindigkeit und die stündlichen Proben. Die Firmenleitung muss bei jeder Probe, die wir untersuchen und freigeben, große Entscheidungen treffen. Deshalb möchten sie so schnell und so oft aktuelle Daten."

„Das wird eine lange Nacht." Und ich hatte nicht einmal Zeit gehabt, ein kurzes Nickerchen zu machen. Da ich auch in der vergangenen Nacht keinen Schlaf gefunden hatte, würde es verdammt hart werden.

Die meisten ersten Nächte waren so ruhig, dass ich normalerweise immer wieder ein paar Minuten schlafen konnte. Diesmal würde es nicht so sein.

Dank des Risikofaktors könnte das Adrenalin mir zumindest dabei helfen, bis zum Ende meiner Schicht um sieben Uhr morgens wach zu bleiben.

Wie erwartet, musste ich in dieser Nacht hart arbeiten. Als Roger wieder aus dem Hinterzimmer auftauchte, war ich selbst bereit, ins Bett zu gehen. „Gott sei Dank. Ich bin völlig erledigt."

„Du siehst fürchterlich aus, Emmy." Er setzte eine Kanne Kaffee auf, während ich eine Notiz verfasste, um sie zur Firmenleitung zu bringen. „Ich bin gleich wieder da. Dann dusche ich und gehe ins Bett."

„Ich habe alles im Griff. Keine Sorge."

Als ich zu dem anderen Container ging, stolperte ich über einige elektrische Leitungen und stürzte fast. „Scheiße!"

Die Erschöpfung machte es schwer, den vielen Stolperfallen auszuweichen. Aber ich schaffte es bis zum Container, nur um dort einen neuen Mann vorzufinden. Einen, den ich noch nie getroffen hatte. „Hi, ich bin Ember. Nun, hier werde ich Emmy genannt. Und Sie sind …?"

Er sah mich an, als wäre ich eine Idiotin, als ich ihm den Zettel mit den neuesten Daten hinhielt. „Warum denken Sie, dass ich das will?"

„Ähm, Sie arbeiten für die Firma, oder?"

„Ich bin der Eigentümer von Stanton Oil and Gas, nicht irgendein Arbeiter." Er sah auf seine teure Uhr und dann wieder auf mich. „Und Sie sind fünf Minuten zu spät dran."

„Ja, ich weiß. Es tut mir sehr leid. Momentan ist sowieso nichts los. Wir haben in den letzten sechs Stunden nichts gefunden, worüber wir uns Sorgen machen müssen."

„Habe ich Sie nach Ihrer Meinung darüber gefragt, worüber ich mir Sorgen machen muss?" Er riss mir den Zettel aus der Hand. „Gehen Sie zurück zu Ihrem Container. Und vergessen Sie nicht, dass Sie hier nur im Schlamm wühlen. Sie sind keiner der hochqualifizierten Wissenschaftler, die dafür bezahlt werden, mir zu sagen, wann ich mir Sorgen machen muss und wann nicht."

„Freut mich, Sie kennenzulernen." Ich drehte mich um und ging weg, bevor mich der Mistkerl zu einer Furie machen konnte, die alles auf ihrem Weg zerstörte.

Ich murmelte Schimpfwörter vor mich hin, als ich zurück zum Container ging und in den Schlafbereich marschierte. „Ist es so schlimm gelaufen?", fragte Roger.

„Nein. Aber der Eigentümer hat sich wie ein Arschloch benommen." Ich schloss die Tür zu dem kleinen Raum und ballte die Fäuste. „Verdammt!"

Ein Anruf würde mein ganzes Leben verändern, doch hier war

ich und ließ mich von einem arroganten Narren wie Dreck behandeln. Und wofür? Geld?

Ich setzte mich auf die unterste Koje und wusste, dass ich Geld brauchte. Aber mir war klar, dass es mehr als einen Weg gab, um es zu verdienen. Also beschloss ich, etwas Verrücktes zu tun, und rief meine Schwester an.

„Hallo", sagte sie benommen.

„Hast du noch geschlafen?"

„Es ist sieben Uhr morgens, natürlich habe ich noch geschlafen. Was ist los, Ember?"

„Ich habe einen harten Morgen mit den Idioten hier. Und ich wollte mit dir über etwas sprechen, das an diesem Wochenende in dem Resort passiert ist, in dem ich Urlaub gemacht habe."

„Mom hat mir gesagt, dass es Cohen Nash gehört. Das ist verrückt."

„Nun, es gehört ihm nicht alleine. Er und seine Brüder besitzen es zusammen. Aber ja, das ist verrückt."

„Mom sagte, dass Madison ständig über ihn redet. Wie viel Zeit hast du mit ihm verbracht?" Sie klang bereits genervt.

Ich wurde vorsichtig. „Wenig. Du weißt, wie er ist. Er ist immer wieder aufgetaucht – zumindest hat sich das nicht an ihm geändert. Und Madison war von seinem Charme angezogen, so wie die meisten Frauen."

„Ja. Er kann sie anziehen, aber keine von ihnen behalten." Sie lachte über ihren kleinen Witz.

Es ist eher so, dass er keine behalten wollte.

Mich wollte er aber behalten. „Nun, ich möchte mit dir darüber sprechen, dass er mir einen Job angeboten hat." Obwohl das nicht ganz stimmte. Er hatte mir keinen bestimmten Job angeboten, aber ich musste es so klingen lassen, als hätte er es getan, sonst würde sie viel zu viele Fragen stellen, warum er mir überhaupt einen Job geben wollte.

„Oh Gott!" Ihr Ton sagte alles. Sie dachte, er hätte etwas vor. „Er versucht nur, an dich heranzukommen, Ember. Er tut das, um dir unter die Haut zu gehen. Und um Salz in die Wunde zu streuen, die er mir zugefügt hat, als er sich von mir getrennt hat."

„Also denkst du nicht, dass er mich einfach nur mögen könnte?"

Ich legte meine Hand auf meinen Mund, weil ich das laut gesagt hatte – und ausgerechnet zu ihr. Ein Stellenangebot eines ehemaligen Bekannten musste gar nichts bedeuten.

„Ember, der Mann, den ich kannte, war nicht in der Lage, jemanden wirklich zu mögen. Sicher weißt du noch, was ich seinetwegen durchgemacht habe." Sie schnaubte. „Was für einen Job hat dir der Held angeboten? Eine Stelle beim Reinigungspersonal?"

„Nein." Ich wusste, dass sie mit der Wahrheit niemals einverstanden sein würde. Und ich wusste, dass meine Familie durchdrehen würde, wenn ich ihnen sagte, dass ich Madison mitnehmen würde, um in Austin zu leben und im Resort zu arbeiten. Und ihnen zu sagen, dass wir in Cohens Gästehaus wohnen würden, würde ihre Wut nur befeuern. „Es war im Bereich Gästesicherheit."

Mir wurde plötzlich klar, wie lächerlich das alles war. Sie war immer noch sauer wegen einer Trennung, die sieben Jahre her war – von einem Mann, mit dem sie sich nur ein paar Monate verabredet hatte. Und er hatte nichts Schlimmeres getan, als nicht mit ihr zusammen sein zu wollen.

„Aber weißt du, du hast seit sieben Jahren kein einziges Mal mit dem Mann gesprochen", sagte ich, um zu sehen, wie sie darauf reagieren würde.

Sie schnaubte wieder. „Solche Männer ändern sich nicht, Ember. Wenn er es nicht tut, um dich ins Bett zu bekommen, dann tut er es wahrscheinlich nur, um mich zu verletzen."

Ich verdrehte die Augen. Irgendwie musste immer alles um sie gehen. Wenn sie das nach all den Jahren immer noch glaubte, wusste ich, dass ich sie nicht zur Vernunft bringen konnte.

KAPITEL EINUNDZWANZIG
COHEN

Eine Woche verging, ohne dass ich von Ember oder Madison hörte. Ich hätte Madison nach der Telefonnummer ihrer Mutter fragen können, aber ich hatte mich dagegen entschieden. Sie anzurufen, während sie arbeitete, schien weder richtig noch klug zu sein. Nicht, dass ich gewusst hätte, wann der perfekte Zeitpunkt war, sie zu fragen, ob ich Madisons Vater war.

Es verging kein Tag, an dem ich nicht an die beiden dachte – egal wie beschäftigt ich mit der Arbeit war. Das konnte ich über niemanden sagen, den ich kannte oder gekannt hatte. Ember und ich hatten etwas Besonderes. Sie musste nur erkennen, dass es sich lohnte, dafür zu kämpfen.

Ein kurzes Klopfen an der Tür meines Büros erregte meine Aufmerksamkeit und kurz darauf kam Baldwyn herein. „Ich bin auf dem Weg nach Hause und dachte, ich sollte nach dir sehen. Wie geht es dir?"

Ich lehnte mich in meinem Stuhl zurück und sah zur Decke, während ich versuchte, die richtigen Worte zu finden. „Nun, mir geht es irgendwie gut, aber irgendwie auch wieder nicht."

Baldwyn kam zu meinem Schreibtisch und stützte sich darauf, als er mich musterte. „Du wirkst müde. Das sieht dir nicht ähnlich."

„Ich wache nachts häufig auf. Ich bin mir nicht sicher, warum das so ist, aber es ist schon die ganze Woche so." Ich hatte noch nie Schlafstörungen gehabt, also war es eine ungewöhnliche Woche gewesen.

„Du bist gestresst." Er nickte und verschränkte die Arme vor der Brust. „Und du bist wütend auf Ember."

„Nun, das stimmt nicht, Baldwyn. Ich verstehe, warum sie so gehandelt hat. Es ist nicht so, als wäre ich vor sieben Jahren, als es zwischen uns endete, ein guter Kerl gewesen. Ich kann nicht einmal sagen, was ich getan hätte, wenn sie mir von der Schwangerschaft erzählt hätte. Ich war damals ein anderer Mensch."

„Du hast recht. Du bist nicht mehr der Mann, der du vor sieben Jahren warst. Und du verfügst jetzt über eine Stabilität, die du vorher nicht hattest. Du könntest ein guter Vater sein – wenn sie dir nur die Chance dazu geben würde. Sie hätte dir alles beichten können, während sie hier war. Aber sie hat sich dagegen entschieden."

Ich konnte nicht wütend auf sie sein, egal wie sehr ich es versuchte. „Ich weiß, dass ich wahrscheinlich meinen Gefühlen nicht treu bin, aber ich kann ihr einfach nicht böse sein. Ich denke seit einer Woche immer wieder über alles nach, aber die Wut ist schon längst verblasst."

„Vielleicht ist es besser so. Vielleicht könnt ihr beide einen Weg finden, eure Tochter gemeinsam großzuziehen. Nun, wenn sie überhaupt von dir ist. Du musst einen DNA-Test durchführen lassen."

Ich wusste, dass die meisten Leute das denken würden, aber die Vorstellung störte mich irgendwie. „Ember war kein Mädchen, das Sex mit verschiedenen Männern hatte – zumindest damals nicht. Nach dem zu urteilen, was sie gesagt hat, ist sie immer noch nicht so. Ich möchte unser Familienleben nicht damit beginnen, dass ich ihr nicht vertraue."

Seine geweiteten Augen sagten mir, dass er mir nicht zustimmte. „Sie hat dich schon einmal angelogen. Du *kannst* ihr nicht vertrauen."

Ich schüttelte meinen Kopf. Ich fühlte mich nicht so, wie die meisten Leute erwarten würden. „Ich bin nicht sicher, ob Madison von mir ist. Aber wenn Ember mir sagt, dass es so ist, dann werde ich das als die Wahrheit akzeptieren. Ich sage dir also, dass ich derzeit keinen DNA-Test machen möchte. Falls Ember aber behauptet, dass ich nicht der Vater bin, werde ich sie um einen Test bitten."

„Das ist besser als nichts, denke ich. Wie lange willst du noch warten, bis du mit ihr darüber sprichst? Jeder Tag, den du ungenutzt verstreichen lässt, ist ein weiterer Tag, den du nicht mit deiner Tochter verbringen kannst."

Ich hatte keine Ahnung, wie lange ich noch warten würde. „Angesichts des Schlafmangels und der Tatsache, dass meine Gedanken so oft zu ihr und Madison wandern, weiß ich, dass ich nicht mehr lange warten kann."

„Das solltest du auch nicht", sagte er mit einem Nicken. „Du musst für das Kind da sein – wenn du sein Vater bist. Wenn die Kleine eine Nash ist, sollte sie es wissen und genauso behandelt werden wie ihre Cousins. Und sie sollte ihre Familie kennenlernen."

„Ich glaube nicht, dass sie schlecht behandelt wird, Baldwyn. Ember würde das niemals zulassen, da bin ich mir sicher. Aber ich stimme dir zu. Wenn Madison von mir ist, dann will ich sie bei mir haben. Nicht, dass ich versuchen würde, sie ihrer Mutter wegzunehmen. Um ehrlich zu sein, möchte ich alle beide bei mir haben."

Er hob eine dunkle Augenbraue, als er fragte: „Was meinst du, Cohen? Dass du Ember heiraten würdest, wenn das Kind von dir ist?"

„Heiraten?" Ich hatte dieses Wort noch nie laut gesagt. „Die Ehe ist eine ernste Angelegenheit. Ich meine, ich kann mich nicht in eine Ehe stürzen, nur weil ich ein Kind mit jemandem habe. Auch wenn dieser Jemand mir unglaublich wichtig ist. Heiraten ist im Moment einfach zu viel verlangt."

„Ja, das finde ich auch. Ich habe nur gefragt. Und an deiner Reaktion kann ich erkennen, dass du für eine so große Verpflichtung nicht bereit bist." Grinsend setzte er sich auf das Sofa. „Du wirst vielleicht nie bereit für die Ehe sein. Es ist nicht immer leicht, verheiratet zu sein, das kann ich dir versichern."

Mir gefiel nicht, wie er mich klingen ließ – als wäre ich unreif oder so. „Ich bin sicher, dass nicht alles großartig ist."

„Die Ehe hat auch viele hässliche Aspekte. Man sieht die schlechtesten Seiten voneinander – sowohl seelisch als auch körperlich."

Ich mochte nicht, wie er dieses letzte Wort betonte. „Ich schätze Ember wegen ihrer Persönlichkeit. Ich meine, sie ist heiß und alles, aber es ist ihre innere Schönheit, die ich wirklich mag."

„Wow." Er sah fassungslos aus. „Meinst du das ernst?"

„Ich meine es ernst, Baldwyn. Ich glaube, ich habe in der Vergangenheit ständig nach Unvollkommenheiten – in Bezug auf Aussehen und Persönlichkeit – bei den Frauen gesucht, mit denen ich mich verabredet habe, um eine vernünftige Ausrede für die Trennung zu haben und mich nicht schuldig zu fühlen. Aber das habe ich bei Ember nie gemacht. Ich weiß, dass sie nicht perfekt ist, aber das ist mir egal. Ich meine, ich bin auch nicht perfekt."

„Es ist schön zu hören, dass du darüber nachdenkst, wie du andere Frauen behandelt hast. Ich habe mich oft gefragt, ob du das über dich selbst wusstest. Anscheinend tust du es jetzt." Nickend lächelte er mich an. „Cohen, könnte es sein, dass diese Frau immer die Richtige für dich war?"

Das hatte ich oft gedacht. „Ich vermute, sie könnte es sein. Woher weißt du, dass Sloan die Richtige für dich ist?"

Sein Lächeln wurde strahlender. „Sie ist die einzige Frau, bei deren Berührung pures Adrenalin durch meine Adern fließ."

Das passiert mir immer dann, wenn Ember mich berührt.

„Und das ist dir noch nie bei jemand anderem passiert? Wirklich niemals?"

Er schüttelte den Kopf. „Nein. Sie ist die Richtige – das war sie schon immer, denke ich. Wir haben nur eine Weile gebraucht, um zusammenzufinden."

„Aber ich habe Ember gefunden und sie hat mich sitzen lassen." Vielleicht hatte sie mich damals angelogen, wie sie für mich empfand.

„Ja." Er nickte.

„Deshalb sage ich, dass die Ehe mehr ist, als ich mir im Moment vorstellen kann. Wenn ich sie dazu bringen könnte, in mein Gästehaus zu ziehen, wäre ich zufrieden. Zumindest für eine Weile." Mein Handy klingelte und ich zog es aus der Tasche, nur um Madisons Namen auf dem Bildschirm zu finden. „Es ist Madison. Ich gehe besser ran." Ich berührte den Bildschirm und antwortete: „Hey, Maddy. Wie geht es dir?"

Ich hörte ein Schluchzen. „Ein Mädchen in der Schule hat gesagt, ich sei so dumm, dass ich nicht bis hundert zählen kann!", wimmerte sie.

„Schatz, es ist okay. Beleidigungen können dir nichts anhaben."

„Doch, das können sie! Ich will nie wieder in diese dumme Schule gehen, in der dieses schreckliche Mädchen ist. Sie ist so gemein, Cohen. Sie hat mich hässlich genannt, weil das Gummiband, das meinen Pferdeschwanz zusammenhielt, gerissen ist und meine Haare zerzaust waren. Sie sind so wellig und widerspenstig. Das Mädchen sagte, ich sei hässlich."

Ich war entsetzt. „Und was hat deine Lehrerin getan?"

„Sie war nicht im Zimmer und hat nichts gehört. Und ich bin keine Petze, also habe ich es ihr nicht gesagt. Aber ich will nie wieder in diese Schule gehen! Niemals!"

„Hast du mit deiner Mutter oder deinen Großeltern darüber gesprochen?" Ich war mir sicher, dass sie zu der Lehrerin gehen würden, um sie über das Mobbing zu informieren.

„Nein. Mama arbeitet und Grandma musste Grandpa heute zum Arzt fahren. Ich bin bei Tante Ashe und möchte es ihr nicht erzählen, weil sie mir nur sagt, dass ich mich gegen dieses gemeine Mädchen behaupten muss. Aber das will ich nicht. Ich will sie einfach nie wieder sehen."

Ich konnte kaum glauben, dass sie mich angerufen und es mir vor allen anderen erzählt hatte. Ich spürte, wie mein Herz anschwoll, aber ich fühlte mich auch unter Druck, ihr einen guten Rat geben zu müssen. „Hör zu, Schatz, ich verstehe, dass du nichts mehr mit diesem Mädchen zu tun haben willst. Aber du musst etwas über bestimmte Leute begreifen. Du bist so ein hübsches kleines Mädchen, dass einige andere Mädchen immer neidisch auf dich sein werden. Deshalb hat dieses Mädchen so hässliche Dinge gesagt. Sie ist eifersüchtig auf dich und es gibt ihr ein gutes Gefühl, dich abzuwerten. Aber es ist nicht richtig und deine Lehrerin muss mit den Eltern des Mädchens über dieses schlechte Benehmen sprechen, damit sie es korrigieren können."

„Warum sollte sie neidisch auf mich sein? Sie ist auch hübsch."

„Vielleicht wurde ihr das nie gesagt. Vielleicht solltest du ihr sagen, dass du sie hübsch findest und ihr verzeihst, dass sie diese Dinge zu dir gesagt hat. Du könntest ihr sagen, dass du mit ihr befreundet sein möchtest."

„Das stimmt aber nicht. Ich möchte nicht die Freundin von jemandem sein, der so gemein ist." Sie schniefte, aber die Tränen waren versiegt, also wusste ich, dass sie sich allmählich besser fühlte.

„Du bist ein netter Mensch, Madison. Ich habe gesehen, dass du mit allen Leuten auskommst, auch wenn du sie gerade erst kennengelernt hast. Du hast ein gutes Herz. Ich weiß, dass du das schaffen kannst. Ich weiß, dass du in deinem Herzen Güte finden kannst. Erzähle deiner Grandma, was passiert ist, damit sie es deiner Lehrerin sagen kann. Lass die Erwachsenen entscheiden, wie sie am besten mit diesem Mädchen umgehen. Aber du könntest deine Mitschülerin wissen lassen, dass du nicht böse auf sie bist. Kannst du das tun?"

„Nun, ich bin nicht böse auf sie. Ich bin nur wütend, weil sie mich beschimpft und vor den anderen Kindern in Verlegenheit gebracht hat." Sie putzte sich die Nase. „Aber du hast recht damit, dass die Erwachsenen damit umgehen sollen. Und ich werde Grandma davon erzählen. Mama wird erst nächsten Freitag wieder zu Hause sein. Sie wird mich abholen, wenn die Schule zu Ende ist."

Nächsten Freitag?

„Das klingt schon viel besser, Kleine. Ich muss jetzt auflegen, aber du kannst mich später wieder anrufen, nachdem du deiner Grandma davon erzählt hast."

„Okay, das werde ich tun. Ich vermisse dich, Cohen. Ich werde versuchen, Mama dazu zu überreden, wieder zum Resort zu fahren, sobald sie nach Hause kommt. Ist das in Ordnung für dich?"

Ich wusste, dass Ember das nicht tun würde. „Weißt du was? Ich werde mir etwas einfallen lassen, das funktionieren könnte. Aber das ist vorerst unser kleines Geheimnis, okay?"

„Okay. Ich rufe dich später wieder an. Und danke. Ich fühle mich schon viel besser."

„Ich bin froh, dass du mich angerufen hast, Maddy. Bis bald."

„Bye."

Als ich das Handy wieder in meine Tasche steckte, sah ich, dass Baldwyn grinste. „Ich muss sagen, dass du mich wirklich überrascht hast."

Ich überlegte bereits, wie ich Ende der kommenden Woche Zeit mit Ember verbringen könnte. „Was meinst du?"

„Nun, die Art, wie du mit diesem kleinen Mädchen gesprochen hast, war sehr … väterlich. Vielleicht bist du doch bereit, eine eigene Familie zu haben."

„Ich weiß, dass ich bereit bin. Es ist Ember, um die ich mir Sorgen mache."

KAPITEL ZWEIUNDZWANZIG

EMBER

Obwohl ich die ganze Nacht wach gewesen war, fuhr ich nach Hause, sobald Roger aufstand und die letzte Schicht unseres Jobs übernahm. Ich konnte es kaum erwarten, den Bohrturm endlich zu verlassen und meine Tochter zu sehen.

Madison hatte angerufen und mit mir über ein Mädchen gesprochen, das sie in der Schule schikanierte, und es belastete mich. Die Vorstellung, dass jemand gemein zu meinem Kind war, gefiel mir überhaupt nicht. Zum Glück war meine Mutter zu der Lehrerin gegangen und das Problem war am nächsten Tag gelöst worden.

Ich wusste nur, dass ich das Wochenende damit verbringen wollte, meine Tochter zu verwöhnen. Die Schuldgefühle, sie so lange allein lassen zu müssen, machten mir zu schaffen. Ich hatte jeden Tag, seit ich Austin verlassen hatte, darüber nachgedacht, Cohen anzurufen.

Einen Job im Resort anzunehmen ergab für mich Sinn – auch wenn meine Schwester es anders sah. Das Einzige, was mich beunruhigte, war, dass Cohen mit ziemlicher Sicherheit wütend auf mich war. Ich hatte keine Ahnung, wie er auf meinen Anruf reagieren würde – wenn ich überhaupt den Mut aufbringen könnte, ihn zu kontaktieren.

Ich war immer noch unentschlossen. Entscheidungen fielen mir nicht leicht. Mein Herz wollte all meine Fehler korrigieren, aber mein Ego wusste, dass es leiden würde, wenn alle herausfanden, dass ich so lange gelogen hatte.

Als ich den Apartmentkomplex erreichte, rief meine Mutter an. „Ich bin gerade zu Hause angekommen, Mom", sagte ich.

„Gut." Sie konnte einfach nicht aufhören, mich ständig zu überwachen. „Wie war der Verkehr?"

„Schrecklich wie immer. Der Verkehr in Houston ist ein Albtraum und ich denke, das wird immer so sein." Ich parkte das Auto auf meinem üblichen Parkplatz und nahm meine Tasche vom Rücksitz, bevor ich zu der Wohnung ging.

In Pasadena zu wohnen führte dazu, dass ich, egal wohin mich meine Arbeit führte, immer den ganzen Weg durch Houston fahren musste. „Wieso mussten du und Dad ausgerechnet auf diese Seite der Stadt ziehen? Das macht die Fahrt so viel schlimmer."

„Oh, sei still. Du bist nur mürrisch, weil du keinen Schlaf bekommen hast. Mach ein schönes Nickerchen, dann fühlst du dich besser. Du holst Madison heute von der Schule ab, oder?"

„Ja." Ich holte meine Tochter immer an dem Tag ab, an dem ich von der Arbeit zurückkam. Wir würden uns ein Eis bei *Dairy Queen* holen und dann Pläne machen, wie wir meine freie Zeit verbringen würden. „Ich habe fünf Tage frei, bevor der nächste Auftrag beginnt."

„Großartig", sagte sie begeistert. „Ich werde deinem Vater sagen, dass wir den Angelausflug machen können, den er schon immer machen wollte. Er wird sich darüber freuen. Bei all seinen gesundheitlichen Problemen wird es ihm guttun, ein bisschen aus dem Haus zu kommen."

„Mom, was hat er? Warum muss er so oft zum Arzt?" Ich betrat die Wohnung, warf meine Tasche auf das Sofa und ging dann in mein Schlafzimmer, während ich mich auszog. Ich wollte mich nur noch in mein eigenes Bett legen und ein paar Stunden schlafen.

„Ich denke, es ist der Smog hier, um ehrlich zu sein. Er reagiert allergisch darauf." Sie wurde einen Moment lang still und fügte dann hinzu: „Weißt du, es wäre vielleicht das Beste für ihn, wenn wir einen anderen Ort zum Leben finden würden. Irgendwo ohne Smog. Ein Haus auf dem Land wäre schön."

Wenn sie umziehen würden, müsste ich auch umziehen. „Oh. Ja, das könnte das sein, was Dad braucht." Die Gesundheit meines Vaters war das Wichtigste. Aber dann müsste Madison die Schule wechseln und das wäre eine große Umstellung.

Der Job im Resort sieht immer besser aus.

Möglicherweise war es für uns alle an der Zeit, einige große Änderungen vorzunehmen. Aber ich war mir nicht sicher, ob ich bereit dazu war. Und meine Tochter musste auch bereit sein.

„Ich bin froh, dass du es verstehst, Ember. Ich mache mir schon seit einiger Zeit Sorgen, mit dir darüber zu sprechen. Ich weiß, dass Madison die Schule wechseln müsste, und das wäre eine große Veränderung für sie. Aber Kinder können normalerweise besser mit Veränderungen umgehen als Erwachsene." Sie seufzte und ich konnte hören, dass die Situation sie belastete. „Ich mache mir mehr Sorgen darüber, wie deine Schwester es aufnehmen wird. Sie kann ihre Familie nicht entwurzeln, nur um mir und deinem Vater näher zu sein. Nicht, dass sie das überhaupt tun sollte. Aber du weißt, wie sich bei ihr immer alles um sie selbst dreht."

Die Zeit schien gekommen zu sein, Ashe auf ihr Verhalten aufmerksam zu machen. „Mom, wenn Madison anfangen würde, sich so zu verhalten wie Ashe, würde ich mein Bestes geben, um dieses egoistische Verhalten zu korrigieren. Verstehst du, was ich sage?"

„Ich verstehe es, Schatz. Ich bin nicht blind für die Selbstsucht deiner Schwester. Aber sie ist schon so lange so, dass ich es geradezu von ihr erwarte. Irgendwann wurde es einfacher, es zu ertragen, als deswegen Streit zu riskieren."

„Das ist nicht gut, Mom." Ich musste meinen eigenen Rat befolgen, wenn es um meine Schwester ging. „Sie kann nicht immer ihren Willen durchsetzen. Und unser Leben sollte nicht von dem beeinflusst werden, was sie denkt oder will."

„Du hast recht. Und wir werden das Beste für deinen Vater tun, egal wie sie unseren Umzug findet. Aber ich sollte auch ehrlich zu dir sein, Ember."

„Bitte." Ich wollte nicht, dass meine Mutter glaubte, dass sie mir gegenüber nicht ehrlich sein konnte. Auch wenn ich nicht immer ehrlich zu ihr war.

„Schatz, ich denke, es ist Zeit, dass du dir einen Job suchst, der es dir ermöglicht, öfter zu Hause zu sein. Dann könnest du dich mehr um Madison kümmern. Sie vermisst dich so sehr, wenn du weg bist. Ich denke, dein aktueller Job schadet euch beiden."

Und da war er. Ein Grund mehr, das Richtige für meine Tochter zu tun. „Mom, es ist lustig, dass du das ansprichst, denn als wir vor ein paar Wochen in dem Resort waren, sagte Cohen Nash, er könnte mir dort einen Job besorgen. Und er sagte, wir könnten in seinem Gästehaus wohnen – mietfrei. Es gibt eine rund um die Uhr geöffnete Kindertagesstätte im Resort, also wäre Madison …"

Sie unterbrach mich: „Ember, warte kurz. Kannst du diesem Mann wirklich vertrauen? Das scheint äußerst großzügig von ihm zu sein – bist du sicher, dass er keine Gegenleistung von dir erwartet, wenn er dich kostenlos bei sich wohnen lässt? Der Job mag in Ordnung sein, aber du kannst nicht im Gästehaus des Mannes wohnen. Du weißt, wie er sich verhalten hat, als er mit deiner Schwester zusammen war."

Ich hätte wissen sollen, dass sie so etwas sagen würde.

Ich hatte keine Ahnung, wie ich meiner Familie gestehen sollte, dass Cohen Madisons Vater war, wenn sich alle an ihn als den distanzierten Frauenhelden von vor sieben Jahren erinnerten. *Ein weiterer Ziegelstein in der Mauer, die immer höher zu werden scheint und mich von der Wahrheit trennt.*

„Nun, ich überstürze nichts, Mom. Außerdem habe ich Zeit mit ihm verbracht, als wir im Resort waren, und ich denke, er ist erwachsen geworden. Aber ich bin wirklich müde, also werde ich jetzt auflegen. Ich muss schlafen, damit ich fit bin, wenn ich Madison abhole."

„Denke daran, mit mir zu sprechen, bevor du Angebote von diesem Mann annimmst, Ember. Ich weiß, er sieht gut aus und er scheint die Fähigkeit zu haben, Frauen dazu zu bringen, zu tun, was er will, aber du musst mit deinem Gehirn und nicht mit deinem Körper denken."

Es war nicht so sehr mein Körper, der an Cohen dachte,

sondern mein Herz. „Ja, Mom. Ich rufe dich später an. Du und Dad müsst jetzt Pläne für euren Angelausflug machen."

„Ja, das machen wir. Bis bald."

„Bye, Mom." Ich beendete den Anruf, fiel mit dem Gesicht voran auf mein Bett und atmete den frischen Duft meiner Decke ein. „Endlich kein Ölgestank mehr."

Eines der schlimmsten Dinge bei der Arbeit an einem Bohrturm war der widerliche Gestank nach Öl. Er war überall. Deshalb hatte ich meine Kleidung auf dem Flur liegen lassen, bevor ich mein Schlafzimmer betreten hatte.

Der Schlafmangel ließ mich in einen komaähnlichen Schlaf sinken, bis der Alarm meines Handys mich weckte. „Verdammt!"

Ich war mir sicher gewesen, dass ich aufwachen würde, bevor er losging. Da ich nur fünfzehn Minuten Zeit hatte, um mich fertig zu machen, bevor ich gehen musste, um Madison abzuholen, sprang ich aus dem Bett und duschte schnell.

Ohne Make-up, mit nassen Haaren und in alten Shorts und einem T-Shirt schlüpfte ich in meine Flip-Flops und eilte aus der Tür.

Auf diese Weise aufzuwachen hatte mich irgendwie durcheinandergebracht. Ich war nervös und holte tief Luft, als ich zur Schule fuhr und versuchte, mich unter Kontrolle zu bringen. Ich hatte noch nie gut mit Stress umgehen können.

Ich parkte ganz vorne, damit Madison mein Auto sehen konnte, sobald sie aus der Doppeltür der Schule kam. Es waren noch drei Minuten, bis die Glocke läutete. Als es so weit war, strömten die Kinder nach draußen und ich musste suchen, um das eine Kind zu finden, das zu mir gehörte.

Schließlich sah ich, wie Madison herauskam. Ich beobachtete, wie sie sich umsah und dass ihre Augen auf jemand anderen gerichtet waren, bevor sie mich entdeckte. Sie winkte und rannte zu mir. Aber ihre Augen waren woanders, als sie rief: „Du bist gekommen!"

„Mit wem zum Teufel spricht sie?" Ich beobachtete, wie sie zu einem Truck rannte, der ein paar Meter weiter geparkt war. Andere Autos standen zwischen uns, sodass ich den großen, schokoladenfarbenen Truck, den ich sofort erkannte, nicht einmal bemerkt hatte. „Auf keinen Fall!"

Ich sprang aus meinem Auto und rannte wie der Blitz zu Madison, die bereits in seine Arme gesprungen war. Sie lachte, als wäre heute der beste Tag ihres Lebens. „Ich habe dich vermisst, Cohen!"

„Ich habe dich auch vermisst, Kleine." Er umarmte sie, als seine Augen meine fanden.

„Du Bastard!" Ich konnte nicht glauben, dass er hier aufgetaucht war.

Madisons Kopf fuhr herum, als sie mich mit schockierten Augen ansah. „Mama!"

„Ember", sagte Cohen ruhig. „Ich bin nicht hergekommen, um dich zu verärgern."

„Er ist gekommen, um dich zu überraschen, Mama", sagte Madison, als er sie wieder auf den Boden stellte.

„Oh, ich bin überrascht." Ich nahm ihre Hand und zog sie mit mir.

„Ember?" Ich spürte seine Hand auf meiner Schulter.

Wie immer schoss bei seiner Berührung Adrenalin durch meinen Körper. „Nimm deine verdammte Hand von mir, Cohen Nash!"

„Mama!", schrie Madison. „Hör auf!"

„Es ist okay, Maddy." Er ließ mich los, aber mein Körper kribbelte immer noch. „Ich denke, sie hat recht damit, wütend auf mich zu sein, weil ich ohne Vorwarnung hier aufgetaucht bin."

„Ach ja?" Ich wusste, dass ich eine Szene machte, aber ich konnte mich nicht beherrschen. „Denkst du das?"

Zu viele Gedanken gingen mir durch den Kopf. Was würden die Lehrerin und die anderen Eltern davon halten, dass Madison in die Arme dieses Mannes gesprungen war? Ein Mann, der meiner Tochter ein bisschen zu sehr ähnelte.

Sie würden ihn für ihren Vater halten – und sie würden recht haben.

KAPITEL DREIUNDZWANZIG

COHEN

Embers Verhalten erregte die Aufmerksamkeit einer Lehrerin, die sofort zu uns eilte. „Entschuldigen Sie! Entschuldigen Sie, bitte!"

Embers Augen leuchteten, als sie sich zu der Frau umdrehte, die es wagte, sich uns zu nähern. „Was wollen Sie?"

„Dass Sie das woanders machen, Miss Wilson." Sie sah mich mit anklagenden Augen an. „Das ist nicht der richtige Ort für das, was hier vor sich geht. Achten Sie in Gegenwart der Kinder zumindest auf Ihre Ausdrucksweise."

„Sie haben recht", sagte ich. „Es tut mir leid. Wir werden gehen."

Ember zog Madison mit sich, als sie zu ihrem Auto marschierte. Madisons Augen waren auf mich gerichtet, als sie über ihre Schulter sah. „Folge uns nach Hause, Cohen."

Nickend ging ich zu meinem Truck und folgte ihnen zu einem Apartmentkomplex, der ungefähr eine Meile von der Schule entfernt war. Mein Herz pochte wild seit dem Moment, als ich gesehen hatte, wie Ember wie eine Furie auf mich zu gestürmt war.

Da ich mir nicht sicher war, wie sie darauf reagieren würde, dass ich ihr nach Hause gefolgt war, machte ich mich auf einen Streit gefasst. Ich parkte neben ihrem Wagen, stieg aus und straffte meine Schultern für den Kampf, der bestimmt gleich beginnen würde.

Aber ich konnte nicht zurückweichen. Hier ging es um meine Tochter. Zumindest hoffte ich, dass es so war.

Ich hatte nie auf ein Kind in meinem Leben gehofft. Aber jetzt betete ich, dass ich bald herausfinden würde, dass Madison mein kleines Mädchen war. Und ich hoffte inständig, dass Ember sie mit mir großziehen wollte und wir eines Tages eine echte Familie wurden – wenn ich nur alles richtig machte.

Anstatt zu streiten, sprang Ember aus ihrem Auto und rannte in die Wohnung. Madison stieg vom Rücksitz und sah mich mit einem schiefen Lächeln an. „Das ist gar nicht gut gelaufen, hm?"

„Tut mir leid, Madison. Ich hätte nicht gedacht, dass deine Mutter so sauer auf mich sein würde, weil ich aufgetaucht bin, aber ich verstehe jetzt, dass ich vorher mit ihr hätte sprechen sollen." Ich wusste, ich hätte Ember anrufen sollen. Aber es gab einen Teil von mir, der sie überraschen wollte und gedacht hatte, es wäre romantisch oder so. Dieser Teil von mir hatte sich völlig geirrt.

„Sie ist nicht mehr böse, seit ich auf dem Heimweg mit ihr gesprochen habe. Es ist ihr nur peinlich, dass die Wohnung unordentlich ist. Sie hat mich gebeten, dich ein paar Minuten hier draußen zu beschäftigen, damit sie Zeit zum Aufräumen hat." Sie lehnte sich gegen das Auto zurück und verschränkte die Arme vor der Brust. „Also, wie war die Fahrt?"

Sie war wie eine kleine Erwachsene und es war zu süß. „Gut. Ich habe in ein Hotel in der Nähe eingecheckt. Dort gibt es einen Swimmingpool mit vielen coolen Sachen wie Wasserrutschen und so weiter. Wir müssen deine Mutter überreden, dich dorthin zu bringen, damit du schwimmen kannst."

Ihre Augen leuchteten auf. „Das werden wir!" Sie ergriff meine Hand. „Also los, sie hatte jetzt viel Zeit zum Aufräumen. Ich bin so froh, dass du gekommen bist. Auch wenn meine Mutter geschrien und schlimme Wörter gesagt hat, bin ich trotzdem froh, dass du gekommen bist, um uns zu besuchen."

„Ich würde es hassen, beim nächsten Elternabend in ihrer Haut zu stecken", scherzte ich. Wenn es nach mir ging, würde es gar keine Elternabende an dieser Schule mehr für sie geben.

Dieser Besuch würde mir eine Antwort auf meine Frage verschaffen. Entweder würde Ember mir sagen, dass ich Madisons

Vater war, oder sie würde mir sagen, dass ich es nicht war, und dann würde ich einen DNA-Test durchführen lassen. Auf jeden Fall wollte ich Ember wissen lassen, dass ich nicht aufgehört hatte, an sie und uns zu denken, und dass sie nach Austin ziehen sollte – ob Madison von mir war oder nicht.

Sobald wir die Wohnung betraten, bemerkte ich sofort etwas. Kein Bild oder irgendeine Dekoration schmückte ihre kahlen, weißen Wände.

„Du kannst überall Platz nehmen, Cohen. Ich werde meinen Rucksack in mein Zimmer stellen, dann bin ich gleich wieder da."

„Okay." Als ich mich umsah, fiel mir auf, dass ich noch nie eine so ungemütliche Wohnung gesehen hatte. Ein kleines Sofa stand vor einem kleinen Fernseher. Ein Tisch für vier Personen, direkt neben der winzigen Küche, war der einzige Ort, an dem wir alle genug Platz hatten. Also setzte ich mich dort auf einen Stuhl und wartete darauf, dass sie wiederkamen.

Wenn Ember mein Angebot annahm, würden sie und Madison sich in meinem Gästehaus deutlich wohler fühlen als in dieser winzigen Wohnung. Ihr Leben wäre in jeder Hinsicht besser, wenn Ember nach Austin kommen würde.

Madison sprang durch den Flur und lächelte, als sie zu mir zurückkam. „Ich werde nachsehen, was es im Kühlschrank zu trinken gibt. Möchtest du auch etwas?"

„Sicher." Embers Abwesenheit war spürbar. „Hast du deine Mutter gesehen, während du weg warst?", fragte ich.

„Sie ist im Badezimmer." Sie öffnete den Kühlschrank und schloss ihn dann wieder. „Er ist leer. Mama fährt normalerweise zum Supermarkt, wenn sie von der Arbeit zurückkommt. Heute scheint sie allerdings nicht dort gewesen zu sein."

„Das ist okay. Ich bin sowieso nicht wirklich durstig."

„Ich schon. Aber ich kann die Gläser nicht erreichen." Sie kam zum Tisch, schnappte sich einen Stuhl und zog ihn über den Vinylboden in Richtung Küche.

Ich stand auf, nahm den Stuhl und stellte ihn zurück. „Wie wäre es, wenn ich ein Glas für dich hole?"

„Das wäre nett. Vielen Dank, Cohen. Ich will nur Wasser." Sie setzte sich an den Tisch. „Ich trinke in der Schule nicht gern aus den Wasserspendern. Manche Kinder spielen anderen einen gemeinen Streich, bei dem sie hinter einem auftauchen, während man das Wasser trinkt und sie nicht sehen kann. Dann drücken sie einem den Kopf nach unten, sodass das Gesicht ganz nass wird. Und alle lachen über das arme Kind, das fast ertrunken wäre."

„Ja, das habe ich früher auch beobachtet. Ich kann verstehen, dass du nicht willst, dass dir das passiert." Ich öffnete den ersten Schrank, zu dem ich kam. Vier gelbe Teller, vier Gläser und zwei grüne Schalen waren alles, was sich darin befand. Ich nahm ein Glas und ging zur Spüle, um es mit Wasser zu füllen. „Willst du Eiswürfel?"

„Ich glaube nicht, dass wir welche haben. Sieh im Gefrierschrank nach, um sicherzugehen, denn ich hätte gerne welche."

Ember kam schließlich zu uns. „Es gibt keine Eiswürfel."

Es war ziemlich offensichtlich, dass sie nicht wollte, dass ich in ihrer Küche herumstöberte, als sie mir das Glas aus der Hand nahm und es selbst zu Madison brachte. „Hier, bitte. Ich hatte noch keine Zeit zum Einkaufen. Ich bin direkt nach meiner Nachtschicht nach Hause gekommen und wie ein Zombie ins Bett gefallen."

Ihre Haare waren ordentlich gekämmt und zu einem Pferdeschwanz zusammengebunden. Sie hatte sich auch umgezogen und trug jetzt Jeans und ein anderes T-Shirt – dieses hatte keine Löcher. Sie hatte die alten Flip-Flops ausgezogen und stand barfuß mit der Hand auf einer Hüfte vor mir. „Also, wie lange warst du mit Madison in Kontakt, ohne dass ich davon wusste?"

„Seit dem Tag, als wir nach Hause gekommen sind, Mama", antwortete Madison ihr. „Ich habe eine Telefonnummer in der Broschüre gefunden, die ich aus dem Resort mitgenommen hatte. Und nachdem du mich bei Grandma und Grandpa abgesetzt hattest, habe ich dort angerufen und eine Nachricht und meine Telefonnummer hinterlassen, damit Cohen mich zurückrufen konnte. Und das hat er getan. Von da an haben wir ab und zu ein bisschen geredet. Ich habe ihn gefragt, ob er uns heute besuchen möchte, wenn du nach Hause gekommen bist, und er hat gesagt, dass er es gerne tun würde."

Ember kaute auf ihrer Unterlippe herum und lehnte sich gegen die Wand. Ihre Augen waren auf den Boden gerichtet. „Und keiner von euch dachte, dass ich vielleicht etwas darüber wissen möchte, bevor ich es auf dem Schulparkplatz herausfinde?"

Das war meine Schuld. „Ember, ich habe nicht nachgedacht. Ich dachte, es wäre eine schöne Überraschung, und es tut mir leid, dass ich dir das angetan habe. Du hast recht. Ich hätte dich anrufen sollen, um zu fragen, ob es in Ordnung ist. Aber du hast mir deine Nummer nicht gegeben."

„Du hättest Madison danach fragen können." Sie setzte sich ihrer Tochter gegenüber. „Oder du hättest mich anrufen und fragen können, junge Dame. Ich versuche hier, euch beiden begreiflich zu machen, dass ich gefragt werden wollte."

„Aber du hättest Nein gesagt", sagte Madison mit einem Stirnrunzeln. „Und ich wollte, dass er kommt. Ich habe ihn vermisst, Mama."

Mein Herz schlug schneller. „Ich habe euch beide auch vermisst." Ich nahm am Tisch Platz. „Ich möchte euch heute Abend zum Essen einladen. Madison, du kannst dir aussuchen, wohin du gehen möchtest."

„Hmm, ich denke, Mama sollte sich etwas aussuchen, weil sie irgendwie sauer auf uns ist." Sie sah ihre Mutter an. „Willst du irgendwohin gehen, wo es Garnelen gibt? Oder etwas anderes, das du magst, aber nicht bekommst, weil ich allergisch dagegen bin?"

Bei Madisons großzügigem Angebot lächelte ihre Mutter. Ember streckte die Hand aus und tätschelte ihren Handrücken. „Nein, das möchte ich nicht essen. Ich denke, wir sollten zu *J. D. McDougal* gehen." Sie sah mich an. „Erinnerst du dich daran, Cohen?"

Als ob ich das jemals vergessen könnte.

„Ja, ich erinnere mich, dass ich dort schon einmal war, Ember. Wenn ich mich recht erinnere, gibt es dort Videospiele und ziemlich leckeres italienisches Essen. Ich denke, es würde Maddy gefallen." Ich erinnerte mich, wie sehr Ember und ich unser Date dort genossen hatten. Und nach dem Date waren wir zu mir nach Hause gegangen und hatten uns den Rest der Nacht geliebt. Es war jedoch nicht auf dieser Seite der Stadt. Wir waren auf der Seite, von der wir kamen, nicht ausgegangen, weil wir nicht gewollt hatten, dass jemand, den wir kannten, uns zusammen sah.

Ich fand es interessant, dass sie diesen bestimmten Ort erwähnt hatte. In jener Nacht hatte ich das einzig Riskante getan, was wir in unserer gemeinsamen Woche gewagt hatten. Sie und ich hatten uns in jener Nacht mehrere Male geliebt. Und dann hatte ich das überwältigende Bedürfnis gehabt, sie ohne Kondom zu spüren.

Ich hatte es geschafft, mich zu beherrschen, aber sie hatte einen Orgasmus gehabt, bevor ich mich zurückgezogen hatte. Es war das einzige Mal gewesen, dass wir ein Baby hätten zeugen können. Dafür reichten nur wenige Tropfen Sperma. Nicht, dass ich damals darüber nachgedacht hätte.

„Gut!" Madison sprang auf und klatschte in die Hände. „Ich bin froh, dass ihr jetzt miteinander auskommt. Wann können wir gehen?"

„Es ist ungefähr eine Stunde von hier entfernt." Ich sah Ember an, um sicherzugehen, dass sie einverstanden war. „Können wir bald aufbrechen?"

Sie nickte und sagte: „Ja. Madison, zieh dich zuerst um. Ich möchte nicht, dass du deine Schuluniform trägst. Lege sie in den Wäschekorb im Badezimmer."

„Das werde ich, Mama! Juhu! Ich gehe in ein Restaurant." Bevor sie weglief, sah sie mich mit einem strahlenden Lächeln an. „Das wird Spaß machen. Ich bin froh, dass du hier bist."

„Ich auch, Schatz."

Sobald sie außer Sicht war, fragte Ember: „Warum bist du hergekommen, Cohen?"

„Um euch beide zu sehen."

Sie schüttelte den Kopf. „Ich will den wahren Grund wissen. Bist du hergekommen, um mich zu überreden, dein Angebot anzunehmen?"

„Und wenn es so wäre?"

„Meine Mutter und meine Schwester wollen nicht, dass ich es annehme."

„Lass mich raten." Ich war mir sicher, dass ich wusste, warum sie sie entmutigten. „Sie denken, meine Absichten sind rein sexuell, oder?"

„Ja." Sie lachte. „Ich weiß auch, dass du etwas in diese Richtung vorhast. Aber das ist bestimmt nicht der einzige Grund, warum du mich dort haben willst."

„Es gibt tatsächlich mehr als einen Grund dafür, Ember." Wir hatten ein paar Minuten zu zweit und ich wollte die Zeit mit Bedacht nutzen. „Ich kann dein Leben viel besser machen. Aber ich weiß, dass es keine leichte Entscheidung ist, deine Familie zu verlassen."

Ich hoffe nur, dass ich genauso ein Teil deiner Familie sein kann, wenn wir ein gemeinsames Kind haben.

KAPITEL VIERUNDZWANZIG
EMBER

„Ich bin froh, dass du es verstehst, Cohen." Sein Verständnis machte die Entscheidung jedoch nicht einfacher.

Er zog sein Portemonnaie aus seiner Gesäßtasche, nahm etwas heraus und reichte es mir. „Das ist ein Foto meiner Mutter, als sie ein kleines Mädchen war. Mein Bruder Baldwyn hat es von einer Ahnen-Website. Wir haben alle Fotos bei dem Brand verloren. Ich glaube, ich habe mir als Kind nie alte Bilder meiner Eltern angesehen. Ich wusste gar nicht, wie meine Mutter aussah, als sie so jung war."

Ein Kloß bildete sich in meinem Hals, als ich das Bild eines jungen Mädchens betrachtete, das ungefähr in Madisons Alter zu sein schien. Obwohl es schwarzweiß war, sah ich deutlich die Ähnlichkeit mit meinem Kind.

Meine Hand zitterte, als ich das Foto auf den Tisch legte. Cohen nahm es und steckte es wieder in sein Portemonnaie. Er ließ mich nicht aus den Augen und ich wusste genau, warum das so war. „Meine Mutter war genauso wie ihre Großmutter mütterlicherseits allergisch gegen Schalentiere. Laut meinem Bruder hat sie immer gesagt, die Allergie habe eine Generation übersprungen."

Er hat es herausgefunden.

Er wusste, dass ich ihn sieben Jahre lang angelogen hatte. Er wusste, dass ich vor zwei Wochen die Gelegenheit gehabt hatte, ihm von unserer Tochter zu erzählen, und es nicht getan hatte. Er wusste, dass ich ein schrecklicher Mensch war.

Ich war fürchterlich zu ihm gewesen. Ihn in der Öffentlichkeit anzuschreien war nur eines der Dinge, die ich ihm angetan hatte. Es war Zeit, damit aufzuhören, mich gegenüber einem Mann, der nichts falsch gemacht hatte, so zu verhalten.

Ich holte tief Luft und sagte schließlich das Einzige, woran ich denken konnte: „Cohen, es tut mir so leid."

„Nicht." Er legte seine Hand auf meine und sah mir in die Augen.

„Wenn sie es herausfinden, Cohen …"

Er unterbrach mich. „Ember, wir müssen das Beste für Madison tun. Die Erwachsenen werden lernen, die Situation zu akzeptieren."

„Du scheinst nicht wütend darüber zu sein." Ich konnte kaum atmen und mein Instinkt warnte mich, vorsichtig zu sein – uns stand etwas Schlimmes bevor.

„Ich bin nicht wütend auf dich. Ich weiß, wie schuldig du dich gefühlt hast bei der Vorstellung, deiner Familie von uns zu erzählen. Und ich habe viel darüber nachgedacht, wie viel Angst du damals gehabt haben musst, als du von der Schwangerschaft erfahren hast. Ich weiß, dass du alle angelogen hast. Und ich weiß, warum du das Gefühl hattest, es tun zu müssen."

Mein Magen schmerzte und ich fühlte mich, als würde mir gleich schlecht werden. „Cohen, ich bin gleich wieder da." Ich stand auf und rannte ins Badezimmer, wo ich mich übergeben musste.

Langsam rutschte ich auf die Knie und dann in eine sitzende Position, während sich meine Gedanken überschlugen. Es war, als würde mein Leben vor meinen Augen vorbeiziehen.

Das Leben, wie ich es gekannt hatte, würde sich drastisch ändern. Aber nicht nur für mich – auch für meine Tochter. *Was wird sie von mir halten?*

Ohne die geringste Ahnung, was ich tun sollte, saß ich einfach da und hoffte, dass mir eine Antwort einfallen würde. Es musste eine Antwort geben.

Bei einem Klopfen an der Tür drehte ich langsam meinen Kopf. „Ja?"

„Ember, alles in Ordnung?", ertönte Cohens ruhige Stimme.

Ich wusste nicht, wie er so ruhig bleiben konnte. Ich hatte den Mann angelogen. Ich hatte sein einziges Kind von Geburt an vor ihm verheimlicht. Dafür musste er zornig auf mich sein – egal was er sagte. „Nicht wirklich. Ich werde noch ein bisschen hierbleiben, falls mir wieder schlecht wird. Tut mir leid." Ich legte meinen Kopf auf den kalten Toilettensitz aus Porzellan. „Mir tut alles leid, Cohen."

„Okay. Komm einfach raus, wann immer du bereit bist."

Ich lauschte seinen Schritten, als er wegging. Tränen füllten meine Augen bei dem Wissen, dass ich in meinem Leben große Fehler gemacht hatte. Und jetzt würden diese Fehler für alle sichtbar werden.

Nach allem, was ich getan hatte, um Cohen und Madison zu verletzen, wusste ich, dass die Zeit gekommen war, mich den Konsequenzen zu stellen. Egal wie viele Leute wütend auf mich waren. Egal wie viele Leute von mir enttäuscht waren. Egal wie mein Ego leiden würde – ich musste allen die Wahrheit sagen.

Wie soll ich das machen?

Ich wusste nur zu gut, wie oft ich die Chance gehabt hatte, meiner Familie die Wahrheit zu sagen, und stattdessen den einfacheren Weg gewählt hatte, sie anzulügen.

Als Madison noch sehr klein gewesen war, noch nicht einmal ein Jahr alt, hatte sie hohes Fieber gehabt und wir hatten sie in die Notaufnahme gebracht. Ashe hatte mir beim Ausfüllen der Formulare geholfen. In dem Abschnitt, in dem nach den Daten des Vaters gefragt wurde, hatte ich gezögert. Sie hatte mich gefragt, ob ich daran denken würde, Madisons Vater zu informieren.

Sie hatte recht gehabt. Da Madison so krank gewesen war, hatte ich geglaubt, ich müsste Cohen über sein Kind informieren. Aber weil Ashe bei mir gewesen war, hatte ich nicht die Wahrheit gesagt. Ich hatte ihr nur anvertraut, dass ich verrückt vor Angst war.

Ashe hatte mich gefragt, wer der Vater sei, und ich hatte behauptet, dass sie ihn nicht kennen würde und dass ich ihn in einem Club getroffen hatte. Dass er nicht aus der Stadt stammte und ich nur seinen Vornamen kannte. Ich hatte gesagt, dass er mir gesagt hatte, sein Name sei John, und ich nicht glaubte, dass dies überhaupt sein richtiger Name war. Und dass ich ziemlich sicher sei, dass er verheiratet war, weil er einen weißen Fleck an seinem Ringfinger gehabt hatte, wo ein Ehering gewesen sein könnte.

Oh Gott, ich bin eine Lügnerin.

„Mama, was machst du da drin?", fragte Madison durch die verschlossene Tür. „Ich bin bereit zu gehen. Frisierst du deine Haare und schminkst dich?"

„Nein." Ich legte meine Hände über mein Gesicht und wusste, dass ich meinem Kind bald gestehen musste, dass ich nichts weiter als eine verdammte Lügnerin war.

„Kannst du dich dann beeilen, damit wir gehen können?"

„Sicher." Ich stand auf und wusch mein Gesicht. Ich konnte mich nicht einmal im Spiegel ansehen.

Was mich so wütend auf mich selbst machte, war, dass ich diesen Tag nie hatte kommen sehen. Irgendwie hatte ich mir vorgemacht, ich müsste niemals jemandem die Wahrheit sagen.

Schließlich starrte ich mein Spiegelbild an. „Du bist eine verdammte Idiotin", flüsterte ich. „Du machst mich krank."

Als ich wegschaute, spürte ich eine weitere Welle der Übelkeit und drehte mich gerade noch rechtzeitig um, um die Toilette zu erreichen. Tränen liefen mir über die Wangen aus Scham wegen dem, was ich getan hatte.

Wieder hörte ich ein Klopfen an der Tür und diesmal wusste ich, dass ich mich der Situation stellen musste. Mich für den Rest meines Lebens im Badezimmer zu verstecken war keine Option. Ich musste lernen, mit der Schande umzugehen. Ich würde lernen müssen, damit umzugehen, dass die Menschen die Wahrheit über mich kannten.

„Ich komme gleich."

„Ich möchte mit dir sprechen."

„Ich muss mir die Zähne putzen." Ich wollte ihn noch nicht sehen.

„Alles wird gut, Baby. Ich verspreche dir, dass alles gut wird."

Ich verdiente seine freundlichen Worte nicht, nachdem ich ihn verleugnet hatte. Aber ich musste aufhören, nur an mich zu denken.

„Ich werde mir die Zähne putzen und dann können wir gehen."

„Okay."

Egal wie sehr ich mich selbst verabscheute, ich musste mich zusammenreißen. Ich musste an Madison denken und durfte ihr diese Seite von mir nicht zeigen.

Irgendwie musste ich erhobenen Hauptes nach draußen gehen, obwohl ich den Menschen, die ich liebte, Schaden zugefügt hatte. Und ich hatte meiner Tochter und ihrem Vater viele gemeinsame Jahre gestohlen.

Jetzt ging es nicht mehr um mich. Egal was ich mir eingeredet hatte, warum die Lügen notwendig waren, um die Menschen, die mir wichtig waren, irgendwie zu schützen – ich musste meine Denkweise ändern.

Ehrlichkeit.

Ich würde dieses Wort jetzt in den Vordergrund meines Denkens stellen müssen. Es war egal, ob jemand wütend auf mich sein könnte, weil ich ehrlich war. Damit musste ich leben.

Mir war noch nie in den Sinn gekommen, wie sehr ich vermeiden wollte, dass andere Leute wütend auf mich waren. Und jetzt, da Cohen das Recht hatte, wütend auf mich zu sein, war er es überhaupt nicht. Zumindest ließ er mich denken, dass er es nicht war.

Was ist, wenn er heimlich plant, sich an mir zu rächen?

Ich putzte mir die Zähne und versuchte, nicht das Schlimmste über Cohen und seine Motive anzunehmen. Nicht jeder war so betrügerisch wie ich. Nicht jeder log, um seine Missetaten zu verheimlichen.

Sobald ich aus dem Badezimmer kam, sah ich, wie Cohen mit den Händen in den Taschen an der Wand lehnte. „Maddy hat mich gefragt, ob es in Ordnung wäre, wenn sie ihre Freundin von nebenan mitnimmt. Ich habe zugestimmt. Sie ist zum Nachbarhaus gelaufen, um sie zu holen."

„Okay." Es war nicht so, als würde es mich stören, dass Maddy ihre Freundin Kylie mitnahm.

Gerade als ich mich umdrehte, um in mein Schlafzimmer zu gehen und meine Handtasche zu holen, spürte ich Cohens Hand auf meinem Arm. „Hey, ich möchte nicht, dass du dir deswegen Vorwürfe machst."

Ein kurzes Lachen brach aus mir heraus. „Du hast leicht reden.

Du hast nicht fast ein Jahrzehnt lang alle angelogen, die dir wichtig sind. Bald werden die Menschen, die ich liebe, wissen, dass ich nichts als eine Lügnerin bin."

„Du musst es nicht allen auf einmal sagen. Im Moment reicht es mir, dass ich weiß, dass sie mein Kind ist. Wir werden damit warten, es Madison zu erzählen, bis wir glauben, dass die Zeit reif ist. Und wir können noch länger damit warten, es deiner Familie mitzuteilen, wenn du möchtest. Ich versuche nicht, deine Welt auf den Kopf zu stellen. Ich will nur herausfinden, wie wir das Beste für unsere Tochter tun können."

„Unsere Tochter", wiederholte ich. „Ich habe das noch nie jemanden über sie sagen hören – ich habe sie immer nur als meine Tochter betrachtet." Als ich ihm in die Augen sah, musste ich ihm etwas gestehen. „Weißt du, es ist schön, es zu hören. Es ist schön zu wissen, dass ich mit ihrer Erziehung nicht mehr allein bin."

„Es mag seltsam klingen, wenn ich das sage, aber ich bin sehr froh, dass du so schnell zugegeben hast, dass sie von mir ist. Ich hatte befürchtet, dass du versuchen könntest, es zu verbergen. Ich bin überglücklich, dass Madison meine Tochter ist. *Unsere* Tochter."

Ich spürte, wie die Anspannung in meinen Schultern ein wenig nachließ. „Ich bin so erleichtert, dass du das sagst. Du hast keine Ahnung, wie glücklich mich das macht. Cohen, ich will endlich meine Lügen hinter mir lassen. Sie lasten tonnenschwer auf mir. Und obwohl bis jetzt nur du die Wahrheit kennst, muss ich sagen, dass ich mich schon ein bisschen besser fühle. Wenn ich einen Weg finde, meinen Selbsthass zu überwinden, kann ich das irgendwie schaffen."

„Natürlich wirst du es schaffen." Er zog mich in seine Arme und umarmte mich fest. „Dafür werde ich sorgen."

Meine Arme schlangen sich um ihn, als ich mein Gesicht an seine breite Brust presste. „Oh mein Gott, das fühlt sich so gut an. Du hast keine Ahnung."

„Doch, das habe ich." Er küsste mich auf den Kopf. „Du fühlst dich so vertraut in meinen Armen an. Das hast du immer getan."

Ich zog meinen Kopf von seiner Brust, sah zu ihm auf und stellte fest, dass er lächelte. „Glaubst du wirklich, dass du trotz allem, was ich dir angetan habe, in der Lage bist, darüber hinwegzukommen?"

„Das habe ich schon getan. Ich weiß, warum du so gehandelt hast. Ich verurteile dich nicht dafür. Ich kann nicht sagen, was ich getan hätte, wenn du mir damals die Wahrheit gestanden hättest. Ich werde dich also nicht für die letzten sieben Jahre zur Rechenschaft ziehen."

„Was ist mit den letzten Wochen?"

Er schüttelte den Kopf. „Du bist jetzt ehrlich zu mir. Das ist alles, was zählt, Baby."

Obwohl ich es liebte, wenn er mich Baby nannte, wusste ich, dass wir alles tun mussten, um unsere Tochter behutsam in diese neue Situation einzuführen. „Wir müssen herausfinden, wie wir das so machen können, dass wir Madison nicht verletzen. Einverstanden?"

„Einverstanden."

Zumindest können wir uns auf Dinge einigen, die unser Kind betreffen. Ich hoffe, wir schaffen das auch bei Dingen, die unsere Beziehung betreffen.

KAPITEL FÜNFUNDZWANZIG

COHEN

Ember war nicht wieder ihr altes Ich, aber sie verhielt sich nicht mehr so distanziert wie in letzter Zeit. Sie nippte an einem Glas Rotwein, während sie die Speisekarte betrachtete, und wirkte viel entspannter. „Ich überlege, die Hummerravioli zu bestellen." Sie spähte über die große Speisekarte und fragte: „Was ist mit dir? Was möchtest du?"

„Warum?", neckte ich sie. Ich wusste, dass sie wollte, dass ich etwas bestellte, das sie auch probieren wollte. Das hatte sie früher jedes Mal getan, wenn wir auswärts gegessen hatten.

„Nun, ich könnte meine Ravioli mit dir teilen und du könntest … zum Beispiel das Hühnchen-Parmigiana mit mir teilen, wenn du das bestellst." Sie legte die Speisekarte weg, sah sich nach den Mädchen um und stellte fest, dass sie Airhockey spielten. „Und die Mädchen nehmen Pizza. Mit viel Käse, wie immer."

Es war mir egal, was ich aß. „Hühnchen-Parmigiana klingt gut." Als ich meine Speisekarte weglegte, wusste ich, dass ich das Thema ansprechen musste, das mich am meisten beschäftigte – sie sollte nach Austin ziehen. Obwohl ich sie nicht drängen wollte, konnte ich mich nicht aufhalten. „Ember, ich möchte nicht, dass du zu deinem Job zurückkehrst."

Ihre Wimpern flatterten, als sie nickte. „Das habe ich mir schon gedacht."

„Es gibt verschiedene Möglichkeiten, wie wir damit umgehen können. Ich könnte dir einfach Geld geben, damit du nicht mehr arbeiten musst, um die Rechnungen zu bezahlen. Aber das ist nicht das, was ich tun möchte." Ich wollte meine Familie unter einem Dach haben. Aber ich wusste, dass das vielleicht voreilig wäre.

„Ich weiß. Du willst, dass wir nach Austin ziehen." Sie seufzte, als sie mir in die Augen sah. „Es tut mir leid. Wirklich, Cohen. Mir einzugestehen, dass ich nicht der Mensch bin, für den ich mich gehalten habe, ist nicht einfach. Bis ich dich wiedersah, hatte ich mich seit vielen Jahren nicht mehr als Lügnerin betrachtet. Sicher, am Anfang war es nicht so leicht, Lügen zu erzählen. Aber nach Madisons erstem Geburtstag hat meine Familie ihren Vater nie mehr erwähnt, sodass es einfacher war, alles zu vergessen."

„Bis du mich wiedergesehen hast." Ich verstand sie sehr gut. Aber es war Zeit, dass sie mich verstand. „Ember, ich vergebe dir. Aber du musst jetzt auch an *meine* Gefühle denken. Deine Eltern und deine Schwester waren die ganze Zeit für dich und Madison da. Ich verstehe, dass du auf ihre Gefühle Rücksicht nehmen willst. Aber *ich* bin jetzt hier. Du wirst nicht länger von ihnen abhängig sein, was unsere Tochter angeht."

„Du sagst also, dass ich dich und Madison zu meinen obersten Prioritäten machen muss." Sie nippte an ihrem Wein, als sie darüber nachdachte.

„Ich glaube, du hast Madison immer zu deiner obersten Priorität gemacht." Ich wollte nicht, dass sie dachte, ich würde sie beschuldigen, unsere Tochter vernachlässigt zu haben – weil ich das nicht tat. „Und ich war weg, sodass du nicht an mich denken musstest. Ich möchte nur, dass du mich jetzt direkt hinter unserer Tochter in deine Prioritätenliste aufnimmst. Ich habe schon so viel verpasst – ich möchte nicht noch mehr verpassen. Das verstehst du, oder?"

„Wie könnte ich es nicht verstehen?" Ihre Augen wanderten zur Decke und ich spürte, dass sie einen inneren Kampf führte. „Ich weiß, dass es eine Beleidigung wäre, dich um mehr Zeit zu bitten. Also werde ich es nicht tun." Ihre Augen trafen meine. „Aber wäre es in Ordnung, das alles für eine Weile vor meiner Familie geheim zu halten? Nur bis wir eine Lösung gefunden haben. Und nur, weil mich das körperlich krank macht, Cohen. Du hast gehört, wie ich mich übergeben habe, nachdem du die Wahrheit herausgefunden hattest. Ich habe ihnen jahrelang ins Gesicht gelogen. Und ich muss mit Ashes Wut umgehen, wenn ich ihr sage, dass ich Sex mit ihrem Ex hatte. Ich könnte ohnmächtig werden. Ich könnte einen Herzinfarkt bekommen und vor Scham sterben."

Es wäre schön gewesen, wenn Ember sich nicht so geschämt hätte, mit mir zusammen gewesen zu sein. „Weißt du, Ember, ich werde als guter Fang angesehen. Ich bin sicher, du hättest es schlimmer erwischen können."

„Nun ja, sicher." Sie schüttelte den Kopf. „Aber damals hattest du einen verdammt schlechten Ruf. Weißt du, ich wette, du kannst nicht einmal zählen, mit wie vielen Frauen du seit deinem ersten Kuss zusammen warst, Cohen."

Ich wollte nicht, dass unser Gespräch in diese Richtung ging. Zum Glück tauchte die Kellnerin auf. „Sind Sie bereit zu bestellen?"

Ember nickte und ich gab unsere Bestellung auf. „Sie nimmt die Hummerravioli. Ich nehme das Hühnchen-Parmigiana. Und die Kinder teilen sich eine mittelgroße Käsepizza."

„Welche Art von Nudeln möchten Sie zu Ihrem Hühnchen-Parmigiana, Sir?"

Ich sah Ember fragend an.

„Linguini", sagte sie mit einem Lächeln.

Das war die alte Ember, das Mädchen, von dem ich einst nicht genug bekommen hatte. Sie sagte klar und deutlich, was sie wollte, war stets großzügig und hatte die Fähigkeit, mich glücklicher zu machen als jemals zuvor. Und ihr Lächeln ließ mein Herz höherschlagen. „Also Linguini."

„Wie Sie wünschen."

„Ich bin froh, dass du es jetzt weißt", flüsterte Ember. „Endlich muss ich nicht mehr auf der Hut sein. Ich wollte dich nicht auf Distanz halten. Ich bin gern bei dir. Es fühlt sich so natürlich an und alles andere war höllisch."

„Für mich auch." Wir mussten noch ein paar Hürden überwinden, aber wir würden es schaffen. „Ich denke, wir können meine Familie als Testlauf dafür nutzen, wie wir mit deiner Familie umgehen, wenn du allen von uns und unserer Tochter erzählst. Wir können es meinen Brüdern gemeinsam sagen und sehen, wie es läuft. Es könnte dir helfen, wenn du irgendwann deiner Familie alles gestehst."

Sie schürzte die Lippen und schien über meinen Plan nachzudenken. „Hmm. Du glaubst anscheinend, dass es für sie viel schwieriger sein wird, dich unter Druck zu setzen, Dinge zu tun, die du nicht tun willst, wenn ich bei dir bin, während du es ihnen sagst. Dinge, wie einen Vaterschaftstest machen zu lassen. Und vielleicht auch Dinge wie rechtliche Vereinbarungen, die ich unterschreiben soll, damit ich keine Ansprüche auf dein Vermögen erheben kann. Und vielleicht sogar eine gültige Sorgerechtsvereinbarung."

Ich musste lachen. „Ja, du hast mich erwischt."

„Siehst du, es ist naiv, deiner Familie davon zu erzählen und nur Glückwünsche zu erwarten." Sie sah mich stirnrunzelnd an. „Alle haben das Recht, das Schlimmste über mich zu denken. Ich habe sieben Jahre lang gelogen und so viel vor dir verheimlicht. Und als ich dann endlich die Gelegenheit hatte, dir die Wahrheit zu sagen, bin ich vor dir weggelaufen und habe dir keine Kontaktinformationen hinterlassen."

„Hör auf, dir Vorwürfe zu machen." Ich hasste es, wenn sie das tat. „Du weißt, dass du alles in Madisons bestem Interesse getan hast."

Sie nahm ihr Glas Wein, trank einen langen Schluck und stellte es dann vor sich ab. Ihre Augen starrten auf den restlichen Wein und ihre Hand hielt das Glas umklammert, als sie schluckte. „Das ist nicht wahr."

„Natürlich ist es wahr."

„Cohen, du musst die ganze Wahrheit wissen." Ihre Augen begegneten meinem Blick und sie holte tief Luft. „Als ich dich im Resort wiedergesehen habe, bin ich in einen anderen Modus gegangen. Nicht den einer Mutter, sondern den einer Frau, die auf keinen Fall dabei ertappt werden wollte, dass sie eine Lügnerin war. Seit ich dich wiedergesehen habe, war alles, was ich getan habe, egoistisch – ich habe versucht, meine eigene Haut zu retten."

Ich konnte das unmöglich glauben. „Komm schon, Ember. Das

sieht der Frau, die ich damals kannte, nicht ähnlich. Madison muss der Grund für das gewesen sein, was du getan hast. Du musst Angst davor gehabt haben, dass ich dich vor Gericht zerren und das Sorgerecht für sie verlangen könnte. Das musst du im Hinterkopf gehabt haben. Du willst es mir einfach nicht sagen. Du hast Angst, wenn ich noch nicht daran gedacht habe, tue ich es jetzt."

„Nein." Sie schüttelte den Kopf. „Es war alles rein egoistisch. Das schwöre ich dir. Wenn es nicht darum ging, meine Lüge aufrechtzuerhalten, dann ging es darum, dich auf Abstand zu halten – und mich vor der Versuchung zu schützen, in die du mich führst." Sie holte noch einmal tief Luft, als ob es für sie schwer gewesen wäre, das zuzugeben. „Aber ich hatte enorme Schuldgefühle, dich und Madison auseinanderzuhalten, seit ich dich wiedergesehen hatte. Ich wollte dir nichts über sie erzählen – ich wollte mir die Schande und Verlegenheit ersparen, als Betrügerin entlarvt zu werden."

Ich war mir nicht sicher, was ich denken sollte. Ich lehnte mich zurück und starrte sie an. Fast ein Jahrzehnt war vergangen, seit wir zusammen gewesen waren. Ich musste mir eingestehen, dass ich die Frau, die sie geworden war, kaum kannte.

Ich kann mich wirklich nicht in eine Beziehung mit dieser Frau stürzen.

„Weißt du, es gibt bestimmt viele Dinge, die wir voneinander lernen können. Wir müssen nichts übereilen." Das stimmte nicht ganz. „Nun, wir müssen uns nur damit beeilen, diese Familie offiziell zu machen. Ich will meinen Namen auf ihrer Geburtsurkunde. Ich gehe davon aus, dass dort keine Informationen zum Vater eingetragen wurden."

„Das stimmt." Sie atmete tief ein und schien zu versuchen, sich zu sammeln, um über unsere Tochter und das Beste für sie zu sprechen. „Ich möchte Madison davon erzählen, bevor wir diesen Schritt machen."

„Dieser Schritt muss so oder so gemacht werden, Ember. Ich kann das schon morgen von meinem Anwalt erledigen lassen. Es wird sowieso einige Zeit dauern, bis eine neue Geburtsurkunde ausgestellt wird. Und wenn wir sie in Austin in der Schule anmelden, möchte ich, dass sie als Madison Nash dorthin geht. Du kannst also bestimmt verstehen, dass wir keine Zeit verlieren dürfen." Ember musste begreifen, wer ich geworden war. Ich war für alle Bereiche unseres Resorts verantwortlich und das bedeutete, dass ich sehr gut darin war, Dinge geschehen zu lassen – und zwar schnell.

Ihr Gesicht wurde blass und sie schloss die Augen. „Oh Gott, das passiert wirklich, oder?", flüsterte sie.

Ich wollte nicht, dass ihr deswegen wieder schlecht wurde. Aber ich konnte nicht zulassen, dass sie den Prozess, Madison offiziell zu meiner Tochter zu machen, aufhielt. „Baby, du musst einfach durchatmen und wissen, dass ich dich oder unsere Tochter niemals verletzen würde. Ich möchte nur sicherstellen, dass sie immer versorgt sein wird, und dazu gehört auch, dass ich offiziell ihr Vater bin. Du wirst mir vertrauen müssen. Ich möchte das, was für uns alle das Beste ist. Es wäre großartig, wenn du das jetzt auch wollen könntest."

„Uns alle?" Ihre Wangen röteten sich. „Das klingt wundervoll." Sie legte den Kopf schief und fragte: „Glaubst du wirklich, dass du über alles hinwegsehen kannst, was ich getan habe?"

Ich griff über den Tisch und legte meine Hand auf ihre. „Ember, alles, was ich will, ist, im Hier und Jetzt weiterzumachen. Wir können die Vergangenheit loslassen und uns auf unsere Zukunft konzentrieren. Wir haben eine Zukunft als Familie – zu dritt."

Zumindest hoffe ich das.

KAPITEL SECHSUNDZWANZIG

EMBER

Ich hatte Cohen in allem zugestimmt. Er hatte mir den Sicherheitsjob im Resort verschafft. Ich sollte im Sicherheitsraum die Schicht von acht Uhr morgens bis vier Uhr nachmittags übernehmen. Montag bis Freitag. Alle Wochenenden und Feiertage frei, zwei Wochen bezahlter Urlaub pro Jahr und alle erdenklichen Versicherungen. All diese Vorteile machten den Job zu gut, um ihn mir entgehen zu lassen.

Nachdem er eine Nacht in Houston verbracht hatte, fuhr er zurück nach Austin, um die Dinge in Gang zu bringen. Sein Anwalt hatte bereits die erforderlichen Unterlagen erhalten, um ihn auf Madisons Geburtsurkunde einzutragen und ihren Nachnamen in Nash zu ändern.

Ich hatte eine Woche Zeit, um die Sachen zu verkaufen, die ich nicht mitnehmen wollte, und den Rest zu packen. Ich wurde mehr los, als ich mitnahm.

Bisher wusste Madison nur, dass wir nach Austin ziehen würden, damit ich einen Job im Resort annehmen und mit ihr in Cohens Gästehaus wohnen konnte. Und sie war überglücklich darüber.

Sie ging ihre Spielzeugkiste durch und war damit beschäftigt, den Inhalt zu sortieren. „Mama, ich denke, ich bin zu alt dafür." Sie kam in die Küche, wo ich das Geschirr in einen Karton packte.

Bevor ich die Babyrassel in ihrer Hand kommentieren konnte, fragte sie: „Nimmst du das alles in das neue Haus mit?"

„Nein." Cohen hatte mir gesagt, dass das Haus möbliert war, sodass ich keine Möbel mitbringen musste. Außerdem war die Küche bereits komplett mit allem ausgestattet, was wir brauchen würden. „Ich packe es zusammen, weil ich jemanden habe, der es bald abholt. Ich habe inzwischen so ziemlich alles verkauft, was wir nicht brauchen. Ich muss nur noch warten, bis die Leute auftauchen, mir das Geld geben und dann das Zeug abtransportieren."

„Sogar mein Bett?"

„Sogar dein Bett." Ich bemerkte, wie ihre Kinnlade herunterklappte, und dachte, ich sollte ihr den Plan besser erklären. „Du und ich werden nicht mehr hier übernachten. Cohen hat uns ein Zimmer in einem Hotel besorgt, ungefähr eine Meile von hier entfernt. Es ist das Hotel, in dem er letztes Mal übernachtet hat. Er sagte, du wirst den Pool lieben. Wir werden jeden Tag hierher zurückkommen, bis wir alles verkauft und unsere Sachen gepackt haben."

„Oh." Sie nickte und schien mit dem Plan einverstanden zu sein. „Das hört sich lustig an. Wie ein Urlaub. Er ist so nett zu uns, Mama."

„Ja, er ist sehr nett zu uns." Ich zeigte auf die Rassel, die sie hielt. „Und dafür bist du wirklich schon zu alt. Lege sie in die Spielzeugkiste, die ich dem Second-Hand-Laden spende."

„Okay." Sie rannte weg und verschwand im Flur.

Ich war wieder dabei, das Geschirr zu packen, als mein Handy klingelte. Ich hatte Cohen meine Nummer gegeben und seine bekommen, bevor er weggegangen war. Sein Name erschien auf dem Bildschirm.

Lächelnd antwortete ich: „Vermisst du mich schon?"

„Maddy ist wohl gerade nicht in der Nähe", sagte er mit einem leisen Lachen, „sonst würdest du nicht mit mir flirten."

„Sie ist in ihrem Zimmer und sortiert ihre Spielzeugkiste." Jetzt, da er die Wahrheit kannte, war die natürliche Anziehung, die er auf mich ausübte, an die Oberfläche gedrungen. „Wem verdanke ich das Vergnügen deines Anrufs?"

„Ich habe eine Privatschule gefunden, die wir für Madison in Betracht ziehen sollten. Ich werde dir einen Link zu der Website senden, damit du sie dir ansehen kannst. Ruf dort an, wenn du möchtest. Stelle alle wichtigen Fragen. Ich habe keine Ahnung, wie das funktioniert."

„Ich auch nicht." Ich hatte mir nie etwas anderes als eine öffentliche Schule leisten können. „Sie ist erst vor zwei Jahren eingeschult worden und hat die ganze Zeit eine öffentliche Schule besucht. Vielleicht könnte dein Bruder Baldwyn dir Tipps geben, was wir fragen sollen."

„Unser Kind ist das einzige, das schon in der Schule ist, Baby." Ich fand das irgendwie lustig. „Du bist der zweitjüngste Bruder und hast das älteste Kind." Ich musste lachen „Du hast früher angefangen als alle anderen."

„Ja, *wir* haben das getan." Er wollte mich nicht vom Haken lassen, weil ich daran beteiligt gewesen war, unsere Tochter zu zeugen. „Du erinnerst dich, dass du mich nicht loslassen wolltest, als wir einmal ohne Verhütung Sex hatten, oder?"

„Verdammt. Du erinnerst dich auch daran, hm?"

„Lebhaft."

Mir wurde schon heiß, wenn ich nur darüber sprach. „Was soll ich sagen? Es hat sich verdammt gut angefühlt."

„Ich weiß, dass wir uns noch nicht auf einen offiziellen Termin geeinigt haben. Aber tu uns beiden einen Gefallen und kümmere dich um die Verhütung, sodass wir nach dem Umzug ohne Kondom miteinander schlafen können."

Es gab mehr zu bedenken als nur eine Schwangerschaft. „Das werde ich noch heute Nachmittag machen. Aber ich möchte, dass du auch zum Arzt gehst."

„Warum?"

„Um zu überprüfen, ob du nach den vielen Sexualpartnerinnen der letzten sieben Jahre gesund bist." Ich würde keinen Sex mit diesem Mann haben, bis er von einem Arzt auf alle möglichen Krankheiten getestet worden war.

„Verdammt, Baby …" Er klang ein wenig verlegen.

„Ich muss mich schützen." Ich war mit dem Geschirr fertig und machte den Karton zu.

„Nun, sorge dafür, dass dein Arzt dich auch auf sexuell übertragbare Krankheiten untersucht", sagte er.

„Cohen, *du* warst mein letzter Sexualpartner."

„Bist du dir da sicher?"

„Absolut. Ich weiß, dass ich gelogen habe, aber nicht darüber." Ich setzte mich auf das Sofa und machte einen Moment Pause.

„Du musst damit aufhören, Baby. Du machst mich heiß für dich. Ich weiß nicht, wie lange ich noch warten kann. Ich weiß, dass ihr in einer Woche hier sein werdet, aber wenn du so weitermachst, muss ich noch heute Abend mit dem Firmenjet zu dir zurückkehren."

„Ganz ruhig. Wir müssen die Dinge langsam angehen." Ich drehte eine Haarsträhne um meinen Finger und dachte darüber nach, wie heiß ich ihn tatsächlich machen könnte – wenn die Zeit reif war. Und ich wusste, dass sie bald reif sein würde. „Wir kommen in einer Woche. Aber du und ich können nicht sofort auf diese Weise zusammen sein. Es wird einige Zeit dauern, bis Madison sich eingelebt hat. Sie ist unsere oberste Priorität."

„Du tust so, als würde sie niemals schlafen." Er lachte, um mich wissen zu lassen, dass er nur Spaß machte.

„Haha." Ein weiterer Anruf wurde auf dem Bildschirm meines Handys angezeigt und dieser war von meiner Schwester. „Es ist Ashe, Cohen. Lass mich ihren Anruf annehmen, danach rufe ich dich zurück."

„Okay. Ich vermisse dich jetzt schon."

„Ich dich auch. Bye." Ich konnte nicht aufhören zu lächeln, als ich ihren Anruf entgegennahm. „Hallo, große Schwester."

„Ich bin auf dem Weg zu dir und dachte, ich sollte anrufen, um dir Bescheid zu sagen. Ich habe deine Anzeige auf der Flohmarktseite der Stadt gesehen und frage mich, was zum Teufel du vorhast."

„Gut. Ich habe große Neuigkeiten. Ich werde dir alles erzählen, wenn du hier bist." Ich hatte gewartet, bis ich es ihr persönlich sagen konnte, und anscheinend war die Zeit gekommen.

Ich dachte, es wäre am besten, wenn Madison nicht miterleben würde, wie ihre Tante schlecht über Cohen sprach. „Madison, kannst du kurz herkommen?"

Sie rannte ins Wohnzimmer. „Ja, Mama?"

„Kannst du nach nebenan gehen und ein bisschen mit Kylie spielen? Tante Ashe kommt gleich und wir haben etwas zu besprechen."

„Sie wird wütend sein, weil wir umziehen, oder?"

„Wahrscheinlich. Und du weißt, dass ich es nicht mag, wenn du Schimpfwörter hörst. Also, tust du mir den Gefallen?" Ich stand auf und ging zur Tür. Ich öffnete sie und sah, wie meine Schwester aus ihrem Auto stieg. „Beeile dich."

Madison lief aus dem Haus und klopfte direkt nebenan an die Tür. Kylies Mutter öffnete. „Kann ich reinkommen und ein bisschen mit Kylie spielen?"

„Sicher, Madison." Beth sah mich und dann meine Schwester an. „Ihr wird es hier gutgehen, Ember."

Ich hatte Beth bereits über unseren Umzug informiert. Wir waren befreundet, seit ich hierhergezogen war, also wusste sie, dass es in dieser Angelegenheit Konflikte zwischen mir und meiner Schwester geben würde. „Danke."

„Also, sag mir, worum es geht, Ember." Ashe kam in die Wohnung, sah sich um und fand überall Kartons. „Das siehst aus, als würdest du alles loswerden wollen."

Ich schloss die Tür und bereitete mich auf einen Kampf vor. „Ja, ich verkaufe die meisten unserer Sachen. Ich habe einen neuen Job. Nächsten Montag fange ich an."

Verwirrt fragte sie: „Also ziehst du um?"

„Ja. Es ist ein bisschen zu weit, um zu pendeln", scherzte ich.

„Hast du deiner Firma mitgeteilt, dass du einen anderen Job angenommen hast?"

„Ich habe es meinem Chef heute Morgen gesagt." Ich setzte mich auf die Couch. „Nimm Platz."

„Ich stehe lieber. Ich habe das Gefühl, dass ich dir sehr bald einen Vortrag halten muss."

Ich wusste, dass sie es versuchen würde. Aber das wäre sinnlos. „Es wäre egoistisch von dir, zu versuchen, meine Meinung zu ändern. Dieser Job wird dafür sorgen, dass ich endlich Zeit habe, mein Kind selbst großzuziehen. Er ist in dem Resort, das wir in Austin besucht haben."

Ihre Kinnlade klappte herunter. „Cohens Resort?"

„Das Resort, das ihm und seinen Brüdern gehört, ja." Ich wusste, dass sie gleich schreckliche Dinge über den Mann sagen würde, in den ich mich ziemlich sicher verliebt hatte.

„Also warst du mit ihm in Kontakt, seit ihr das Resort verlassen habt. Ich verstehe." Ihr Kiefer war angespannt und ihre Lippen bildeten eine dünne Linie. „Du weißt, was für ein Mann er ist, und hast trotzdem hinter meinem Rücken mit ihm geredet."

Das machte mich einen Moment lang sprachlos. „Hinter deinem Rücken? Ich wusste nicht, dass du noch mit ihm redest", sagte ich sarkastisch. „Hör zu, Ashe. Ich weiß, was du von ihm hältst. Aber so ist er nicht mehr", verteidigte ich ihn.

„Hast du seine Social-Media-Seiten gesehen, Ember? Er hat dort mehr Kontakte zu Mädchen als zu Männern. Und es gibt jede Menge Bilder von ihm, wie er mit anderen Frauen feiert."

Ich wollte nichts davon sehen und nahm mir vor, ihn zu bitten, sich für mich und unsere Tochter aus den sozialen Medien zurückzuziehen – oder zumindest einige dieser Fotos zu löschen. Madison musste auch nicht über so etwas stolpern. „Darüber möchte ich nicht reden. Ich möchte nur endlich ehrlich zu dir sein."

Ihre Knie schienen unter ihr nachzugeben und sie setzte sich schwerfällig neben mich auf das Sofa. „Du musst *ehrlich* zu mir sein – endlich? Was warst du bisher, Ember?"

„Eine Lügnerin", gestand ich. Ich hatte keine Angst mehr davor, was meine Familie von mir halten würde. Ich musste meine Schande hinter mich bringen, sonst würde ich nie in der Lage sein, mit meinem Leben weiterzumachen.

Drei Linien bildeten sich auf ihrer Stirn. „Worüber hast du gelogen?"

„Vor sieben Jahren habe ich eine Woche mit Cohen Nash verbracht."

Sie schluckte schwer. „Warum?"

„Weil wir uns im Einkaufszentrum begegnet sind und es einen Funken zwischen uns gab, den keiner von uns ignorieren konnte." Ich wollte sie nicht verletzen, aber sie musste wissen, dass ich sie nicht für etwas betrogen hatte, das nichts Besonderes war. „Wir hatten eine großartige Woche, Ashe. Aber dann haben mich die

Schuldgefühle für das, was ich dir angetan habe, so gequält, dass ich die Sache mit ihm beendet habe."

Fassungslosigkeit ersetzte die Verwirrung in ihrem Gesicht. „*Du* hast mit *ihm* Schluss gemacht?"

„Ja, für dich. Ich wollte nicht beenden, was wir hatten, aber ich wusste, dass es dir wehtun würde, also habe ich es getan. Und zwei Monate später machte ich einen Schwangerschaftstest und fand heraus, dass wir in dieser magischen Woche ein Baby gezeugt hatten."

Sie stieß den Atem aus. „Du hast das sieben Jahre lang vor uns allen und ihm geheim gehalten?"

„Ja. Aber jetzt weiß er es. Und wir werden es Madison erzählen, wenn sie und ich in sein Gästehaus gezogen sind. Wenn alles so läuft, wie ich denke – oder besser gesagt *hoffe* –, werden er und ich wieder zusammenkommen."

„Ich verstehe." Sie sah aus, als hätte sie der Schlag getroffen.

Ich streckte die Hand aus und berührte ihre Schulter. „Ashe, ich habe nichts davon getan, um dich zu verletzen. Aber ich denke, er und ich lieben uns. Zumindest weiß ich, dass ich ihn liebe."

Ihre Augen trafen meine, als sie versuchte, alles, was ich ihr gesagt hatte, zu begreifen. „Du *liebst* ihn?"

„Ja, ich denke, dass ich ihn liebe. Und ich denke, dass wir eine echte Chance haben, eine richtige Familie für unsere Tochter zu sein – und auch für uns. Bitte versuche nicht, Madison daran zu hindern, eine richtige Familie zu haben, Ashe. Ich weiß, dass du sie liebst und willst, was für sie am besten ist."

„Ich will das Beste für euch beide, Ember." Eine Träne lief über ihre Wange. „Ich wünsche dir alles Gute, kleine Schwester." Sie schlang ihre Arme um mich und ich umarmte sie verblüfft.

Nun, das war überhaupt nicht so, wie ich es mir vorgestellt hatte. Gott sei Dank.

KAPITEL SIEBENUNDZWANZIG
COHEN

Ich war in meinem ganzen Leben noch nie so nervös gewesen. Ich hatte Schmetterlinge im Bauch, als ich mich bereitmachte, nach Hause zu fahren. In ein Haus, das ich jetzt mit meiner Tochter und ihrer Mutter teilen würde.

Obwohl sie vorerst nicht direkt dort wohnen würden – der Plan war, dass sie im Gästehaus unterkamen, während wir uns alle an die neue Situation gewöhnten –, hoffte ich, dass es nicht lange dauern würde, bis sich das änderte. Ich wollte uns alle unter einem Dach haben. Ich wollte, dass wir die Art von Familie wurden, die Madison verdiente.

Ember hatte angerufen, um mir zu sagen, dass sie angekommen waren, aber ich musste nicht nach Hause eilen, da sie damit beschäftigt waren, sich einzuleben. Also ging ich zuerst zum Büro meines ältesten Bruders.

Baldwyn wusste nichts von meinem Besuch in Houston vor einer Woche. Ich hatte keiner Menschenseele davon erzählt. Aber es war an der Zeit, ihn einzuweihen. „Hey, großer Bruder."

„Hey, Cohen. Was ist?" Er stand hinter seinem Schreibtisch auf, setzte sich auf einen Sessel und deutete auf die Couch. „Nimm Platz."

Als ich mich setzte, hatte ich das Gefühl, dass mir ein Kampf bevorstehen könnte. „Ich war bei Ember und sie hat mir die Wahrheit über Madison gesagt."

Er runzelte die Stirn. „Oder du *denkst*, dass sie dir die Wahrheit gesagt hat."

„Nein, ich weiß es. Ich bin Vater, Baldwyn."

Seine Augen sahen auf den Boden und er schnaubte. „Ich will, dass du einen Vaterschaftstest machst, bevor du irgendetwas anderes unternimmst."

„Ich wurde bereits auf Madisons Geburtsurkunde als Vater eingetragen." Ich biss die Zähne zusammen, während ich auf seine Reaktion auf meine Neuigkeit wartete.

Langsam hob er den Kopf, bis sich unsere Augen trafen. „Was?"

„Ich bin jetzt offiziell ihr Vater. Und ihr Nachname ist Nash. Ich will es so. Ich brauche keinen dummen Test, um mir zu sagen, was ich in meiner Seele fühle – sie ist mein Kind. Ich weiß, dass es so ist."

„Dann befolge wenigstens meinen Rat, die Vereinbarungen zwischen dir und ihrer Mutter rechtsgültig zu machen." Er stand auf und ging hin und her. Er war eindeutig verärgert. „Wenn du keine gültige Sorgerechtsvereinbarung hast, könnte sie versuchen, dir dein Kind wieder wegzunehmen. Und das darf nicht passieren." Er blieb stehen und sah mich streng an. „Um deines Kindes willen, Cohen."

„Ich glaube nicht, dass ich diesen Weg gehen muss. Ember und ich sind uns einig darüber, wie wir unsere Tochter großziehen wollen. Sie ziehen heute in mein Gästehaus. Ember wird hier im Resort arbeiten. Und Madison wird eine Privatschule besuchen, in der wir sie bereits angemeldet haben. Sie beginnt am Montag und kann es kaum erwarten."

Er schüttelte den Kopf und war offenbar immer noch nicht davon überzeugt, dass ich das Richtige tat. „Du brauchst rechtliche Dokumente. Du musst dafür sorgen, dass deine Tochter und dein Geld in Sicherheit sind."

„Wenn es zwischen Ember und mir nicht funktioniert, wird sie bestimmt um Kindesunterhalt bitten. Aber ich glaube nicht, dass es dazu kommen wird. Wenn ja, werde ich mich darum kümmern, sobald es nötig ist." Er hatte keine Ahnung, dass ich unsere aufkeimende Beziehung nicht mit Anwälten und Fahrten zum Gerichtsgebäude trüben wollte. „Baldwyn, ich glaube, ich bin in Ember verliebt. Mit Zeit und Geduld könnten wir die Familie werden, die unsere Tochter braucht und verdient. Ember dazu zu bringen, Dokumente über Geld und Sorgerecht zu unterschreiben, würde nur dem im Weg stehen, was ich wirklich mit ihr will."

„Aber du musst dir um wichtigere Dinge Sorgen machen als um das, was zwischen euch beiden passieren *könnte*. Du musst für die Zukunft vorsorgen." Er schien nicht so leicht aufgeben zu wollen.

„Ich weiß, dass du nur daran denkst, was für mich am besten ist."

„Und für deine Tochter, Cohen. Ich sage das aus keinem anderen Grund, als um sicherzustellen, dass ihre Mutter sie dir nicht wegnehmen und jahrelang von dir fernhalten kann. Du musst verstehen, dass deine Gefühle für Ember möglicherweise verhindern, dass du gute Entscheidungen für dich und deine Tochter triffst."

„Baldwyn, du weißt, dass ich dich liebe und respektiere. Aber ich kann mich nicht dazu bringen, so zu denken. Ich muss Ember zeigen, dass ich ihr vertraue. Nach allem, was sie getan und durchgemacht hat, muss ich ihr zeigen, dass sie vertrauenswürdig ist."

„Aber das ist sie nicht", erinnerte er mich. „Sie hat sich als überhaupt nicht vertrauenswürdig erwiesen. Sie ist nicht zu dir gekommen, um dir von deiner Tochter zu erzählen. Du bist zu ihr gegangen."

Ich wusste, dass ich ihn nicht dazu bringen würde, die Dinge so zu sehen, wie ich es wollte, und ich musste damit leben. „Wir sind offenbar unterschiedlicher Ansicht. Ich erwarte trotzdem von dir, dass du Ember mit Respekt behandelst. Ich kenne sie. Ich kenne die Frau, die sie war, bevor das alles passiert ist. Und mit etwas Vertrauen und Liebe weiß ich, dass sie gedeihen wird. Ohne dieses Vertrauen und diese Liebe kann das Mädchen, in das ich mich damals verliebt habe, nicht zu mir zurückkehren. Und ich will sie zurück – ganz und gar."

„Viel Glück dabei. Du hast mein Wort, Cohen. Ich werde sie in keiner Weise schlecht behandeln. Wir alle sollten uns bald treffen, um deine Tochter in unserer Familie willkommen zu heißen."

„Das höre ich gerne, Bruder."

Nachdem die Dinge zwischen uns geregelt waren, fuhr ich aufgeregt nach Hause. Aber Baldwyns Worte gingen mir nicht aus dem Kopf.

Was ist, wenn er recht hat und ich mich irre?

Als ich meinen Truck in der Garage parkte, wusste ich, dass ich positiv denken musste. Ich ging durch das Haus und dann durch die Terrassentür. Ich blieb stehen, als ich die Terrasse erreichte, und holte tief Luft. *Sie sind hier und das ist alles, was zählt.*

Die Tür zum Gästehaus flog auf, bevor ich den ganzen Weg über die Terrasse zurückgelegt hatte, und Madison kam herausgerannt. „Es ist so schön!" Sie sprang in meine Arme und wir umarmten uns. „Ich bin so froh, dass du uns hier wohnen lässt!"

„Ich bin froh, dass ihr hier wohnen wollt." Ich sah Ember an, die mich strahlend anlächelte. „Wie schön, dass ihr gekommen seid."

„Dieser Ort ist unglaublich, Cohen." Sie ging auf uns zu. „Es gibt so viel zu sehen. Aber wir lieben alles am Gästehaus."

„Ja, es ist das beste Haus, in dem ich je gewohnt habe", sagte Madison, als ich sie wieder auf die Beine stellte.

„Möchtet ihr einen Rundgang durch das Haupthaus machen?" Dort sollten sie irgendwann selbst wohnen, wenn es nach mir ging. Nicht, dass ich sie drängen würde. Aber ich hatte das Gefühl, wenn sie wüssten, was direkt gegenüber von ihnen lag, würden sie vielleicht eher früher als später zu mir kommen.

„Cohen, wenn du ihr zeigst, was da drin ist, wird sie mit dem Gästehaus nicht mehr glücklich sein", ließ Ember mich wissen. „Vielleicht solltest du noch ein bisschen damit warten."

Madison schüttelte den Kopf. „Ich werde immer mit dem Gästehaus zufrieden sein, Mama."

Ich wusste, dass Ember recht hatte und nahm Madison bei der Hand. „Nun, bring mich in euer neues Haus und zeige mir, wo du schlafen wirst."

Madison schmollte, als sie die offenen Terrassentüren betrachtete, die in mein Haus führten. „Im Ernst?"

Achselzuckend sah ich Ember an. „Ich würde es euch wirklich gern zeigen."

„Also gut, lass uns einen Rundgang durch seine Villa machen." Ember folgte mir, als ich sie hineinführte.

„Das ist keine Villa", sagte ich. „Meine Brüder haben Villen. Wenn wir sie besuchen, werdet ihr herausfinden, was der Unterschied ist. Und einer meiner Brüder und seine Familie leben in Irland und besitzen ein Schloss."

„Ein Schloss?" Madisons Augen verengten sich, als ob sie mir nicht ganz glauben würde.

„Ja, ein Schloss", sagte ich. „Ein echtes, mit einem Wassergraben und einer Zugbrücke. Ich muss dich bald dorthin bringen, um es dir zu zeigen."

„Cohen", warnte mich Ember. „Wir sollten sie nicht überfordern."

„Du hast recht. Das Wichtigste zuerst. Das ist die Küche, in der mein jüngerer Bruder manchmal für mich kocht." Ich führte sie durch den Raum. „Er ist Profikoch."

„Wow!" Madison war beeindruckt. „Sie ist wirklich groß und sieht aus wie etwas aus einem Film."

Ich ging weiter und zeigte ihnen einen Raum nach dem anderen, bis wir wieder im Wohnzimmer standen. „Fertig. Liebst du das Gästehaus immer noch, Maddy?"

„Ich liebe es immer noch. Ich liebe alles hier. Und ich liebe, dass wir in deiner Nähe wohnen können." Sie sah ihre Mutter an. „Bist du nicht auch froh darüber, Mama?"

„Ich bin überglücklich." Ember setzte sich und tätschelte den Platz neben ihr auf dem Sofa. „Komm her, Madison." Sie sah mich an. „Cohen, setzt du dich auf ihre andere Seite?" In ihren goldbraunen Augen war ein Ausdruck, der mich überraschte.

Ich war nicht hundertprozentig sicher, aber es schien, als wäre Ember bereit, Madison die Wahrheit zu sagen. Ich holte tief Luft, nahm den Platz auf der anderen Seite unserer Tochter ein und wartete darauf, was als Nächstes kommen würde. Mein Herz schlug schneller und ich hatte keine Ahnung, was passieren würde.

„Mama, warum siehst du Cohen so an?" Madison starrte

zwischen ihrer Mutter und mir hin und her. „Und warum siehst du Mama so an, Cohen?"

Ember nickte mir zu, aber ich konnte es nicht glauben. „Bist du sicher?"

„Ja", bestätigte sie.

„Ihr macht mir Angst", ließ Maddy uns wissen.

Ich wollte ihr keine Angst machen, also schaute ich in ihre Augen und nahm ihre Hände in meine. „Madison Michelle, so viele Dinge werden sich für dich ändern. Und zwar zum Besseren. Du bekommst ein neues Zuhause und eine neue Schule und wir beide bekommen etwas ganz Besonderes."

Ihre Augen funkelten vor Aufregung. „Was denn?"

Ember legte ihre Hand auf Maddys Schulter und lenkte ihre Aufmerksamkeit von mir ab. „Schatz, ich weiß, dass wir nicht viel über deinen Vater gesprochen haben. Und ich weiß, dass dies für dich ein Schock sein könnte. Ich kannte Cohen vor sieben Jahren, nachdem er mit deiner Tante Ashe zusammen gewesen war. Wir haben uns verliebt und wurden dann für einige Zeit vom Leben getrennt. Er wusste etwas sehr Wichtiges nicht. Nicht bis letzte Woche, als er uns besuchte."

Sie sah mich an. „Was hast du herausgefunden, als du uns besucht hast?"

„Bevor ich dir davon erzähle, möchte ich dir sagen, dass ich deine Mutter während der sieben Jahre, die wir getrennt waren, immer geliebt habe. Das tue ich jetzt noch."

„Gut!" Madison lachte. „Ich denke, ihr seid das perfekte Paar. Ich sehe Herzen in euren Augen, wenn ihr euch anschaut."

Ich blickte meine Tochter an. „Was siehst du jetzt in meinen?"

Sie wirkte ein wenig verwirrt, als sie tief in meine Augen starrte. „Ich glaube, ich sehe auch Herzen für mich darin."

„Das tust du wirklich", ließ ich sie wissen. „Du siehst sie, weil ich dich liebe. Und das nicht nur, weil du das beste Kind der Welt bist. Madison, deine Mutter hat mir damals ein Geschenk gemacht, von dem ich bis letzte Woche nichts wusste."

„Was war es?", fragte sie mit großen Augen.

„Du warst es, Schatz. Du bist mein kleines Mädchen." Ich sah Ember an, während Tränen über ihre roten Wangen strömten. „Du bist unser kleines Mädchen, Madison Michelle Nash. Ich bin dein Vater."

Tränen füllten Maddys Augen zum gleichen Zeitpunkt, als meine Sicht verschwommen wurde, und wir hielten einander fest und weinten.

Mein Herz war noch nie so voller Liebe.

KAPITEL ACHTUNDZWANZIG

EMBER

Unsere erste Umarmung als Familie war noch emotionaler, als ich es mir vorgestellt hatte. Die Tränen auf unseren Gesichtern sagten mir, dass jeder einzelne von uns glücklicher war als jemals zuvor.

Die Lügen liegen endlich hinter mir.

Ich war diejenige, die darauf gedrängt hatte, nichts zu übereilen, aber als wir alle zusammengekommen waren und so viel Liebe in Cohens Augen gewesen war, hatte ich gewusst, dass es Zeit war, unserer Tochter die Wahrheit zu sagen. Sie hatte es verdient, hier in dem Wissen neu anzufangen, dass sie einen Vater hatte, der sie liebte.

Cohen stand auf und ließ uns im Wohnzimmer allein, bevor er mit einer Schachtel Taschentücher zurückkam. „Ich musste ziemlich lange suchen, aber hier, das ist für euch, Mädchen."

Ich zog ein paar Taschentücher heraus und tupfte Madisons Augen ab. „Hier, Schatz. Lass mich dir helfen."

„Mama, was bedeutet das alles?"

Cohen setzte sich wieder neben sie. „Es bedeutet, dass wir drei davon wissen, aber wir können es deinen Großeltern oder deiner Tante noch nicht verraten."

„Oh." Ich hatte Cohen meine Neuigkeiten noch nicht erzählt. „Ich war so beschäftigt, dass ich vergessen habe, es dir zu sagen."

„Was meinst du?"

„Ich habe es meiner Familie bereits mitgeteilt, Cohen. Ashe hat überraschend gut reagiert und als meine Eltern das sahen, sagten sie nur, dass sie uns alles Gute wünschen."

„Siehst du", sagte Madison selbstgefällig. „Ich habe dir gesagt, dass Tante Ashe nicht sauer wird, nur weil du Cohen magst." Sie grinste, als sie Cohen ansah. „Ich meine ... *Dad*."

Seine Hand wanderte zu seinem Herzen, als seine Augen wieder glänzten. „Oh mein Gott. Du hast keine Ahnung, was du gerade für mich getan hast." Er umarmte sie erneut und Tränen liefen über seine Wangen, als er mich ansah. „Ich bin ihr Vater. Sie hat mich Dad genannt."

Madison lachte. „Ich wollte dich nicht wieder zum Weinen bringen." Sie wartete eine Sekunde, bevor sie hinzufügte: „Dad."

„Oh, mein Herz!", jammerte er. „Du hältst es in deiner Hand, kleines Mädchen. *Mein* kleines Mädchen."

Schließlich ließ er sie los und griff nach den Taschentüchern. Er putzte sich die Nase und wischte sich die Augen ab. „Ich kann mich nicht erinnern, wann ich das letzte Mal geweint habe. Ich war damals ein Kind, denke ich."

„Hör auf damit", verlangte Madison. „Ich habe euch etwas zu sagen."

„Nur zu, Schatz", sagte ich und strahlte sie an. „Sag, was auch immer du willst. Frag uns, was du willst. Wir werden dir die Wahrheit sagen." Ich war so glücklich, dass ich nichts mehr verheimlichen musste, und mein Herz sehnte sich danach, immer mehr Wahrheiten auszusprechen.

„Nun, ich würde gerne fragen, ob wir hier bei dir wohnen können, Dad, anstatt im Gästehaus."

Ich deutete mit dem Finger auf Cohen. „Das habe ich dir gleich gesagt. Wenn du ihr dieses Haus zeigst, ist sie mit dem anderen nicht mehr zufrieden."

„Das ist es nicht, Mama", widersprach Madison. „Es ist nur so, dass ich möchte, dass wir sofort eine echte Familie werden. Ich will meinen Vater sehen, wenn ich aufwache und wenn ich schlafen gehe, und ich will mit ihm frühstücken und zu Abend essen. Und das will ich auch mit dir, Mama. Ich will nicht, dass wir in verschiedenen Häusern wohnen."

Cohen lächelte, als er nickte. „Natürlich könnt ihr hier bei mir wohnen. Ich wollte das von dem Moment an, als ich deine Mutter wiedersah."

Wieder einmal wurde ich daran erinnert, dass er mich gewollt hatte, bevor er überhaupt ahnen konnte, dass wir ein gemeinsames Kind hatten. „Wirklich?"

„Wirklich." Er wies mit dem Daumen hinter sich und sagte zu Madison: „Komm mit und zeig mir, welches Zimmer du willst."

Sie sprang auf und rannte los, während er ihr folgte. „Ich weiß es schon!"

Da sie eine Weile beschäftigt sein würden, ging ich zurück zum Gästehaus, um unsere Koffer zu holen, und war dankbar, dass wir sie noch nicht ausgepackt hatten. Auf dem Weg dorthin nahm ich mir einen Moment Zeit, um den wunderschönen Pool zu bewundern. Der Wasserfall funkelte, als die Sonne dahinter unterging.

Das Leben würde ganz anders sein, als es gewesen war. *Unser Leben wird jetzt so viel besser.*

Ich fühlte mich federleicht, als ich zum Gästehaus ging, so als wäre auf magische Weise eine Last von meinen Schultern genommen worden. Von dem Moment an, als wir das herrliche Haus betreten hatten, waren Madison und ich von der wunderschönen Umgebung fasziniert gewesen.

Ich war mir sicher gewesen, dass wir im Gästehaus glücklich sein würden. Aber jetzt zogen wir bei Cohen ein. Wir waren jetzt eine Familie und würden auch so leben.

Nachdem ich Madisons Gepäck abgeholt hatte, ging ich zurück ins Haus. Ich fand Madison direkt neben ihrem Vater auf der Couch, wo sie auf einen Laptop auf seinem Schoß starrte. „Das gefällt mir." Sie wies auf den Bildschirm.

„Einhörner?", fragte er. „Du magst diese albern aussehenden Pferde?"

„Ich liebe sie." Sie blickte zu mir. „Du hast meine Kleider gebracht. Danke, Mama. Dad und ich suchen eine neue Tagesdecke und Vorhänge für mein Zimmer aus."

„Kannst du mir zeigen, welches Zimmer du dir ausgesucht hast, damit ich deine Sachen dort auspacken kann?"

„Ja." Sie wies wieder auf den Bildschirm. „Dazu passen rosa Vorhänge. Es wird so süß aussehen."

„Ich denke, ein weicher rosa Teppich könnte auch süß aussehen", sagte Cohen, als er mit seinen dunklen Augenbrauen wackelte.

„Wer hätte gedacht, dass du so begeistert das Zimmer eines kleinen Mädchens dekorierst?" Ich lachte, als ich Madison den Flur entlang folgte.

„Du wirst noch viel über mich herausfinden, was du nicht wusstest, Ember Wilson", rief er mir nach.

Das hoffe ich sehr.

„Ich mag das hier." Madison ging durch die Tür des ersten Zimmers auf der rechten Seite. Es war ein Wohnzimmer mit Sofa und Sesseln und einem riesigen Fernseher an der Wand. Aber das war erst der Anfang. Von dort gingen wir durch eine weitere Tür in das eigentliche Schlafzimmer. Ein Kingsize-Bett stand mitten in dem riesigen Raum.

Alles passte zusammen, vom weiß gestrichenen Holz, aus dem das Kopf- und Fußteil des Bettes bestand, bis zu den drei Kommoden an den Wänden. Die Schranktür war direkt gegenüber vom Bett und Madison lief los, um sie zu öffnen. „Hier rein, Mama."

Ich staunte über die Größe des Schranks. „Ich kann kaum glauben, dass es hier in jedem begehbaren Kleiderschrank Waschmaschinen und Trockner gibt." Ich stellte die Koffer auf den Boden. „Du weißt, dass du damit keinen Unsinn machen darfst, okay? Und klettere niemals hinein."

„Glaubst du, ich bin verrückt, Mama?" Sie stemmte die Hände in die Hüften, als sie mich ansah, als wäre *ich* verrückt. „Ich werde nicht in eine Waschmaschine oder einen Trockner klettern. Und ich weiß nicht einmal, wie sie funktionieren. Also musst du immer noch meine Sachen für mich waschen."

Ich fing an, ihre Kleider auszupacken, und sie half mir, sie dorthin zu hängen, wo sie sie erreichen konnte. „Mir gefällt, dass es eine niedrige Stange für mich gibt, an der ich meine Sachen aufhängen kann. Es ist, als hätte er gewusst, dass ich hier wohnen würde."

„Diese Stange ist für Hosen. Aber ich bin froh, dass es dir gefällt." Es gab so viel Platz, dass der Schrank trotz all ihrer Kleidung immer noch leer aussah. „Ich schätze, ich muss dir mehr Kleider kaufen. Wir werden ewig brauchen, um diesen Schrank zu füllen."

„Du musst dir auch mehr Kleider kaufen, Mama. Du wirst bestimmt auch einen so großen Schrank haben. Welches Zimmer suchst du dir aus?"

„Das neben deinem. Welches sonst?" Ich wollte nicht zu weit von ihr weg sein. „Auf diese Weise kannst du einfach in mein Zimmer kommen, wenn du aufwachst und aus irgendeinem Grund Angst hast."

„Ich könnte dich auch anrufen und dir sagen, dass du zu mir kommen sollst. Das mache ich bei Grandma und Grandpa, weil sich ihr Schlafzimmer auf der anderen Seite des Hauses befindet." Ihre Augen wurden ein wenig glasig. „Sie können uns hier besuchen, oder?"

„Ganz bestimmt." Ich war mir nicht sicher, ob Ashe uns bei Cohen zu Hause besuchen wollte – sie hatte mir alles Gute gewünscht, aber ich wusste nicht, ob sie bereit war, sich mein neues Leben mit ihrem Exfreund anzusehen. Das durfte mich allerdings nicht stören. „Wir werden sie bald einladen."

„Ja, das sollten wir." Sie führte mich aus dem Zimmer. „Lass uns deine Sachen holen und sie aufräumen. Ich werde dir helfen."

„Du bist mir eine große Hilfe." Ich folgte ihr zurück ins Wohnzimmer, wo Cohen auf seinem Laptop herumtippte. „Du siehst aus, als hättest du jede Menge Dinge für ihr Zimmer gefunden."

„Das habe ich auch." Er drehte den Laptop, um uns zu zeigen, was er entdeckt hatte. „Das Zimmer wird wie der wahr gewordene Traum eines kleinen Mädchens aussehen. Wenn es von Einhörnern träumt."

„Das ist viel zu viel", stöhnte ich. Er hatte so viele Dinge ausgesucht.

„Nein, das ist es nicht, Mama." Madison sah mich streng an. „Ich liebe Einhörner, weißt du."

„Ich hätte Albträume in einem Zimmer mit so viel Zeug." Ich konnte bereits sehen, dass Cohen Madison schrecklich verwöhnen würde – und sie würde jede Sekunde davon genießen.

„Mama hat gesagt, dass sie das Zimmer direkt neben meinem nimmt", sagte Madison, als sie neben Cohen auf die Couch kletterte. „Was denkst du darüber, Dad?"

„Ich denke, dass deine Mutter sich jedes Zimmer aussuchen kann, das sie will." Er sah mich an. „Das hier ist dein Zuhause."

Ich drehte mich um, um zu gehen. „Du bist sehr großzügig. Glaube nicht, dass wir das nicht wertschätzen."

„Kylies Mom und Dad teilen sich ein Schlafzimmer. Und Grandma und Grandpa auch", sagte Madison.

Ich ging weiter. „Weil sie verheiratet sind, Schatz."

„Verheiratet?" Sie schien nicht sicher zu sein, was dieses Wort bedeutete. „Dad, bist du mit Mom verheiratet, weil ihr mich habt?"

Ich erstarrte und konnte mich nicht bewegen. Ich war mir nicht sicher, wie ich diese Frage beantworten sollte.

Cohen sagte schnell: „Nein. Nicht alle Menschen, die zusammen Kinder haben, sind verheiratet. Das bedeutet nicht, verheiratet zu sein. Wenn man jemanden findet, den man sehr liebt, kann man sich entscheiden, den Rest seines Lebens mit ihm zu verbringen. Nur dann würde man jemanden bitten, einen zu heiraten."

„Wirst du Mama bitten, dich zu heiraten?"

Mein Gott, dieses Kind hat ein Talent dafür, mich in tödliche Verlegenheit zu bringen!

KAPITEL NEUNUNDZWANZIG

COHEN

Ein Monat war vergangen, seit Madison und Ember bei mir eingezogen waren. Sie jeden Tag zu sehen machte mich glücklich und ich wusste, dass ich nie wieder anders leben wollte.

Das Einzige, was es noch besser gemacht hätte, wäre, wenn Ember und ich unsere Beziehung richtig beginnen könnten. Wir waren beide so darauf bedacht, dass sich unsere Tochter in der neuen Situation wohlfühlte, dass wir uns keine Zeit für uns selbst genommen hatten.

Ember hatte einen neuen Job, der sie beschäftigt hielt. Und Madison hatte die neue Schule und ging in die Kindertagesstätte. Da diese im Resort war, war sie davon begeistert – ich war stolz darauf, dass mein kleines Mädchen das Resort genauso liebte wie ich.

Alles in allem gab es jede Menge Veränderungen, an die wir uns gewöhnen mussten. Und wir hatten so viel zu tun, dass Ember und ich nicht zugelassen hatten, dass Romantik ins Spiel kam.

Noch nicht.

Jetzt, da ich eine Tochter hatte, an die ich denken musste, wusste ich, dass ich vieles anders machen musste als in der Vergangenheit. Ich musste Madison zeigen, wie ein Mann eine Frau behandeln sollte. Ich musste ihr zeigen, dass sie nur das Beste verdiente.

Da ich selbst einmal ein Casanova gewesen war, musste ich dafür sorgen, dass sie wusste, worauf sie sich einließ, wenn sie sich jemals mit so einem Mann verabredete.

Ich musste sicherstellen, dass sie niemals etwas anderes als das Beste von einem Mann akzeptieren würde, der dachte, er hätte eine Chance bei ihr.

Seit ich Ember wiederbegegnet war, hatten wir uns nicht einmal geküsst. Ich hatte sie mit größtem Respekt behandelt, ihre Grenzen geachtet und nicht versucht, sie zu drängen. Aber jetzt war es Zeit, ihr zu zeigen, dass ich Romantik wollte. Ich musste es so machen, dass Madison sah, dass auch sie Liebe nur dann annehmen konnte, wenn sie ihr in angemessener Weise gegeben wurde.

Also rief ich meinen jüngeren Bruder Stone an und bat ihn um einen Gefallen. Er kochte uns gerade ein köstliches Essen, als ich nach Hause kam und nachsah, wie es lief. Ich roch frisch gebackenes Brot, sobald ich hineinging. „Hier riecht es großartig, Bruder."

„Ich bin froh, dass du so denkst." Er kam aus der Küche und wischte sich die Hände an einem weißen Geschirrtuch ab, das am Bund seiner Jeans hing. „Ich bin gerade dabei, die Spargelbündel fertigzustellen. Komm, sieh dir an, was ich bisher gemacht habe."

Mein Bruder war nicht nur ein großartiger Koch, sondern wusste auch, wie man alles für einen romantischen Abend dekorierte. Er führte mich auf die Terrasse, wo er einen kleinen Tisch für zwei Personen aufgestellt hatte. Papierlaternen hingen an langen Schnüren und warteten darauf, kurz vor Einbruch der Dunkelheit angezündet zu werden. „Schön, Stone."

Der Wein wurde in einem Edelstahleimer gekühlt und leise Musik erfüllte bereits die Luft. „Ich mag es, wenn die Stimmung und das Ambiente schon wirken, bevor das eigentliche Abendessen beginnt. Aber genug davon. Hast du ihn abgeholt?"

Mit einem Nicken zog ich die Schatulle aus meiner Tasche. „Ja." Ich klappte den Deckel auf. „Was denkst du?"

„Meine Güte!" Seine Augen weiteten sich. „Er ist riesig!"

„Sie ist sehr minimalistisch. Und das liebe ich an ihr. Aber ich möchte, dass sie mindestens ein glamouröses Schmuckstück ihr Eigen nennen kann." Ich steckte die Schatulle wieder in meine

Tasche. „Ich werde sie in mein Schlafzimmer stellen. Ist die Lieferung für Ember schon gekommen?"

„Das Kleid hängt in ihrem Badezimmer. Und die Blumen werden auch bald hier sein. Wenn du denkst, dass es jetzt schon gut aussieht, dann warte, bis überall rote Rosen sind."

Mein Handy klingelte. „Das ist Anastasia von der Arbeit. Ich wette, sie sind eingetroffen." Ich ging ran. „Sind sie da?"

„Ja. Ich habe sie in ihre Suiten gebracht, ohne dass Ember einen von ihnen gesehen hat. Sobald Madison von der Schule zurückkommt, hole ich sie aus der Kindertagesstätte ab und bringe sie zu ihnen."

„Sie wird so aufgeregt sein. Sie hat sie seit einem Monat nicht mehr gesehen. Ich werde Ember anrufen und ihr sagen, dass ich Madison abgeholt und bereits nach Hause gebracht habe, damit sie nicht zur Kindertagesstätte geht und alles ruiniert, indem sie zu viele Fragen stellt. Danke, Anastasia."

„Ist *sie* auch gekommen?", fragte Stone.

„Ja, das ist sie. Als ich anrief, um sie zu bitten, zu kommen, hielt sie zunächst nichts von der Idee. Als ich ihr erzählte, was ich vorhatte, sagte sie, dass es zu früh sei. Ich sagte ihr, dass ich es trotzdem tun würde und dass es für mich nicht zu früh war, da ich sieben Jahre darauf gewartet habe. Sie willigte schließlich ein zu kommen und wünschte mir Glück."

„Das war großzügig von ihr." Stone lächelte, als er den Kopf schüttelte. „Ich weiß nicht, ob ich zu einer meiner Exfreundinnen so nett wäre, wenn sie mir sagen würde, dass sie …"

Ich hielt meine Hand hoch. „Merke dir, was du sagen wolltest. Ich muss noch ein paar Dinge erledigen, bevor Ember nach Hause kommt." Ich eilte in mein Schlafzimmer, stellte die Schatulle auf meine Kommode und holte eine Tüte aus dem Schrank.

Ich hatte etwas für Ember gekauft, das sie unter dem Kleid tragen sollte, das ich auch für sie besorgt hatte. Alles stammte aus einer der besten Boutiquen in Austin.

Ich ging in ihr Badezimmer, um die Kleidung dort unterzubringen und sicherzustellen, dass alles perfekt aussah. Ich hatte roten Lippenstift gekauft, um ihr eine Nachricht zu hinterlassen, die sie finden würde, wenn sie nach Hause kam.

Ich schrieb die Anweisungen auf den Spiegel über dem Waschbecken. *Zieh dich um und triff mich auf der Terrasse. XXOO.*

Mein Herz raste, als ich mich fertig machte und hoffte, dass Ember das Gleiche wollte wie ich. Ich konnte mir nicht ganz sicher sein, aber ich hatte ein gutes Gefühl.

Ein paar Stunden später hörte ich, wie sie den Flur herunterkam. Als sie ihre Schlafzimmertür schloss, verließ ich leise mein Zimmer, um auf die Terrasse zu eilen und dort auf sie zu warten.

Stone hatte sich selbst übertroffen. Rote Rosen füllten jeden Winkel. Die Musik hatte die perfekte Lautstärke und fügte sich in das Rauschen des Wasserfalls ein. Die Sonne, die jetzt tief am Himmel stand, machte die letzten Momente des Tages wunderschön.

Ich füllte unsere Gläser mit Rotwein und ging dann auf die Seite, um mich vor ihr zu verstecken. Ich wollte ihre Reaktion miterleben.

Ich musste nicht lange warten, bis sie aus der Terrassentür kam. Das rote Kleid betonte ihre Taille und ihre Brüste so herrlich, dass es mir den Atem raubte. Ihre Augen schweiften umher. „Was ist hier los?"

Ich trat hinter einem Busch hervor. „Das hier ist für uns. Für dich und mich."

„Ich dachte, du hättest Madison bei dir." Sie sah sich suchend um.

„Sie ist nicht hier. Mach dir aber keine Sorgen. Sie ist bei deinen Eltern und Ashes Familie im Resort. Ich habe alle über das Wochenende eingeladen." Ich ging zu ihr, nahm ihre Hand und zog sie an mich. „Ich wollte mit dir allein sein."

Sie war mir so nah, dass ich spüren konnte, wie ihr Herz raste. „Allein?"

Ich beugte mich vor und flüsterte: „Allein." Ich wiegte mich im Takt der Musik, küsste die Stelle direkt hinter ihrem Ohr und spürte, wie ihr Körper sich an meinen schmiegte, als ihre Knie schwach wurden.

Genau wie in der guten, alten Zeit.

„Was ist in dich gefahren, Cohen?"

Ich drehte sie im Kreis und hielt sie fest. „Stone hat das Abendessen für uns zubereitet. Bist du hungrig?"

Ihre Augen leuchteten, als sie nickte. „Ja."

„Gut." Ich brachte sie zu dem kleinen Tisch und zog die silberne Abdeckung von den Austern, die auf einem Eisbett ruhten. „Ich dachte, wir könnten damit unseren Appetit anregen."

Sie schaute auf die Austern und dann zurück zu mir. „Du willst also heute Abend ein neues, romantisches Kapitel für uns beginnen. Und da du ein Aphrodisiakum serviert hast, kann ich vermutlich auf mehr hoffen."

„Nicht heute Nacht." Ich küsste ihre Nasenspitze. Dann zog ich den Stuhl für sie unter dem Tisch hervor, half ihr, sich zu setzen, und setzte mich auf den Stuhl ihr gegenüber. „Wir beginnen tatsächlich ein neues Kapitel. Und die Romantik wird folgen. Hoffentlich."

„Hoffentlich?" Ihr verwirrtes Gesicht sagte mir, dass sie wirklich keine Ahnung hatte, was ich vorhatte.

Ich nahm eine Auster und hielt sie an ihre Lippen. „Aufmachen."

Sie lächelte verführerisch. Dann öffnete sie ihren Mund und die Auster glitt über ihre Zunge und ihren Hals hinunter. „Mmmh. Es ist lange her, dass ich so etwas hatte."

„Das letzte Mal war mit mir, nicht wahr?" Ich aß auch eine.

„Ja." Sie legte ihre Hand auf meine, als ich nach einer weiteren Auster griff, um sie zu füttern. „Wenn es kein Liebesspiel geben wird, sollte ich nicht mehr davon essen. Es fällt mir auch so schon schwer genug, meine Kleidung anzubehalten."

„Also fühlst du dich immer noch zu mir hingezogen." Ich musste lachen.

„Ich weiß, wie es ist, plötzlich ein Kind zu haben. Auch wenn du Vater einer Sechsjährigen und nicht eines Neugeborenen geworden bist, musstest du dich stark anpassen. Ich bin nicht überrascht, dass wir keine Zeit für Romantik hatten. Aber ich vermute, darum geht es hier."

„Irgendwie schon." Ich nahm ihre Hand in meine und zog sie an meine Lippen. „Ember, die gemeinsame Erziehung unserer Tochter hat mir so viele weitere Gründe gezeigt, dich zu lieben. Ich möchte, dass du weißt, dass ich dich in jeder Hinsicht respektiere. Ich finde dich großartig. Und ich kann mir ehrlich gesagt nicht vorstellen, jemals wieder ohne dich zu leben."

„Cohen, ich muss dir sagen, dass ich dich auch in jeder Hinsicht respektiere. Du hast dich der Herausforderung, Vater zu sein, wie ein Champion gestellt. Ich hatte keine Ahnung, dass so viel in dir steckt. Es war das Selbstloseste, was ich mir vorstellen kann, mich hier bei dir wohnen zu lassen, damit wir Madison gemeinsam großziehen können. Ich kann dir nicht genug für alles danken, was du getan hast. Und ich kann mir auch kein Leben ohne dich vorstellen."

„Ich bin froh, dich das sagen zu hören, Ember." Ich wusste, dass die Zeit gekommen war. Ich zog die Schatulle aus der Tasche, stand von meinem Stuhl auf und sank vor ihr auf ein Knie.

Ihre Hände bedeckten ihren Mund. „Cohen!"

Ich öffnete die Schatulle und zeigte ihr den Ring. „Ember Wilson, ich habe dich seit unserem ersten Kuss geliebt. Ich habe damals nicht verstanden, was ich fühlte, aber jetzt tue ich es. Würdest du mir die große Ehre erweisen, mich zu heiraten und mich zum glücklichsten Mann der Welt zu machen?"

Sie bewegte sich nicht. Sie blinzelte nicht. Ihre Brust hob oder senkte sich nicht und ich hatte Angst, dass sie nicht einmal mehr atmete. Schließlich streckte sie die Hand aus und strich mit den Fingerspitzen über den Diamanten. „Mit diesem wunderschönen Kunstwerk am Finger muss ich mich künftig modischer kleiden. Das wird Madison sehr freuen. Und wenn sie hört, dass ihre Mutter und ihr Vater heiraten, wird sie überglücklich sein."

„Ist das ein Ja?" Ich musste das Wort hören.

„Ja. Ja, ich will dich heiraten, Cohen Nash. Ich liebe dich und ich will deine Frau werden."

Endlich!

EPILOG
EMBER

Als ich den Ring an meinem Finger betrachtete, wusste ich ohne Zweifel, dass sich mein Leben noch mehr ändern würde. Was ich nicht wusste, war, wie schnell es passieren würde.

Nachdem ich den Heiratsantrag angenommen hatte, genossen wir das Essen, das Cohens Bruder für uns zubereitet hatte. Er schickte alle paar Minuten Textnachrichten an irgendjemanden, während wir aßen.

„Was machst du da?", fragte ich nach einer Weile.

„Ich lasse die Leute nur wissen, was los ist." Er starrte auf meinen Teller, als ich die Serviette darauf legte. „Fertig?"

„Ich bin satt. Die Garnelenbiskuitcreme und der Hummer waren köstlich. Ich muss Stone unbedingt dafür danken." Ich griff nach dem Glas Wein, aber Cohen nahm meine Hand.

„Zeit zu gehen." Dann zog er mich hoch und wir gingen durch das Haus in die Garage. Er öffnete die Beifahrertür seines Trucks für mich.

Ich sah meine Handtasche auf dem Sitz und hatte keine Ahnung, wie sie dort hingekommen war. „Cohen, wie …"

„Ich werde dir auf dem Weg zum Flughafen alles darüber erzählen." Er half mir beim Einsteigen und dann fuhren wir aus irgendeinem Grund zum Flughafen.

Er sagte kein Wort, während wir dorthin unterwegs waren. Stattdessen las er ein paar Textnachrichten. Ich bemerkte die Koffer auf dem Rücksitz erst, als wir den Flughafen erreichten und auf dem Asphalt in der Nähe des Privatjets seines Unternehmens parkten. „Wann hast du die Koffer gepackt?"

„Das erzähle ich dir im Flugzeug." Er führte mich die Treppe hinauf, während ein anderer Mann uns mit unseren Sachen folgte. Er verstaute sie unter einem Sitz und ging dann ins Cockpit. „Lass mich dir mit dem Sicherheitsgurt helfen."

„Cohen, wohin fliegen wir?"

Nachdem er mir den Sicherheitsgurt angelegt hatte, legte er auch seinen an und dann hörte ich den Motor des Flugzeugs. „Nun, du hast Ja gesagt, also werden wir heiraten."

„Jetzt?" Ich konnte es nicht glauben. „Jetzt sofort?"

„Ja, jetzt sofort. Wir werden bald in Vegas sein und dann werden wir heiraten, bevor du dich versiehst."

„Weißt du, ich brauche vielleicht etwas Zeit, um darüber nachzudenken."

„Du willst mich heiraten, oder?"

„Ja."

„Cool. Dann lehne dich einfach zurück und entspanne dich. Bald werden wir Mann und Frau sein."

„Cohen, ich meinte, ich möchte etwas Zeit haben, um über die Hochzeit nachzudenken! Das ist eine große Sache für mich. Und ich weiß, dass Madison wütend auf uns sein wird, wenn wir uns davonschleichen und ohne sie heiraten." Sie war unser größter Fan. Ich wusste, dass sie Teil der Hochzeit sein wollte.

„Sie wird nicht wütend sein." Er hielt meine Hand und lehnte seinen Kopf zurück. „Wir sollten uns jetzt ausruhen. Es wird eine lange Nacht."

Ich hatte keine Ahnung, wie wahr seine Worte waren. Als wir landeten und eine Limousine uns zu einer kleinen Kirche brachte, bekam ich eine bessere Vorstellung davon, was los war.

Da waren sie – unsere beiden Familien. Und unsere Tochter stand genau in der Mitte und hielt einen Strauß roter Rosen in ihren kleinen Händen. „Wow." Das war alles, was ich sagen konnte.

„Vielen Dank, Baby." Er stieg aus und zog mich mit sich. „Sie hat Ja gesagt!" Er hielt meine Hand in seiner hoch und unsere Familien jubelten.

„Gut gemacht, Mama!", schrie Madison. „Ich bin bereit, dein Blumenmädchen zu sein." Sie kam zu mir und gab mir den Blumenstrauß. „Das brauchst du, wenn du den Gang zum Altar hinunter gehst." Sie ergriff die Hand ihres Vaters. „Komm schon, Daddy, lass uns reingehen und darauf warten, dass sie kommt."

Cohen sah mich an, bevor sie weggingen. „Du wirst zum Altar kommen, oder?"

Ich lachte nur. „Verschwinde, du Romantiker."

Ashe und mein Vater kamen auf mich zu, als alle anderen hineingingen. Dad hakte sich bei mir unter. „Bist du bereit, Schatz?"

Ashe nickte, bevor ich etwas sagen konnte. „Ich kann es in ihren Augen sehen. Sie ist mehr als bereit." Sie hielt einen kleineren Strauß roter Rosen hoch und lächelte. „Ich werde deine Trauzeugin sein."

„Bist du dir da sicher?"

„Ich bin mir sehr sicher, kleine Schwester. Komm schon, Zeit, den Mann deiner Träume zu heiraten."

Die nächsten Minuten waren wie ein schöner Traum. Wir wiederholten die Worte, die der Elvis-Imitator sagte, bevor Cohen mich zum ersten Mal seit sieben Jahren küsste.

Es war, als würde ich schweben, und mein Herz war voller Liebe für ihn. Als sich unsere Lippen voneinander lösten, lehnte er seine Stirn an meine. „Weißt du, auch wenn wir uns immer wieder gesagt haben, dass wir nichts übereilen sollen, haben wir verdammt viel übereilt."

Madison trat grinsend zwischen uns. „Ich hoffe nur, ihr zwei beeilt euch und schenkt mir einen kleinen Bruder oder eine kleine Schwester."

Cohen zog eine Augenbraue hoch und sagte zu mir: „Ich bin dabei, wenn du es bist."

Ein Baby zu bekommen war eine große Sache. Er hatte keine Ahnung, was alles damit einherging. Und es gab Dinge, die ihre Zeit brauchten. Aber dann sah ich, wie das Gesicht unseres kleinen Mädchens leuchtete, während es auf meine Antwort wartete.

Also warf ich den Blumenstrauß über meine Schulter nach

hinten und hörte, wie die alleinstehenden Frauen darum kämpften. „Oh, was soll's", sagte ich. „Ich bin auch dabei, Baby." Ich strich mit meiner Hand über die dunklen Haare unserer Tochter. „Wir werden unser Bestes für dich tun, Schatz."

„Das ist alles, was ich verlange."

COHEN

Ich drehte mich um und zog sie über mich. Ihre Brüste hoben und senkten sich, als sie versuchte, wieder zu Atem zu kommen. Ich gab ihr keine Zeit dazu und zog sie zu mir nach unten, damit ich sie küssen konnte.

Sie war jetzt in jeder Hinsicht meine Frau. Ich wusste, dass es richtig gewesen war, zu warten, bis wir verheiratet waren, um wieder mit ihr zu schlafen. Jetzt, da wir Mann und Frau waren, war kein Ende unseres Liebesspiels in Sicht.

Sie löste ihren Mund von meinem. „Ich brauche etwas Wasser, Cohen."

Sie kletterte von mir und stellte sich nackt wie am Tag ihrer Geburt neben das Bett. Sie war schweißgebadet und sah schöner aus als je zuvor. „Verdammt, du bist sexy."

Sie trank eine ganze Flasche Wasser aus. „Und du bist unersättlich. Unsere Hochzeitsreise soll zwei Wochen dauern. Was heißt das für mich? Zwei Wochen lang ununterbrochen Sex?"

„Wenn du Glück hast." Ich machte nur Spaß. Wir hatten auch Reisepläne. Ich sprang aus dem Bett und holte mir ebenfalls eine Flasche Wasser. „Eine Verschnaufpause kann nicht schaden."

Sie setzte sich auf das Bett und streckte sich. „Ich weiß, wir haben Madison gesagt, dass wir versuchen würden, ihr Geschwister zu schenken, aber ich glaube nicht, dass sie erwartet, dass wir uns so sehr anstrengen. Wir haben uns die ganze Nacht verausgabt. Wir müssen uns der Tatsache stellen, dass es länger als ein paar Wochen dauern kann, bis wir ihr geben können, was sie will."

„Unsinn. Wir haben sie in zwei Sekunden gezeugt. Wie auch immer, wir müssen sieben Jahre nachholen." Ich scherzte nur, aber der Ausdruck auf ihrem Gesicht sagte mir, dass sie meinen Witz nicht verstanden hatte. „Schatz, komm schon. Ich mache nur Spaß." Ich trank das Wasser und lockte sie mit einem Finger zu mir. „Komm mit. Lass uns ein schönes, langes Bad nehmen, bevor wir schlafen gehen."

„Ja, das klingt großartig." Sie kam bereitwillig mit mir und kurz darauf lagen wir unter einer Decke aus Seifenblasen.

Ich strich mit meinen Händen über ihre Schultern und schien nicht genug von ihr bekommen zu können. Ihre Haut war weicher als in meiner Erinnerung und ihr Körper war kurvenreicher. Ich hatte das Mädchen schon einmal gehabt und jetzt, da ich die Frau hatte, wartete ich sehnsüchtig darauf, wieder auf Entdeckungsreise zu gehen.

Aber sie war eindeutig müde, als sie sich zurücklehnte. „Ich kann das nicht glauben. Wir sind verheiratet, Cohen. Meine Schwester war meine Trauzeugin. Nicht in einer Million Jahre hätte ich erwartet, dass es so kommen würde."

„Es zeigt nur, dass man nie genau weiß, was passieren kann." Ich zog eine Spur von Küssen über ihren Hals. „Ich bin nicht traurig, dass so viel Zeit vergangen ist. Wenn ich ehrlich bin, brauchte ich Zeit, um erwachsen zu werden. Ich brauchte Zeit, um der Mann zu werden, den du und Maddy braucht."

Sie drehte sich zu mir um. Ihre Hände strichen langsam über meinen Schwanz. „Ich bin froh, dass alles gut geworden ist."

„Ich dachte, du wolltest dich ausruhen, Baby."

Ihre Berührung war nicht unbemerkt geblieben und mein Schwanz wurde immer größer. „Ähm, nicht mehr. Ich kann anscheinend nicht genug von dir bekommen, mein geliebter Ehemann. Ich glaube, ich brauchte nur etwas zu trinken, das war alles."

„Meine kleine Verführerin." Ich hob sie hoch und schob ihren Körper über meinen, bis wir miteinander verbunden waren. „Eines der Dinge, die mich am glücklichsten darüber machen, dir wieder begegnet zu sein und ein Kind mit dir zu haben, ist, dass ich alles mit euch beiden teilen kann. Ich möchte dir und unseren Kindern die Welt schenken, Baby. Ich möchte, dass du weißt, dass keiner von euch jemals auf irgendetwas verzichten muss."

„Ich will nur deine Liebe, Cohen. Das Geld ist nur ein Bonus. Wenn du nichts hättest, würde ich dich immer noch lieben." Sie bewegte sich langsam und weckte in mir den Wunsch, dass sie schneller machte.

„Bist du dir da sicher?" Ich war einst pleite gewesen und sie hatte mich verlassen. „Hat die Tatsache, dass ich jetzt Geld habe, dir dabei geholfen, Entscheidungen über mich zu treffen?"

„Nicht wirklich." Sie fuhr mit ihrer Zunge über meinen Hals und knabberte an meinem Ohrläppchen. „Ich meine, wohne ich gerne in einem wunderschönen Haus? Natürlich tue ich das. Und unsere Tochter scheint für Geld gemacht worden zu sein, die kleine Diva. Aber wenn ich ehrlich bin – und das ist alles, was ich für den Rest meiner Tage sein will –, habe ich keine Entscheidungen getroffen, die auf deinem Vermögen oder den anderen netten Dingen, die du besitzt, basieren. Ich liebe dich und das war für mich das Wichtigste."

„Ist das alles?" Ich atmete scharf ein, als sie eine unerwartete Bewegung machte, bei der ich Sterne sah. „Oh, Baby!"

„Gefällt dir das? Ich dachte, ich könnte mich ein wenig nach links und dann wieder nach rechts bewegen, nur um zu sehen, was passiert." Sie legte ihre Hände auf meine Brust und bewegte sich auf und ab. „Bei dir fühle ich mich sexy und das bringt mich dazu, Dinge auszuprobieren, für die ich vorher nicht den Mut gehabt hätte. Ich denke, deshalb hatten du und ich von Anfang an eine Bindung. Ich hatte das Gefühl, dass ich bei dir einfach ich selbst sein konnte. Und dass du dich bei mir wohl genug fühltest, um du selbst zu sein, anstatt Gottes Geschenk an die Frauen der Welt."

„Nur um das klarzustellen – ich habe mich nie für Gottes Geschenk an die Frauen der Welt gehalten." Ich lachte. „Nur von Texas."

Sie schlug mir auf den Arm, machte wieder die kleine Bewegung und versetzte uns beide in Ekstase.

Unser keuchender Atem hallte von den Wänden wider und schließlich legte sie ihren Kopf auf meine Brust. „Ich will nur noch schlafen."

Ich küsste sie auf den Kopf. „Jetzt habe ich alles, was ich

brauche. Dich, unsere Tochter und eine Zukunft voller Liebe. Baby, ich denke, wir haben es gefunden."

„Was haben wir gefunden, Liebling?"

„Unser Happy End."

Ende

CPSIA information can be obtained
at www.ICGtesting.com
Printed in the USA
BVHW051025110821
614178BV00002B/132

9 781639 700080